이야기를 담은 평창의 옛 풍경

평창의 1940~1980년대 중반,
그 흔적을 직접 탐문하고 옮기다.

마이티북스

이야기를 담은 평창의 옛 풍경

평창의 기억을 찾아서

강원도 평창은 386m의 노산을 등에 업고, 유유히 흐르는 사천강이 삼면을 감싸고 있으며, 거송이 빽빽이 들어선 강 건너 남산은 빼어난 산세로 유명합니다. 그뿐만 아니라 아늑하고, 재해가 적어 한마디로 평화로운 지역입니다.

평창에서 나고 자란 저는 고향을 향한 남다른 애정으로 지난 2019년 《송계산 자락에 흐르는 남산 개울》을 출간한 경험이 있습니다. 그때 지역민을 비롯해 많은 출향인이 그 책을 좋아해 주고, 격려해 준 행복한 기억이 있어 다시 한번 평창의 1940~1980년대 중반의 흔적을 찾아 나섰습니다. 이로써 이번 《이야기를 담은 평창의 옛 풍경》은 당시에 평창에서 활동했던 이들에게는 추억을 소환하고, 타 지역인에게는 평창의 매력을 선보이는 계기가 되리라 확신합니다.

솔직히 작업 과정이 순탄하지는 않았습니다. 자료 수집을 위해 90이 넘는 어르신들과 인터뷰를 했지만 기억력에 한계가 있었고, 평창 출신으로 현재까지 거주하는 여성은 손에 꼽힐 정도였습니다.

그런 가운데에서도 60~80대의 부모 또는 지인들에게 들었던 이야기를 바탕으로 조사에 협조해 주었기에 책을 무사히 세상에 내어놓을 수 있게 됐습니다. 그러한 의미로 이 책은 저 혼자가 아닌 평창을 사랑하는 사람들이 만들어낸 결과물이라고 생각합니다. 이에 작든 크든 도움을 준 모든 사람에게 지면을 빌려 감사의 마음을 전합니다.

끝으로 내용 중 실명으로 기록한 부분은 잊혀가는 옛것에 대한 기억력을 돕기 위함임을 미리 밝혀둡니다.

2024년 4월 늦은 밤 평창 자택에서

제 1 부

평창을 지키는 강산

중리·하리·천변리·후평리·상리 일부까지 보이며, 평창(사천)강에 놓인 교량 그리고 노산이 한눈에 보인다.
*사진 제공: 김춘식

1장 들과 강과 함께한 추억

▶보호수와 바위공원

2015년 5월, 가족과 경기도 양평 용문사를 찾았다. 거기엔 천연기념물 제30호로 지정된 천 년을 훌쩍 넘긴 60m도 더 되는 은행나무가 있어 관광객의 발길이 끊이지 않는다. 참고로 이 나무는 통일신라 마지막 왕 경순왕의 세자인 마의태자가 금강산에 가는 길에 심어졌다고 전해진다.

이처럼 지역마다 그 마을을 대표하는 보호수가 있는데, 평창도 마찬가지다. 시내권에는 천변리 느릅나무가 대표적이며, 시루목 도로변의 300년이 넘는 느릅나무는 1983년에 도로 확장 공사로 사라졌다. 그 외에 보호수는 아니었지만 농협중앙회 평창군지부 앞 공터에 있던 버드나무는 1998년 사무실 신축으로 없어졌고, 구 면사무소 뒷마당에 있던 버드나무는 읍사무소가 1993년 현 위치로 옮겨가면서 청사와 함께 도로 부지로 변했다. 또 구 교육청 연못에 있던 버드나무는 청사가 중리 극락사 앞으로 이전되면서 없어졌다.

솔직한 심정으로는 언급된 나무 가운데 농협군지부와 면사무소에 있었던 버드나무는 1945년 이전부터 있던 존재한 것으로 만일 지금까지 자리를 지켰다면 거목이 되어 멋진 풍광을 연출했음은 물론, 지역민과 고향을 찾는 이들에게 추억을 선물했을 텐데 하는 아쉬움이 남는다.

　한편, 42번 국도에서 바위공원으로 가는 길 평창 구 교량 입구에 느릅나무 2~3그루가 있다. 옛 보초막 할머니가 1995년, 도로와 강변 사이 좁은 공터에 식재한 것으로 이제는 마을 어른들과 여름철 강을 찾는 피서객에게 휴식 공간을 제공한다.

　중리 바위공원 가는 길은 1960~1970년대만 하더라도 제방과 논이 많아 5월 중순이면 하루에 20~30명씩 3~4곳에서 손모내기를 했다. 이때를 대비해 우리 부모님을 비롯해 마을 어른들은 겨우내 모아둔 쇠똥 거름을 제방 둑에 쌓아놓곤 했다. 여기에 대해 잊지 못할 기억이 있는데, 1969년에 아버지가 맹장 수술을 하게 됨에 따라 어머니는 큰 양은그릇으로, 나는 소쿠리 달린 지게로 거름을 담아 하루 종일 논바닥으로 날랐다. 그런데 그해 봄이 유난히 따뜻해서 양산을 쓴 사람들이 제방 둑을 많이 오갔던지라 나는 어린 마음에 그 사람들이 부럽고, 내 모습이 부끄럽기도 했다. 이런 내 마음을 아는지 모르는지 어머니는 아랑곳하지 않고 "네가 지게로 나르는 양이 많아 일하기가 수월했다."고 했다.

　그 이듬해 5월경. 우리 논에 모심던 날, 제방 둑 옆 정확히는 바위공원 가는 길 중간지점 배수로 수문 있는 곳에 3m가량 되는 가중나무가 한 그루가 서 있었다. 거기 모두 모여 앉아서 오전 참을 먹으며 마을의 한 딸 부잣집에서 지난밤 늦둥이 아들을 낳았다고 해 축하해 준 기억이 난다. 그때 태어난 사람이 쉰 살이 넘었다. 아무튼 그 가중나무는 수십 년 동안 척박한 제방 둑에서 보잘것없는 잡목으로 있었다. 그런데 2020년 여름 어느 날, 그늘이 져서 쳐다보니 50여 년의 세월을 말해주듯 높이 20m로 수형이 보기 좋게 자랐다. 이제는 지역의 멋진 마을 지킴이가 되어 주길 바란다.

평창에서 제천 방향 82번 지방도를 지나가면 대상리 마을이 있는데, 1970년대 중반 공직에 있을 때 하곡(보리) 수매일로 동료와 자전거를 타고 출장을 자주 다니던 곳이다. 당시에 마지삼거리를 지나 마을 입구에 53~6(임)번지 비포장도로 우측에 2m의 소나무가 몇 그루 있었다. 수령이 7~8년 정도로 어른 키 만했는데, 2021년 이곳을 지나면서 무심코 쳐다보니 낙락장송으로 자라 있었다. 많은 세월이 흐르고, 그 사이 도로 확포장도 있었지만, 없어지지 않고 잘 자란 것을 보니 20대가 문득 떠올랐다. 마침 나무 옆 주택에 살고 있는 주민에게 옛 이야기를 했더니, 지나는 사람마다 나무가 멋지게 자랐다고 한다고 했다. 나 역시 아름드리 고송이 되어 마을 지킴이로 한 몫 할 것 같다는 생각이 든다.

앞서 언급된 중리 바위공원은 평창강의 명소로 꼽힌다. 특히 산책 코스와 야영장이 있어 휴식처로 주목받고 있다. 이는 2000년 읍장을 지낸 이경식 전 읍장이 싹을 틔운 후, 잔디밭을 비롯해 100여 점의 수석 바위를 볼 수 있는 수석박물관과 야영장 그리고 숲을 조성한 것으로 지금의 모습이 되기까지 수많은 세월과 많은 사연이 있었으나 더 훌륭한 지역의 자랑이 되려면 행정기관의 지속적인 관심이 필요할 듯하다.

사실 여기는 1970년대 하천을 논으로 개간해 벼를 재배하던 곳으로 강물이 들어오지 못하도록 둑을 쌓은 곳에 경작 농민이 이태리 포플러를 심었는데, 이제는 20여 그루만 남았지만 모두가 반백 년이 넘은 아름드리 고목이 됐다. 그중 미루나무 하나는 비포장 신작로 향수를 느끼게 한다. 그런 가운데 2023년에 평창강 물환경 체험센터를 조성하면서 많은 조경수가 식재되었다. 여기에 식재된 90여 그루의 소나무는 내가 기르던 조형수다. 20여 년을 정성 들여 길렀으나 주인을 잘못 만나 사랑을 못 받았다. 이제는 조경수답게 멋지게 자라서 내 고장의 명품이 되기를 기원한다.

몇몇 부연 설명과 추억을 더해보자면, 사천강은 남한강 상류에 해당하는데 우리 지역 길이만 해도 70㎞가 넘는다. 이런 강이 지역을 굽이굽이 감싸며 유유히 흐르고, 여울이 드문드문 있다. 수질이 청량하고, 둥근 돌이 많아 놀기에도 제격이어서인지, 산업화가 되면서 봄과 여름이면 강변을 찾는 사람이 많았고, 다슬기와 토종 어종 잡이를 비롯해 마을 단위 또는 단체로 천렵을 많이 했다. 삼복더위가 시작되면 삼삼오오로 모여 여기저기서 북적였는데, 직장 또는 직능사회단체, 마을 단위로 대형 천막을 쳐놓고 무쇠솥을 걸어 보신탕이나 삼계탕을 준비했다. 반대로 조용하고 한적한 곳에 천막을 친 이들은 오후가 되면 음주가무로 쌓였던 스트레스를 날리기도 했다. 먹거리는 시대에 따라 약간의 차이가 있었다. 1970~1980년대 주메뉴는 영양탕, 1990년대는 삼겹살과 삼계탕이었으며, 이때 삼겹살구이는 쇠 불판을 사용하기 전에는 슬레이트와 넓적한 청석돌을 사용했으나 이제는 그런 풍경은 볼 수가 없다.

▶훑기와 검정고무신

우리나라는 동·서·남쪽이 바다지만 평창은 동·남·북쪽이 일명 사천강이라는 평창강에 둘러써야 있다. 이 사천강은 읍 소재지를 180° 휘감고 있는데, 상활 및 농업용수로 사용되어 평창의 젖줄과도 같다. 이로 인해 평창에 살던 사람들은 이곳에 대한 추억이 많다.

우선 어른들은 '훑기'라는 도구를 만들어 고기를 잡았다. 이 훑기에도 두 가지 종류가 있는데, 우선 오리 훑기는 원형 목재 재질의 곡물 거르는 채를 폭 5㎝, 길이 30㎝로 잘라 전화선(삐삐선) 두 줄에 70~80㎝ 간격으로 고정해 50~100m 길이로 만든 것이었다. 이를 강 양쪽에서 사람이 당기고 놓아주기를 반복하면 휘어진 채 쪼가리가 마치 오리 흉내를 내는 듯했는데, 한 명이 강 위쪽으로 올라가고 맞은편 사람이 뒤따라 천천히 올라가면 물고기가 한쪽으로 모였다. 그럼 그물 또는 투망을 들고 있는 사람은 모여든 물고기를 포획했다. 아이들은 어른들 호통에 그물 가까이는 못 가고 떨어져 있다가 그물을 건진 후 작은 돌 밑에 숨어있는 배가사리(돌나리)를 손을 넣어 움켰다. 그렇게 수십 번 작은 돌 밑을 만지며 100m의 여울을 지나면 검정고무신 두 짝에는 고기가 가득 찼다.

다음으로 '돌 훑기'가 있다. 이는 볏짚으로 길게 만든 새끼줄에 중간중간 돌을 끼운 것으로 직접 강을 건너지르면서 물고기를 잡을 때 이용한다. 100여m 아래의 수심이 낮은 쪽에 그물을 놓아두고 물이 흐르는 방향으로 내려오면서 바닥을 훑으면 그물에 물고기가 한가득 들어가 있었다.

또 가느다란 1m 막대기에 줄을 매달은 낚시를 10㎝ 길이로 묶어 말꼬내기를 끼우고, 큰 바위나 돌 밑에 넣어 1~2분 기다리면 두둑 하는 손맛이 느껴졌다. 그 즉시 들어 올리면 쏘가리와 비슷한 꺽지와 퉁가리가 딸려 나왔다. 이것을 우리는 수세미낚시라 한다.

일명 파리낚시도 했다. 파리 모양의 작은 낚시 5개가 달린 낚싯줄을 낚싯대에 매단다. 이를 해 질 무렵 물이 잔잔하게 흐르고 깊지 않은 곳에 들어서서 수시로 던진다. 그러면 피라미 같은 어종은 이를 하루살이 벌레인 줄 알고 물려 올라와 배꼽에 매단 종다리에 넣으면서 쉬지 않고 낚을 수 있었다.

한편, 내가 고등학교 1학년, 바로 아래 동생이 국민학교 6학년이 되는 1969년 이른 봄에 아버지가 맹장 수술을 하게 되면서 일을 못하게 됐다. 당시에 건강 회복을 위해 고기나 영양가 있는 음식을 먹으면 회복이 빠르다는 어머니의 말을 듣고, 마침 민물고기인 퉁가리와 같은 잡고기가 많이 잡히는 4월이라 나와 동생은 저녁을 일찍 먹고 일주일에 2~3번 사천강에 보쌈을 놓았다. 보쌈은 흰 보자기 한가운데에 구슬 크기의 구멍을 내고 그릇을 엎어 보자기를 묶은 뒤, 남산 개울의 물속 돌을 뒤져 잡은 애벌레 같은 퉁가리의 먹이 말꼬내기를 찧어서 구멍 난 주변에 바르면 완성된다. 참고로 퉁가리는 쇳내를 싫어해 사기 또는 양은그릇을 이용했으며, 당장은 춥지 않아도, 물속에 들어갔다가 나왔을 때 추울 것을 대비해 장작불을 미리 피워놓았다. 이렇게 만든 보쌈 3~4개를 놓을 만한 곳을 찾아 보쌈 크기의 구덩이를 파고, 물속에 넣으면서 보쌈이 떠오르지 않게 공기를 입으로 제거하면서 구덩이에 넣은 다음 작은 돌로 주변을 메우고 나오면 된다. 그렇게 20분 정도 지난 후 들어가 건져 보면 고기 20~30마리가 들어있었다. 그게 3㎏ 정도였으니 이틀 동안 매운탕을 끓여먹기에 충분했다. 지금도 나와 동생은 퉁가리 보쌈하면 그때 이야기를 한다.

6~7월경 강물이 적을 때면 중리 옛 제방 둑길 옆 여울진 곳에 쉬리 어항을 놓았다. 내가 유·소년이었던 시절은 유리 어항이 없어서 보쌈과 낚시로만 잡았으나, 성인이 되고부터 휴일이면 친구들과 쉬리 사냥을 했다. 어항 놓는 요령은 물 바닥이 검고, 물 흐름이 좋은 곳에 어항이 떠내려가지 않도록 굵은 돌로 담을 70㎠ 정도 쌓아서, 담 아래쪽 바닥을 작은 책상 너비만큼 하얗게 닦는 게 1단계다. 그런 다음 어항 놓는 곳은 조금 더 낮게 모래를 깔아, 유리 어항에 검은 말꼬내기 열

마리 정도 산채로 넣고, 공기를 제거하면서 어항을 물속에 넣고, 어항이 떠내려가지 않게 돌로 어항 옆을 눌러놓고 나오면 된다. 20분 후 건지러 들어가면 10~30마리의 쉬리가 들어있었다. 크기도 어린아이 손가락에서 어른 손가락 정도로 제각각이었는데 저마다 어항에서 탈출하겠다고 몸부림쳐 무지갯빛이 번쩍였다.

▶아이들의 어장, 돌망태

평창강에는 뇌운, 후평, 중리, 종부, 천동, 도돈, 대상 총 7개의 취입보가 있다. 요즘은 콘크리트 어도 시설까지 설치해 고기가 쉽게 다닐 수 있도록 통로를 만들어 놓았으나, 1970년대까지는 굵은 소나무를 기둥처럼 강물 속에 고정해 긴 돌망태에 돌을 가득 채워 만든 취입보(取入洑)가 있었다. 이렇게 만든 보는 수로를 통해서 마을에 생활 및 농업용수를 공급했으며, 다리가 없는 시절에는 징검다리 역할도 했다. 더불어 아이들의 고기 잡는 어장도 되어 주었다.

송사리 같은 어린 고기는 수세미, 보쌈, 어항 같은 도구로도 충분했지만, 뱀장어 또는 메기와 같은 큰 고기는 돌망태 안에 있어 포획하는 것이 쉽지 않았다. 그래서 주낙낚시를 사용했다. 주낙은 긴 줄에 일정한 간격으로 여러 개 낚시를 매달고, 지렁이와 거머리 같은 미끼를 꿰어 저녁때 보 주변 물속에 넣었다가 아침에 건지면 몇 마리씩 딸려 나왔다. 특히 종부와 중리 지역은 시내와 가까운 곳이기에 주말이면 아이들과 청년들이 잡았다는 소리가 여기저기서 들린다. 어린 미꾸라지를 미끼로 사용할 때면 한쪽에서 "메기다!" 하면 다른 쪽에서 "뱀장어다!" 하고 외쳤다. 그럴 때마다 큰 고기를 잡지 못한 아이들은 부러울 뿐이었다.

사실 그 시절 보는 농업용수로 사용할 목적으로 만들었으나 지역에 따라 도선을 함께 사용하면서 도수로 터널을 다섯 곳이나 만들었는데, 일제강점기 이전에 설치된 게 많다. 설명을 곁들이자면, 후평리 도수로 터널은 1883년경 축보(築洑)한 것으로 볏 바우재 밑을 뚫은 것이다. 임하와 주진 도수로 터널은 1898년경 축보 된 것으로 뇌운에 보를 만들어 다수·임하·주진마을까지 연결되어 길이가 6㎞나 됐다. 터널은 임하와 주진에 있었으나 주진 지역은 오래전부터 양수기를 별도로 설치해 도수로를 이용하지 않는다. 도돈 도수로 터널은 1910년대에 일명 응고개를 뚫은 것이며, 대상리 도수로 터널은 진바리 고개산을 1965년도 관내 업체가 시공했다. 종부 도수로 터널은 1972년도 제방 범람으로 기존 도수로를 폐쇄하고, 현재 사용하는 도수로 터널을 같은 해에 다시 만들면서 취입보를 설치했다.

▶다리 없는 마을 1_나룻배 이야기

1965년, 내가 국민학교 6학년 가을 무렵이었다. 담임 선생님이 각자 앞에 나와서 이루고 싶은 꿈이나 소망 즉, 장래 희망을 말해보자고 했다. 이에 다른 친구들은 의사, 변호사, 과학자 등 멋진 직업을 늘어놓았으나 막상 내 차례가 되니 머릿속이 하얘져 나는 언뜻 떠오른 뱃사공이 되겠다고 했다. 그런 나를 보며 다들 웃었다.

지금은 큰 교량이 마을마다 놓여 있어서 젊은 세대들은 웬 뱃사공인가 하겠지만, 그 당시 평창강의 교량은 미탄 지역으로 가는 중리평창구교와 평창의 관문인 후평마을과 주진을 잇는 주진교, 영월 방향으로 가는 도돈마을과 마지 사이의 도돈 다리 3개뿐이었다. 이외 천동·종부·여만·용항·임하·다수·뇌운 지역은 나룻배를 이용했다. 그래서 비가 많이 오는 날이면 수업 도중에도 하교 준비를 하라는 교내방송을 하곤 했다. 강물이 많아지면 나룻배를 이용하지 못하는 이유로. 특히 여만 지역은 상리 송계산으로 돌아서 마을에 들어갈 수 있었고,

용항리는 후평리 공동묘지가 있는 산길을 이용했다. 또 종부 지역은 상리 수고개로 넘어 다녔다. 이는 비단 아이들에게만 해당하는 사항이 아니었다. 어른들도 많은 비로 나룻배를 사용 못 하는 날이면 불편한 점이 한두 가지가 아니었다.

종부 지역에 대해 더 이야기하자면 1960년대 이곳은 속개마을과 양지와 음지 말에 300여 호 가구, 1,500여 명의 주민이 살았다. 논과 밭이 많고, 정미소가 2곳이나 있었으니 그만큼 큰 마을이었다. 따라서 1971년도 설치한 종부 구 교량은 군에서 마을 단위로는 최초의 다리였다. 그러나 이듬해 수해로 교각과 제방이 붕괴되어 농경지가 유실 매몰되어 여러 피해가 발생했다. 당시 제방은 요즘처럼 높고 완고하게 쌓았다기보다 낮게 제방 형태만 갖추었으니 그럴 만도 했다. 반면, 강 하류로 내려갈수록 제방이 없어서 여름철이면 이태리 포플러 숲에서 천렵하기에는 그만이었다. 그러나 50여 년의 세월이 지난 지금은 평창강에는 20개소의 교량이 놓여서 징검다리와 섶다리 같은 옛 풍경은 볼 수 없다.

또한 종부마을로 건너는 나룻배는 시내와 가까워서 다른 지역 사람들이 배를 이용할 때는 뱃삯을 받았으나 출입 영농인은 공짜였다. 배를 타는 강가는 시장 주변에 사는 아이들의 여름철 유일한 놀이터였는데, 깊은 곳에는 들어가지 못하고, 사공이 배를 태워주지 않으면 아래쪽의 돌망태로 만들어진 취입보를 이용해서 건너다녔다.

한편, 나룻배 운행이 시작된 것은 일제강점기인 1930~1940년대로 추정된다. 주변 사람들 말에 의하면 뱃사공을 처음 시작한 사람은 평창시장2길(하4리 55번지 일원)에 살던 김대봉 어른이며, 배 터거리를 마지막으로 지킨 사람은 이희남 어른이다. 그 이전에는 그의 조부인 이동화, 부친인 이관호 어른이 한동안 했다고 한다. 이때 마을 주민들은 뱃삯으로 한 가구당 옥수수 혹은 콩 두 말을 가을에 모곡했다. 그러다가 1972년, 교량이 개통되면서 종부 나루터는 역사 속으로 사라졌다.

나룻배의 모습도 시대에 따라 달랐다. 1945년 전후에는 작은 목선을, 1950~1960년대는 큰 목선을 사용했는데, 마을에서 큰 목선을 만들지 못해 충주에서 제작한 배를 강을 이용해 운반해 왔다. 육로 수송이 불가능했기 때문이다. 이 대목은 뗏목을 이용하던 시대를 생각해 보면 공감되는데, 농산물 수확이 끝나고 마을 사람 20여 명을 동원해 10여 명은 축조된 배를 끌고, 다른 10여 명은 배가 다닐 수 있는 길을 트는 작업을 며칠 동안 해가며 마을에 도착시켰다 한다. 그 후 교량을 놓기 전까지는 철판으로 만든 배에 30~40명이 승선했으며, 지프차를 싣고 다니기도 했다.

▶다리 없는 마을 2_섶다리마을

앞서도 말했지만 평창강은 유유히 흐르는데, 한 굽이를 돌 때마다 마을 하나를 휘감고, 유속이 빨라지는 여울도 있다. 이런 강 건너 종부·천동·여만·용항·임하·다수·하일마을은 1970년대 말까지 교량이 없어 봄부터 가을까지 나룻배를 이용하고, 가을에는 겨울에 건너다닐 수 있도록 몇 날 며칠 부역하며 섶다리 놓는 작업을 했다.

우선 다리를 만들려면 디딜방아 모양의 나무와 굵고 긴 통나무 그리고 푸른색 솔잎이 달린 생나무 속가바리가 필요했다. 이것이 준비되면 하루 만에 다리를 완성할 수 있었다. 그런데 물이 많은 곳과 강폭이 넓은 곳은 다리 놓기가 적당하지 않아서 좁은 여울에 위치를 정해도 길이가 50m 이상이 돼야 했다. 다리를 설치하는 방식은 다음과 같았다. 세 갈래 방아다리 모양 형태의 나무와 길고 굵은 장대를 교각 역할을 할 수 있도록 물에 들어가 일정한 간격으로 세우고, 교좌 장치 역할을 할 긴 통나무를 두세 개씩 방아다리 나무에 가로세로 서로 맞닿게 연결한다. 그 위에 교량 상판 역할을 하는 길이 1~2m의 속가바리를 포개놓고, 모래와 흙이 떨어지지 않게 포댓자루를 위에 얹는다. 끝으로 진입이 시작되는 양쪽은 돌로 섶다리 높이에 맞게 석축을 쌓고, 굵은 돌은 옆으로 골라내면서 사람이 다닐 수 있도록 길을 닦는다.

여만리 주민들이 섶다리 놓는 모습과 1979년, 교각 공사 전경
*출처:《평창읍 승격 40년사》, 203쪽

이처럼 공들여 만들어 놓은 다리는 봄장마가 없는 해에는 그대로 철거 보관해 재사용 할 수 있었지만, 겨울을 지나 해빙이 되면서 비가 많이 오는 해에는 떠내려가기도 했다. 그러면 또 힘들게 나무를 준비해야 했다. 하늘이 하는 일이라 가늠할 수 없으니 교량 없는 마을 사람들은 추수가 끝나면 다리 놓기가 최우선 목표였으리라. 이후 1980년대부터 마을마다 교량이 많이 놓이면서 그 힘듦은 기억 속으로 사

제 1 부 평창을 지키는 강산

라졌고, 재미있게도 섶다리 있는 곳은 볼거리의 대상이 됐다.

▶쌍전봇대와 빨래터

내가 살던 마을에는 큰 나무 전봇대 2개소가 있었다. 설치된 시기는 잘 모르나 고압선 전봇대가 썩지 말라고 콜타르로 검게 물들인 한 아름 넘는 전봇대였다. 서로 마주 보고 있는 이 전봇대는 200~300m의 평창강 양쪽에 우뚝 서서 3개의 전선으로 연결되어 있었다.

그중 한곳은 상리 연탄공장에서 송계산을 넘어 중리 바위공원 쪽으로 넘어오는 송전선이었다. 이는 6.25 전쟁 후 부족한 전력으로 인해 영월화력발전소에서 생산한 전기를 우리 지역까지 공급하는 용도로 활용됐다. 이로써 평창 지역은 가까운 미탄 지역을 경유하여 중리 변전소를 거쳐 송전됐는데, 1960년대 초반까지는 자정이 되면 전깃불이 자동으로 꺼졌다. 전력이 부족하니 공급을 제한한 것이다.

또 한곳은 현 강변아파트 앞이자 옛 제방 강 건너에 있었는데, 유동 약수 지역 논의 양수기 발전을 위해 1950년대에 설치한 것이다. 그런데 여름철 폭우로 강물이 많이 불으면 물에 닿을까 봐 걱정할 만큼 전선이 늘어졌었다. 이제는 그런 모습은 어디에서도 볼 수가 없으나 그 시대 쌀 생산이 얼마나 중요한지를 알게 해주는 모습이다.

그렇다고 모든 마을에 전기가 들어온 건 아니다. 1960년대까지 시내에만 전기가 허용됐고, 그 외 마을에서는 등잔과 호롱불을 켰다. 그래서 아이들은 한 되짜리 파란 유리병을 들고 중리 제방 밑 석유 판매소에 기름을 받기 위해 심부름을 다녔다. 지금도 기억나는 부분은 그 시절 유리병엔 마개가 없어서 옥수수공이를 사용했다는 거다.

20

그 뒤 1970년대에 들어서면서부터 농촌전화촉진법에 따라 시내에서 가까운 마을부터 점진적으로 전기 공급이 이뤄졌다. 마을에 첫 전기가 들어오는 날은 방 안이 대낮처럼 밝았다. 다들 하늘의 별이라도 딴 듯 환한 미소를 지었다.

이러한 환경으로 그 시절에 전기 시설 설치하는 장면을 자주 볼 수 있었다. 더욱이 신작로는 커브도 많고, 장비도 부족해 10여 명의 어른이 시멘트 전봇대를 좁은 논과 밭둑 사이를 V자 형태로 목도하면서 옮겨 세웠다. 요즘은 도로변에 설치하고, 기술과 장비가 좋아져 시커먼 나무 전봇대는 물론 콘크리트 전봇대를 목도로 운반하는 광경은 볼 수 없어졌으니 이는 분명 특별한 기억임은 맞다. 이 외에도 1970년대부터 마을은 많은 모습이 변했다. 초가와 돌 지붕이 많았던 시내 주택은 슬레이트 지붕으로 바뀌었고, 기둥 없는 움막집은 현 강변아파트 서편 간선도로 입구 유일한 초가였으나 1980년대 중반에 없어졌다.

한편, 버스터미널에서 중리를 잇는 제방 둑은 1989년에 도로가 개설됐다. 이로 인해 제방을 이용했던 사람들에게는 옛 추억이 많은 곳이라 마음속 풍경이 사라졌다. 그때의 풍경을 그려보자면, 중리 구 평창교 쉼터에서 천변마을 입구까지 손수레가 다녔었다. 또 천변마을 둑 주변에는 땔감용 나무와 손수레, 경운기 등 부피가 큰 물건이 적재되어 있었고, 제방을 중심으로 오르내리는 시멘트 계단도 있었다. 현 강변아파트 앞 강가에는 겨울에도 따뜻한 용천수 30~50m가 흘러 공동 빨래터 역할을 했다. 휴일 오전이면 아낙네 수십 명이 빨랫방망이를 두드리고, 옆으로는 솥을 걸어놓고 무명천 옷을 삶아가면서 빨래하는 모습이 장관을 이루었다.

▶사천강과 송계산

　평창에서 자라며 국민학교를 졸업한 사람들은 강에서 놀던 추억이 많은데, 그 강을 사천강이라고 불렀다. 평창초등학교 교가 1절에도 사천강이라는 가사가 나올 만큼 흔히 그렇게 표현한다. 언제부터 이렇게 불렀는지 알 수는 없지만, 사천강이란 뜻을 나름대로 생각해 보면 이 강이 평창읍을 동·남·북 삼면으로 아늑하게 감싸고 있는 형태를 일컫는 게 아닐까 짐작해본다.

　이런 사천강의 발원지는 봉평 흥정계곡이다. 그래서 여름철 봉평 지역에 비가 많이 오면, 사천강은 홍수가 난다. 내 또래는 15년 이상 차이 나는 마을 어른들이 강물에 떠내려 오는 큰 나무를 시뻘건 흙탕물을 헤엄쳐서 건지는 광경을 자주 보았다. 이유인즉, 그렇게 떠내려오는 나무는 곧고 길어서 집 짓는 목재로 사용할 수 있어 위험을 무릅쓰고서라도 그렇게 한 것이다. 게다가 그 시기는 6.25 전쟁으로 산은 벌거숭이가 됐고, 겨울철 연료는 나무에 의존할 수밖에 없었다. 더욱이 기관은 산림에서 채취하는 행위를 엄하게 단속했으니 곧고 긴 아름드리나무를 보면 본능적으로 건지고 싶었을 듯하다.

　사천강이라고 하면 낚시 이야기를 빼놓을 수 없다. 앞에서도 여러 차례 말했지만, 사천강은 평창 사람들에게 자연 낚시터였다. 우선 송계산 기슭의 상리에서 여만리까지 강변으로 오솔길이 있어 여름마다 낚시와 보쌈을 놓아 일명 뚜구배인 감돌고기를 잡았다. 보쌈을 만든 다음 다슬기를 찧어서 구멍 옆에 바른 후, 잔잔하면서 물이 깊은 바닥에 구덩이를 파고 잠수를 해서 보쌈을 놓고 밖에 나오면 고기가 들어가는 것을 알 수 있었다. 또 여름철 비가 많이 오는 날이면 시뻘건 흙탕물이 됐는데 어김없이 낚시 준비를 했다. 이렇다 할 낚싯대가 없어 어린 낙엽송을 잘라서 낚싯줄은 비료나 시멘트 포대를 묶었던 실을 사용했다. 미끼는 지렁이를 선택했던지라 주로 퉁가리가 잡혔다.

다시 상리 쪽 강변으로 올라가면 바위가 조개처럼 생겼다고 해서 조개바위, 탱크처럼 생겨서 탱크바위, 벼락을 치면 당장이라도 떨어질 것처럼 뾰족하게 생겨서 벼락바위라고 부르던 곳이 있는데 현재까지 자리를 지키고 있다. 또 구 교량에서 100m 정도 올라가면 직경 80㎝ 크기의 굴에서 샘물이 많이 나왔는데, 겨울철에도 물이 따뜻해서 식수와 빨래 용도로 활용했다. 5월엔 어른들이 여기서 밤에 소나무 광솔로 불을 밝히며 작살로 고기를 찔러 잡았고, 우리 세대는 솜방망이에 석유를 묻혀서 불을 지펴 고기를 잡았다. 여름밤엔 줄낚시로 메기와 뱀장어를 낚았다.

이렇듯 사천강과 송계산은 떼려야 뗄 수 없는 관계다. 그 형상도 엄마가 아기를 가슴에 안고 있듯 송계산이 사천강을 품고 있다. 현재로 치면 송계산은 장암산을 올라가는 길목부터 패러글라이딩 활공장까지 올라가는 등산로에 해당하는데, 여만 지역과 상리 지역 경계이며, 사천강과 노산, 중리마을을 사방으로 감싸고 있어 어른들은 잘생겼다고 한다.

진경용 어르신의 이야기에 의하면 8.15 해방 전후로 상리·중리·하리·여만 지역 마을 사람들 중심으로 '송계'라는 계모임을 운영했다고 한다. 그 모임에서 땔감 목적으로 산을 소유했는데, 당시에 땔감이 부족해 이른 봄에 공동 작업으로 장작을 만들어 계원 집마다 나누어주기 위한 목적이었다. 그때부터 송계산이라고 불렀다는 말이 있다. 송계산은 이름처럼 소나무가 많았고, 이에 따라 중리 어른들이 계원이 아닌 사람들이 채취하는 데에 대한 단속을 심하게 했는데, 그 모습을 직접 목격하기도 했다.

1970년대는 매월 25일 마을 반상회를 정례적으로 개최했다. 요즘으로 말하면 소통하는 날이다. 면사무소 공무원이 담당 마을에 방문해 반상회를 독려하고, 직접 참여까지 하면서 오지마을에 가는 날은 밤을 지내고 귀청했다.

1976년 6월 초여름, 나는 마지1리에 들렀다. 반상회보를 반장 가정까지 전해주고, 이장 집에서 저녁 식사와 반상회까지 마쳤다. 마을 사람들이 돌아간 후 이장이 강에 그물을 놓고 온다기에 그러라고 하고 나는 사랑채에서 잠들었다. 그런데 이른 아침 왁자지껄하는 소리에 잠이 깨 나가 보니 대략 50cm가 넘는 쏘가리가 펄떡이고 있었다. 이장은 그 쏘가리를 살려둘 거라며 오후에 면장에게 가져다주면 좋겠다기에 그 심부름을 자청했다. 그렇게 사무실에서 근무하다가 오후에 부면장의 90cc 오토바이를 타고 내려갔더니 쏘가리는 펌프로 퍼 올린 지하수가 담긴 시멘트 수조에서 반들반들한 눈알을 반짝이며 살아 있었다. 그런 쏘가리를 비료 포대에 넣어 오토바이 뒤에 고무줄로 동여매고 출발했다.

그런데 도돈리 응고개에서 뒤를 보니 비료 포대만 있고 쏘가리가 사라지고 없었다. 고기를 담을 때 어리석게도 고기가 입을 딱딱 벌리기에 불쌍해 보여 포대 끝을 칼로 구멍을 뚫어두었는데, 비포장길이라 덜컥덜컥하니 미끄러져 나가버린 것이다. 이를 확인하고 곧장 뒤돌아서 지나가던 국민학생들에게 오면서 물고기를 보았느냐고 물으니 빨간 화물차 운전기사가 도돈국민학교 앞에서 차를 세우고 무엇을 주워서 가지고 가더라고 했다. 이에 오면서 마주친 차 한 대가 생각나 뒤쫓아 갔다. 그렇게 도돈다리를 지나 마지삼거리에서 주민에게 물어보니 영월 쪽으로 지나갔다고 했다. 그래서 마지2리 아파실 입구에서 평창과 영월 경계인 원동재 쪽으로 시선을 돌리니 빨간색 화물차가 군 경계인 고개를 넘어가는 것이 보였다. 고물이 다 된 오토바이라 힘이 달려 기어를 1~2단을 수시로 변속해 가면서 고개를 넘어 영월군 연덕리 서낭골 인근의 집 한 채 있는 곳에서 추월해 화물차를 드디어 세웠다. 그랬더니 운전기사가 짐작한 듯한 눈치로 왜 그러느냐고 물었다. 여차저차 사정을 설명했더니 웃으면서 막걸리값만 주고 가져가라면서 흙투성이가 된 쏘가리를 내주었다. 그제야 안심하고 돌아오면서 아페실 다리 밑 개울가에서 깨끗이 씻고 면사무소에서 다시 손질하여 면장 품에 안겨주었다.

지금 같으면 도로 사정이 좋아서 잃어버리지도 않을 것이고, 잃어버린 고기를 찾으러 가는 일도 없을 것이며, 심부름 대신 이장 집에서 마을 사람들과 매운탕을 끓여 먹었을 것이다. 하지만 당시의 나는 이장이 면장에게 쏘가리를 먹었느냐고 물어보았는데 그런 적 없다고 하면 내가 먹은 것이 되고, 그러면 이장이 내게 실망할 것을 생각하니 한사코 찾아야겠다는 마음뿐이었다. 또 기사가 못 봤다고 발뺌하면 헛수고였을 텐데 그러지 않고 바로 내어준 운전기사에게 고마울 따름이다. 언제 꺼내 봐도 참 재미있는 추억이다.

▶잃어버린 큰 자라

1989년 여름에 일어난 사건이다. 낚싯대를 판매하는 가방 장수가 사무실에 들어와 직원들이 물건 구경을 하고 있었다. 이때 밤에 메기가 많이 잡힌다는 이야기를 하면서 직원 몇 명이 밤낚시를 가자고 했다. 이에 나는 대낚시는 해봤지만 닐낚시는 해보지를 않아서 호기심이 생겼다. 그래서 닐낚싯대를 구입해 나와 마찬가지로 처음 해보는 직원과 함께 토요일 오후 평창 약수고목나무 맞은편에서 연습했다. 이곳을 선택한 이유는 강바닥에 모래만 있어 낚시가 걸리지 않아 연습하기가 좋아서였다. 그렇게 한 시간 동안 낚싯대 던지는 연습을 하다가 낚시에 지렁이를 꿰어 던져 놓고, 더운 날씨라 한적한 곳으로 올라가 목욕을 했다. 도중에 방울 소리가 들렸지만 느긋하게 목욕을 끝내고서 돌아와 낚싯대를 들어 올렸다. 그랬더니 장애물에 걸린 것처럼 잘 끌려오지를 않아 억지로 당기며 약 10m 떨어진 데서부터 나오는 것을 보니 자라였다. 당황스러웠지만 예전에 자라에게 물리면 손가락을 크게 다친다는 말을 들은 적이 있어서 조심스레 건졌다. 자세히 보니 직경 25㎝의 꽤 큰 놈이었고, 입에 물린 낚싯줄은 이미 끊어졌지만 뒷다리에 낚시가 걸려 도망가지 못한 듯했다.

처음 닐낚시를 하면서 이런 귀한 손맛을 본 나와 함께 간 동료는 흥분해 낚싯줄을 끊어 고기 망태기에 넣어두었다. 그리고 밤 9시가 되어 귀가 준비를 했다. 그런데 이게 웬일인가. 기분 좋게 고기 망태기를 들어 올렸는데 자라는 온데간데없고 물만 가득 든 빈 망태기만 있었다. 알고 보니 자라는 네발이 있어 엉금엉금 기어 올라갈 수 있으니 그물망 윗부분을 두세 번 꼬아 두었어야 했는데 경험이 없으니 그걸 미처 생각하지 못하고 그대로 걸어두었다가 놓쳐버린 것이다.

사실 나는 파충류 알레르기 반응으로 병원에 다닌 적이 있어 먹지는 못하지만, 아쉬움에 속이 상한 우리는 시내에 들어와 포장마차에서 자라 놓친 이야기를 하면서 애먼 소주병만 비워나갔다. 시간이 제법 흘렀음에도 그때 놓친 자라는 여전히 아깝다.

▶일주일 동안 헤엄친 평창강

1974년 7월은 내가 입사한 지 4개월째 접어드는 달이었다. 그때 고희동 면장이 조를 편성해 마을마다 여름 퇴비를 독려하라고 지시했다. 이에 나는 선배와 동료들과 유동으로 출장 가 이장 집에서 점심으로 라면을 먹고 있는데, 라디오에서 방림 지역에서 배 전복 사고로 어린이 12명이 실종됐다는 뉴스가 흘러나왔다.

다음 날 아침에 출근하니 전날 라디오에서 들었던 실종 어린이를 찾는 군수 특별 지시가 내려왔다. 지금은 다수 지역에 큰 다리 2개가 놓여있지만, 그 당시는 다리가 없어서 나룻배로 다수와 하일을 오갔던지라 뇌운과 다수의 강변을 5명이 한 조가 되어 일주일 내내 강변 주변을 샅샅이 살피고, 강물을 헤엄쳐 다녔다.

그렇게 시간이 흘러 나흘째 되던 날 오후, 다수마을 나루터 송방에서 자연스럽게 주민들과 술자리가 만들어졌다. 술기운이 살짝 오르는가 싶더니 동료와 선배 사이에 술 내기가 오갔다. 동료가 20살, 선배가 7살 더 많았으니 그럴 만한 나이였다. 지금이야 투명하고 자그마한 소주잔이 흔하지만, 그때만 해도 작은 스테인리스 그릇을 주로 이용했다. 거기에 동료와 선배가 25짜리 대병 소주를 한 잔씩 부어 마시면서 끝까지 남는 사람이 이기는 게임이었다. 그런데 2병을 비우고 3병째가 되어도 승부가 나지 않자 다시 배를 타자며 일어나는데 선배가 몸을 가누지 못하고 넘어졌다. 하는 수 없이 송방 집에 눕혀놓고 나머지 인원과 배를 타고 건넜다. 하지만 이때부터가 문제였다. 동료는 계장마을 이발소 앞에 다다랐을 때부터 축 늘어져 걷지를 못했다. 그래서 나와 선배 2명이 번갈아가면서 부축해 계장 옥고개를 넘어 후평리 옛 삼거리 초가 뒤편 마루에 눕혔다. 그렇게 몇 번을 쉬어가면서 고개를 넘다 보니 날이 어두워졌다.

택시도 귀하고, 휴대폰도 없는 시절이라 선배는 수고로움을 덜기 위해 주진 방향에서 자동차가 오는 불빛이 보이면 손을 흔들어 세우라는 신호를 보냈다. 그러나 차들은 매정하게 그냥 지나갈 뿐이었다.

그래도 포기하지 않고 한참을 시도한 끝에 지프차 한 대가 멈췄고, 군 마크가 새겨진 모자를 쓴 사람이 내렸다. 그가 정영철 군수라는 사실을 확인하는 순간 우리는 잔뜩 겁을 먹었다. 술을 마신 게 들킬까 봐 조마조마했던 것이다. 이런 우리 마음을 아는지 모르는지 군수는 고생한다며 차에 타고 했다. 두세 번을 사양했지만 한사코 권하니 선배만 타고 떠났다. 그리고 남은 사람들은 동료 가족에게 연락한 뒤 가지고 온 손수레에 태워서 1㎞ 떨어져 있는 집까지 데려다주었다. 그제야 군청 앞에 가니 선배가 정문에서 우리를 기다리고 있었고, 다 같이 면사무소로 귀청했다. 들어가면서 분위기가 어땠는지 걱정되어 물어보니 군수가 아두것도 묻지 않아 편하게 왔다고 했다.

이제야 고백하지만 선배가 군수 차에 빨리 안 타는 것이 그때는 그렇게도 원망스러웠다. 동료가 만취한 상황이 발각되면 모두가 혼나는 건 물론이고 징계감이었으니 짧은 순간이었지만 마음 졸인 걸 생각하면 지금도 아찔하다. 얼마나 조마조마했던지 지금도 옥고개를 넘다 보면 먼지 뿌연 초가집 뒷마루에 누워있던 일이 생각난다.

▶오리 새끼 10마리

평창강은 남한강 상류로 여름에는 많은 피서객이 찾아오고, 토종 민물 어종이 많이 서식한다. 4~5년 전만 해도 마을 사람들과 민물고기를 잡아서 매운탕을 끓여 먹는 재미로 강에 자주 나갔었다.

2011년 6월, 비가 많이 내린 후 다음 날 밭에 농작물 피해 여부를 확인하는데 한 것 불은 사천강이 시뻘건 흙탕물로 변해 있었다. 동부 지역 상리천에서 흐르는 개울과 큰 강물이 합류하는 지점이 있다. 유속이 없는 가장자리에는 어미 물오리 한 마리와 새끼 10마리가 있었는데, 먹이를 찾으면서 무언가 부지런히 가르쳐 주는 모습이었다. 그러던 중 인기척을 느낀 어미 오리는 다른 곳으로 휙 날아가 버렸고, 새끼들은 200m 강을 한 줄로 건너가다가 약 10m 지점에서 계란형으로 모여 빠른 유속에 밀려 대각선으로 떠내려갔다. 그 모습을 보고 새끼 오리들이 무사히 건너갈 수 있을지 걱정 되어 지켜보고 있으니 새끼들이 강의 절반쯤 다다랐을 때 어미 오리가 다시 날아와 함께 강을 건넜다.

며칠 후 같은 장소에서 그 오리 무리와 다시 마주쳤다. 그날은 평화롭게 먹이를 찾는 모습이었다. 그제야 처음 오리 가족을 봤던 때가 떠오르면서 어린 생명체도 위기 상황에서 서로 의지하며 어려움을 헤쳐가는 사실이 경이로웠다.

이처럼 평창강에는 물오리가 오래전부터 서식하여 즐거운 추억이 많은 곳이다. 새끼가 다 자라면 7월부터 늪이나 풀숲에 알을 낳는다. 이로 인해 여름방학 때 물놀이를 하다가 풀숲에서 오리알을 줍기도 했다. 그러면 당시에는 계란도 먹지 못한 시절이라 횡재나 다름없었다.

▶추억 많은 다리

2016년 2월 하순경, 아침을 먹고 장암산으로 운동가는 길에 일제 강점기에 놓은 평창 구 교량을 건너게 됐는데, 난간을 철거해 새 단장 작업 중이었다.

사실 이 다리에 대한 추억이 많다. 그래서인지 지금도 종종 상판만 있고 난간 없는 다리, 다리가 끊겨서 건너가지 못했던 상황, 소를 몰고 다리 위를 가던 어린 시절, 아버지와 이웃 어른들이 다리 위를 걸어가던 장면, 맑은 물과 흙탕물이 흐르는 강 위의 높은 다리를 떨어질까 봐 쩔쩔매던 모습, 여름밤 모기를 피해 다리 위로 피서 갔던 일 등이 꿈에 나타난다. 아마 앞으로도 평창을 떠나지 않는다면 이 다리를 건너다닐 것이다.

실제로 과거의 교량은 난간이 없었다. 게다가 높고 길었으니 건너려면 무서웠다. 그런 다리였건만 옛 기억에 공사 중이라 출입을 제한했지만, 겨울철이라 공사를 잠시 중단한 틈을 타 다리를 건너보았다. 다리는 약 6m로 승용차가 교행할 수 있는 너비인데도 불구하고 어지러워서 난간 쪽으로는 가지 못하고 정중앙으로 멀리 보면서 걸었다. 다리 놓기 전에는 배를 이용했다는데, 강바닥에는 지금도 물이 고이도록 굵은 나무가 박혀있는 흔적이 보였다.

한편, 나의 어머니 12세 때 이곡마을에서 다리가 완공되어 구경하러 왔다는 이야기를 몇 번 들려주었다. 1973년 춘천 소양강댐이 완공되어 한동안 관광지가 됐듯이 어머니가 시집오던 1942년 가을에 이미 평창 구 교량이 있었다고 한다. 교량 입구 표지판에도 소화 12년(1937)에 준공했다는 내용이 쓰여 있다. 그리고 이 다리는 6.25 전쟁 때 1951년 2월 3일, 미군이 평창 지역을 적군으로부터 탈환하는 과정에서 구 교량 상판과 교각이 폭격을 맞았다. 이후 상판은 철판과 시멘트로 보수했는데, 강바닥에서 교량을 올려다보면 교각에 폭탄에 맞은 흔적이 아직도 고스란히 남아있다.

이런 교량은 여름철이면 중리와 상리 주민들이 초저녁부터 모여들었다. 강바람이 시원해 모기향이 없는 시절에 모기 피난처로 이용한 것이다. 그렇게 밤 10시까지 모여 놀다가 돌아갔다. 또 기억에 남는 특이점은 상리 쪽 다리 밑 강변에 어른 크기의 대마가 많이 자랐다는 것과 5월 단오가 되면 하루 전 마을 청년들과 젊은 아저씨들이 집집마다 볏짚을 조금씩 모아서 단옷날에 중리와 상리 양쪽 교량 끝에 그넷줄을 매다는 풍경이다. 그러면 젊은 아낙네와 마을 사람들은 물론 시내 사람들까지 남녀노소 모두 그네를 타면서 구호를 외쳤다. 오래전부터 부르던 어른들의 구호는 상리 쪽에서 "종부 넌들 취떡이어!" 하고 먼저 소리치면 중리 쪽에서도 같은 구호를 외치며 그네 타기를 즐겼다.

▶송어장과 남산 개울

내가 살던 상리는 작은 마을이지만 꼭 자랑하고 싶은 게 있다. 바로 송어다. 평창 송어가 유명해진 계기는 1960년대 중반, 전국에서 처음으로 양식을 하게 되면서부터다. 이와 관련해 윗마을에 용천수가 많은 곳을 평창농업고등학교 학생들을 동원해 수질검사를 해왔다는 이야기를 들은 적이 있다. 그리고 국민학생 때 윗마을에서 송어를 많이 기른다고 하여 직접 방문도 했었는데, 족히 수십만 마리가 되어 보이는 손바닥만 한 크기의 송어가 토공 수조 안에 들어있었다. 그로부터 몇 년 뒤에는 콘크리트 수조로 확장했고, 종종 크게 자란 송어를 헬리콥터로 실어가는 걸 목격하기도 했다. 그때마다 나와 친구들은 한참을 뒤따라가며 구경했다. 나중에 이 양식장이 국립으로 운영되다가 강원도립 관할에서 1970년대 후반에 개인에게 매각됐다는 사실을 알게 됐다. 또 1980년대 초 평창중학교 운동장에서 한 KBS의 〈전국노래자랑〉 녹화분이 방영되면서 본격적으로 송어가 평창 특산물로 부각됐다.

미탄 지역도 상리 송어장을 계기로 송어 양식장이 들어섰다. 이로써 평창과 미탄 지역 송어 생산량이 전국에서 제일 많은 곳이라 한다. 더욱이 평창과 정선 지역은 석회암 지대라 곳곳에 용천수가 형성되어 있어 송어 기르기에 적지라고 한다. 그래도 그 시절에는 송어가 귀해서 웬만한 주민들은 잘 먹어보지 못 했다. 반면, 같은 마을에 사는 우리는 종종 붙들어 먹기도 하고, 남산 개울에서 잡기도 했다. 공직 생활을 할 때는 상부 기관이나 귀한 손님이 오면 송어장에서 송어회를 대접했다. 그때마다 소주 한잔에 송어 한 점이 기본이었는데, 회보다 소주가 줄어드는 속도가 빨랐고, 손님이 먼저 술에 취하는 일이 비일비재했다. 그만큼 송어회가 좋은 안주였던 듯하다.

어느 신문을 브니 송어를 국내에서 처음 기른 것이 1965년부터라고 하니 우리 마을이 처음인 게 증명된 샘이다. 지금도 우리 지역은 송어를 연간 80C여 톤을 생산해 전국에 공급하고 있다. 게다가 2017년 1월에는 국립수산물 품질관리원 지리적 표시 등록 제23호로 지정되어 자타가 인정하는 평창 명물이 됐으니 기쁘지 않을 수 없다.

한편, 평창강 주변은 실개천과 소하천이 많고, 1970년대까지만 해도 통나무 2~3개를 묶은 다리 또는 굵은 돌 몇 개로 징검다리를 만들어 개울을 건너다녔다. 그 가운데 용천수가 흐르는 곳이 우리 마을 남산 개울로 교량이 생기기 전까지 굵은 돌 20여 개가 놓여 있었다. 그 외 종부 지역으로 넘어가는 수고개와 상리의 상여 틀을 보관하던 옛 곳집 앞 샘골로 가는 길에도 징검다리가 있었는데 강가 돌이라 반듯하지 않고 둥글어서 미끄러지기 십상이었다. 그래서 발을 디딜 때 중심을 잘 잡아야 넘어지지 않고 무사히 건널 수 있었다. 특히 물건을 머리에 인 아낙들은 고개를 숙이지 못하니 건널 수 없었다. 그런데 남자들은 지게에 가마니 또는 소쿠리를 달아서 거름과 감자와 옥수수를 지고 다녀도 사고 없이 잘 다녔다. 실제로 이웃집 할아버지와 아버지는 이른 봄 쇠똥거름을 소쿠리에 담아서 지게에 짊어지고 징검다리를 수없이 오가도 넘어지는 일이 없었다.

검정고무신을 신은 어린아이들의 상황은 또 달랐다. 물이 넘칠까,

아니면 물에 빠질세라 조마조마하면서 한 발씩 내디뎠는데, 돌이 뒤 뚱뒤뚱해 물에 안 빠지려고 중심을 잡다가 넘어지면 재수 없는 날이 었다. 그런 아찔함이 있어도 진달래가 온 산천을 붉은 물결로 물들이 는 4월이면 나와 친구들은 2~3일 후 진달래의 만개한 모습을 집에서 보기 위해 가지 채 꺾으러 징검다리를 수도 없이 건너다녔다. 그러면 서 물에 한두 번 빠져본 경험이 평창에서 나고 자랐다면 다들 있을 테다.

2장 삶의 터전에서 쉼터가 된 산의 사연

▶거송이 많은 남산

평창의 남산은 시가지를 한눈에 내려다볼 수 있는 가까운 산이며 평창강과 접해있다. 이곳은 100년 이상 된 소나무가 많고, 높지는 않지만 산세가 좋으면서 여러 개의 작은 능선에 쉼터가 있어 지역에서 최적의 산책 코스로 꼽힌다.

남산의 소나무는 과거에도 주목을 많이 받은 듯하다. 일제강점기에 송탄유를 만들기 위해 송진을 채취한 흔적이 있으니 말이다. 이 같은 소나무가 장암산에도 있다. 또 2019년에 발행한 《일제강점기 신문 기사로 보는 평창》에도 1942년에 공출용 송진을 부녀 및 아동과 노인을 총동원하여 채취와 수납했다는 내용이 기재되어 있다. 동물에 비유하면 피를 뽑은 것과 같다. 그래서 산을 좋아하고, 나무를 사랑하는 사람들은 이런 자취를 볼 때마다 국권을 빼앗긴 아픔을 새삼 떠올리곤 한다.

사실 1960년대까지만 해도 나무는 귀한 연료였다. 이로써 임산물은 산림기관과 경찰의 단속으로 때와 장소를 가려서 채취를 해야 했다. 굵은 나뭇가지는 물론 떨어진 솔잎(일명 갈비)도 단속 대상이었기 때문이다. 그런데드 시가지와 가까운 남산에서 도벌하는 사람도 있었다. 한두 번 경험이 있는 사람은 나무 하단부에 미리 톱질을 해두고 낮 12시 사이렌 소리가 울리면 넘어뜨렸다. 이렇게 베어지는 나무는 강물이 꽁꽁 얼었을 때 얼음 위로 운반했다.

남산으로 산책을 하다 보면 50년 이상 된 낙엽송 숲을 볼 수 있는데, 상리에서 종부로 넘어가는 일명 수고개로 우리 부모님이 1960년대에 괭이, 삽, 그리고 낫으로만 화전을 일구어 20년이 넘도록 옥수수와 감자를 재배해 왔다. 어린아이를 등에 업고 가서 땅바닥에 포대기를 펼친 다음 아이를 내려놓고 작업한 건 기본이고, 국민학생 누이를 학교에 안 보내고 집에서 동생들을 돌보게 하면서 만든 그런 화전이었다.

그렇게 일군 화전에 아버지는 이른 봄부터 소쿠리를 매단 지게에 쇠똥거름을 가득 지고 이른 아침부터 1㎞ 이상 되는 거리를 두세 번 왕복하며 올려놓았고, 보름 이상이 되면 마당에 쌓인 쇠똥거름이 없어지고 감자와 옥수수를 심는 시기가 다가왔다. 감자는 파종 후 4개월이 되면 수확할 수 있었는데, 어머니는 캐고 아버지는 그것을 지게로 며칠 동안 집으로 날랐다. 오전에 두 번, 오후에 세 번 가져온 감자를 헛간에서 선별 작업을 하면서 쑥대로 만든 1.5m 높이의 둥근 원형 통에 넣으면 감자가 가득 찼다. 또 가을이면 철봉 같은 것에 매달아 놓은 껍질로 붙들어 맨 흰 옥수수 더미가 가득 쌓였다. 추수가 끝나면 이걸 방 안에서 알곡으로 만들었다. 그러면 이듬해 봄까지 옥수수와 감자 덕에 식량 걱정은 없었다.

그런데 1972년 봄 어느 날, 아무런 통보도 없이 군청에서 낙엽송 조림을 했다. 그때 부모님은 심히 속상해했다. 다름 아니라 하루아침에 고생해서 일군 기름진 옥토를 잃게 됐으니 그 심정을 어찌 말로 다 할 수 있었을까 싶다. 그로부터 50여 년이 지난 지금 그곳이 산책코스가 되어 많은 사람에게 즐거움을 주고 있지만, 내게는 여전히 감자를 심어 캐고, 옥수수 수확하던 장면이 머릿속에 생생히 남아있다.

앞서 잠시 도벌에 대해 살짝 언급했는데, 도벌 이야기에서 빼놓을 수 없는 게 도벌꾼 단속반이다. 이들이 얼마나 무서웠던지 '산림간수(山林看守)'라고도 불렀다. 그런 그들의 눈을 피하면서 나무를 했는데, 특히 추운 겨울을 나기 위해 11월이 되면 시내는 물론 상리마을에서 손수레를 이용해 미탄으로 넘어가는 맷둔재 부아골과 손의골을 비롯해서 골짜기마다 나무하는 사람이 늘어났다. 어느 정도였느냐 하면 한 해 겨울이 지나면 굴참나무가 많은 산 능선 하나가 벌거숭이가 될 지경이었다. 또 방학이면 사람이 더 많아지면서 손수레 하나에 2~3명씩 붙어 톱과 도끼를 사용해 장작을 마련하기도 했다. 나무를 운반할 때도 요령이 있었다. 통나무를 잘라서 손수레에 실을 때 속이 잘 보이지 않게 속가바리로 가려서 싣는가 하면, 경사진 신작로에 내려오려면 속도를 조절하는 손수레 뒤쪽 어른 팔뚝 굵기의 통나무를 대각선으로 대고 내려와야 했다. 이렇게 하면 나무가 도로 면에 닿는 북북 소리도 나고, 속도 조절도 가능해지니 힘들이지 않고 기분 좋게 내려올 수 있었다. 신기하게도 재 밑에서 그 소리를 들으면 손수레가 어디쯤 지나는지, 손수레 몇 대가 내려오는지 알 수 있었다.

하지만 평지인 노론삼거리에서 단속하면 꼼짝없이 산림간수에게 걸렸다. 이때는 무조건 잘못했다고 한번만 봐달라고 사정하는 게 상책이었다. 대신 중리 큰 다리에서 지키고 있으면 가족과 이웃 간의 정보를 얻고서 단속을 피할 수 있었다. 산림간수는 오토바이를 타고 동에 번쩍 서에 번쩍 골짜기를 다니면서 단속을 하기도 해 도벌하는 사람들은 오토바이 소리만 들어도 깜짝깜짝 놀랐는데, 어두운 시간에 손수레를 끌고 신작로로 내려오다 오토바이 소리가 들리면 도로 한쪽에 세워놓고 불빛을 피해 언덕 밑에 재빠르게 몸을 숨기곤 했다. 그뿐만 아니다. 산림간수는 타이어 무시를 열고 바람을 빼놓고 가는 경우도 있었다. 그런 날은 나무가 가득 실려 있는 손수레가 요지부동이라 재수는 없었지만 적발되지 않았으니 다행이라 생각해야 했다. 물론 손수레와 나무를 집까지 가져오기 위해 타이어에 바람을 넣으면 되는 일이었다. 혹여나 공기주입기가 없으면 이웃집 손수레를 빌려서 옮겨야 해 늦은 시간까지 작업해야 하는 수고로움이 따랐다. 당연히 처음에는 이런 상황이 난감하지만 한번 겪은 사람은 타이어 튜브에 달린 일명 무시(던롭)와 바람 넣는 수동식 공기주입기를 가지고 다녔다.

이렇게 도벌을 해오면 다음 날 톱으로 자르고, 도끼로 쪼개고, 장작을 만든 후 작은 단을 묶어서 판매할 준비를 한다. 농부가 농사지으면 좋은 것만 판매하듯이 도벌꾼도 마찬가지다. 곧고 좋은 장작은 팔고, 못난이 장작과 잎이 붙은 섶나무를 겨울철 연료로 사용했다.

▶굶주림을 없애준 화전

1970년대에 정부가 추진한 중요한 사업 중 하나가 화전 정리였다. 그래서 매일 사무실에 출근하면 한 차례 회의를 하고, 화전 정리에 필요한 빨간 페인트와 붓, 시너, 시멘트로 제작된 경계표시판, 말뚝, 도면 등을 들고 담당 마을의 온 산을 헤매는 것이 일과였다. 그런데 우리 지역은 70% 이상이 산이다. 게다가 마을 골짜기는 물론 도로변에도 화전이 많았다. 또 대부분 경사지고 척박했으며, 감자와 옥수수, 콩 등을 심어 먹거리를 생산했다. 이제 고인이 됐지만 그 시절 함께 고생한 마지리 이장은 잊을 수가 없다. 15살 이상 많음에도 우리 일을 자주 도와주었으니 참 고마운 사람이다.

당시에 나는 거리는 멀지만 국도변의 버스와 자전거가 다니는 지역을 담당했었다. 동부 지역인 조동·고길·지동마을의 길은 비포장이라서 노면이 울퉁불퉁하고 하천길이 많아 자전거도 제대로 탈 수 없는 그런 곳이었다. 더군다나 화전은 많은데 시내버스도 없는 시절이라 교통이 불편해 그 지역을 담당한 동료들이 꽤 고생했다. 그래도 현재 우리 지역 이곳저곳을 다니다 보면 골짜기마다 50년 이상의 낙엽송이 집단으로 조성된 곳이 눈에 띄는데 대부분 화전정리사업으로 조림한 것이라 내심 뿌듯하다.

한편, 화전정리사업 일환으로 화전민을 다른 곳으로 이주시켜야 했다. 이에 따라 이주 비용과 정착금 지원은 물론 이사하는 곳까지 인솔하는 게 담당 공무원의 임무였다. 그런데 이주했다가 몇 년 후 귀향하는 경우도 있어서 요즘처럼 머지않아 농촌 지역 인구 소멸 가능성에 대한 이야기를 들을 때마다 50년 전과 같은 상황이 다시 일어났으면 하는 마음이 간절하다.

▶쉰 옥수수밥 한 그릇의 추억

1976년 여름, 잊지 못할 기억이 있다. 그 무렵에는 아침에 출근하면 9시에 회의를 하고, 조를 편성해 화전이 많은 오지마을 중 경계 표시를 하지 못한 지역 중심으로 빨강 페인트, 시너, 붓을 챙겨 출동했다. 그날은 입탄 지역에 가게 됐는데, 10시를 조금 넘긴 시간에 약수마을에 자전거를 세워두고 걸어서 모래재를 넘어 마을에 도착했다.

좌우측으로 골짜기마다 목표한 경계 표시를 마치고 본동 이장 집에 도착하니 오후 3시였다. 배가 고파서 도저히 더는 다닐 수가 없어 이장네 안주인에게 밥을 달라고 하니 옥수수에 쌀을 섞어 지은 밥인데 쉰내가 나서 못 먹을 것 같다고 했다. 그래도 조금 달라고 해 먹어 보니 그대로는 먹지 못할 것 같아 찬물에 씻어 건더기로만 요기를 하고 다시 작업을 시작했다.

본동 마을 끝까지 화전 정리 경계 표시를 끝내고 저녁 9시가 돼서야 이장 집에 도착하니, 점심을 제대로 못 준 게 미안하다며 좁쌀 섞은 밥을 차려주었다. 그렇게 나는 그릇 위로 수북이 올라온 밥을 다 먹었다. 집에서도 그런 밥을 먹어본 적이 없는데 말이다. 세월이 한참 지났건만 배고팠던 그 순간과 그 밥은 잊히지 않는다.

그리고 지금은 자동차를 타고 모래재를 지나다니지만 밤 10시가 되어서야 고개를 넘어 다시 자전거를 타고 귀가했던 그때 그 시절이 문득문득 스친다.

▶못다 벤 메밀

1976년도 8월경이었다. 면장이 급하게 찾아서 면장실에 가니 나를 포함한 젊은 직원 3명에게 화전정리지구에 재 모경이 발생했다며, 단속도 하고 메밀을 베어버리라는 지시를 했다. 다름 아니라 당시에 중앙 정부에서 헬리콥터를 이용에 화전정리지구에 농작물 재배 여부를 종종 확인했는데, 천동 도마치 마을에서 적발된 것이다. 더욱이 8월 중순이라 메밀꽃이 활짝 피어 눈에 띈 것이었다.

실제로 전달받은 장소에 가보니 산 중턱에 상당한 면적에 메밀이 심어져 있었다. 그리고 반장을 비롯한 마을 주민들이 여름 퇴비를 준비하느라 풀을 작두로 자르고, 더미를 만들고, 지게에 싣는 등 분주하게 움직이고 있었다. 그런 그들에게 방문한 이유를 설명하고 메밀을 베라고 하고는 마침 점심시간이라 이장이 집 안에 들어가자고 하여 얼떨결에 주민들과 둘러 앉아 식사를 했다. 그런데 꽁보리밥이 나왔다. 주민 말에 의하면 마을에 큰일이 있어야 이렇게라도 먹을 수 있

제 1 부 평창을 지키는 강산

다며 어렵고 힘든 현실을 전했다. 그 와중에도 나는 메밀 베는 작업이 어느 정도 진행됐는지 궁금했다.

식사를 마치고 밖으로 나오니 다행히 메밀이 없어진 흔적이 보여 오늘 중으로 다 베라고 하고 돌아서려는데, 내가 나이가 들어 보였던 지 갑자기 반장이 내 뒷주머니에 봉투를 넣었다. 깜짝 놀라서 손에 잡히는 봉투 두께를 보니 100원짜리 지폐 20장은 되는 듯했다. 그때 봉급이 3만 원 정도였으니 엄청난 금액이었다. 그래서 봉투를 반장에게 내던지고 그 길로 뛰어서 300m 정도 내려와 기다리고 있으니 함께 간 동료 2명이 내려왔다. 그리하여 메밀밭이 제대로 정리됐는지 확인도 못 했다. 이런 일이 있었던지라 메밀꽃만 보면 그날의 일이 떠오른다. 덩달아 그렇게라도 해야 했던 그 시절 마을 사람들 생각에 괜스레 마음이 짠해지기도 한다.

한번은 6월 중순경에 도돈 진바리 자연부락으로 재 모경 단속을 하러 갔다. 300여 평에 1.5m 이상 자란 옥수수를 베야 했고, 3명이 낫으로 작업하던 중에 나이 많은 선배는 이내 멈추고 나와 동기가 하는 것만 보고 있었다. 당시에는 힘들어서 그런가보다 생각했는데, 몇 년 후 술자리에서 명색이 지도직 공무원인데 다 자란 옥수수를 베려니 마음이 편치 않아 쳐다만 보았다는 그의 고백을 통해 이유를 알게 됐다. 우리는 그의 심정도 모르고 젊은 혈기에 다 자란 옥수수를 신나게 베었으니 뒤늦게 양심에 찔렸다.

어느 하루는 동부 지역에서 농부 하나가 오일장이 서는 날 손수레에 실은 잎이 한두 개 달린 어린 콩 비료 세 포대를 면사무소 뒷마당에 가져다 놓으면서 면장에게 항의하는 일이 있었다. 그 많은 콩을 뽑으면서 속상한 농부의 마음을 누가 달래줄 수 있었을까. 그 심정을

100% 이해할 수는 없었지만 그 시절 함께 근무한 사람들은 그 농부를 보면서 하나같이 안타까웠을 테다.

이렇듯 화전에 심은 감자, 옥수수 등은 주민들에게 생명과도 같았다. 그런데도 그것을 단속하고, 기껏 길러둔 곡식을 모조리 없애버렸으니 그 자리에 낙엽송이 빼곡히 들어선 멋진 풍광을 봐도 그 시절 고달팠을 사람들 심경이 헤아려져 종종 가슴이 먹먹해져 온다.

제 2 부

어린 시절 추억을 수놓은 풍경

신나게 뛰어놀던 유소년 시절

▶평창초등학교의 변천사

나의 모교 평창초등학교가 최초에 자리 잡은 곳은 현 평창중학교 (노성로/중리 350번지 일원)가 있는 곳으로, 1912년 평창공립보통학교로 설립 인가를 받아 그해 5월 14일에 개교했다. 그 후 1944년에 현재 위치(송학로 71/하6리 83번지)로 개신축해 이전했다. 역사가 오래된 만큼 일제강점기, 광복, 6.25 전쟁을 모두 겪은 사연이 많은 학교다. 이런 모교에서 동문체육대회가 열린다기에 방문했는데, 내가 졸업했던 60여 년 전의 모습은 온데간데없었다.

1960년대 당시의 기억을 잠시 떠올려보면 다들 책가방 대신 흰 광목천에 검은색으로 물들인 보자기를 들고 다녔고, 여름철 비 오는 날이면 보자기를 펴서 책과 상의를 둘둘 말아 어깨에 메고 아래 속옷만 걸친 상태로 집까지 뛰어가곤 했다. 또 학교에 가려면 구 평창경찰서를 지나 도수로 옆 비포장 농로를 거쳐야 했는데, 비가 오면 검정고무신이 진흙 범벅이 되니 이를 방지하기 위해 저마다 요리조리 골라 발을 내딛는 풍경이 펼쳐졌다.

학교 정문은 교실 맞은편 남쪽이었고, 교실은 운동장이 보이는 1열은 목조 교실, 2열은 서편 시멘트 구조 교실, 3열은 콜타르를 칠하고 검은색 송판을 붙인 목조 판벽 교실, 4열은 초가 교실이었다. 그리고 1열과 3열 사이에는 복도형의 통로가 있었다. 동쪽에는 화장실이 있었으며, 서편에는 화장실과 연못 주변에 버드나무가 있었다. 현재는 본동 교실은 2층 건물, 뒤편 교실은 3층 구조로 바뀌었고, 옛 정문 쪽 모서리에는 옛 건물 흔적은 사라지고 옥내수영장이 들어서 있다. 그 외 1970년대어 식재한 본동 교실 앞 운동장 플라타너스는 행사가 있을 때마다 운동장을 이용하는 이들에게 그늘을 제공해 주곤 했는데 이제는 아름드리로 자란 두 그루만 남았다.

　학교는 겉모습분만 아니라 시스템적인 부분도 많이 달라졌다. 도시락을 싸 다녔지만 이제는 교내식당에서 급식을 먹고, 겨울철 연탄난로에서 중앙 냉난방 시설을 이용한다.

38회 6학년 2반 (1953)

1953년, 평창향교를 배경으로 촬영한
제38회 평창국민학교 졸업사진(6.25 전쟁 때 교실 전소로 향교에서 수업함)
*출처:《평창초등학교 100년사》

　한편, 내가 국민학교에 다닐 때는 저학년은 뒤편 교실에서, 고학년

이야기를 담은 평창의 옛 풍경

은 앞 동 교실을 사용했다. 그러니 5~6학년이 되면 운동장이 보이는 본동에서 공부를 했는데, 이렇게 되기까지 우여곡절이 있었다. 지금 팔순이 넘은 선배 즉, 6.25 전쟁 때 평창국민학교에 다니던 학생들은 교실이 소실되어 평창향교에 본교를 두고 현 군청 뒤 영림서창고에서 수업을 했다고 한다. 그 이후 학생 수도 많아져 1960년대 초까지 교사 신·증축을 했다. 그런데 그 작업이 마무리가 안 된 1960년에 입학해 4열의 초가 교실을 이용한 나의 동기들은 울퉁불퉁한 흙바닥이라 뒤뚱뒤뚱 흔들리는 책상과 함께 문을 열면 복도도 없는 공간에서 1학년을 보냈다. 그리고 2학년은 3열 교실에서, 3학년은 현 천주교성당인 세무서가 영월로 옮겨가면서 비어 있는 틈을 타 그곳을 교실로 활용했다.

사정이 이러했던지라 운동장에서 전교 학생 조회를 마치고 교실로 들어갈 때는 마치 미로 찾기를 하는 듯했다. 학년별 반별 교실 위치에 따라 동쪽과 서편으로 나뉘어 뒤편 교실 학생부터 들어갈 수 있었는데, 학생이 많으니 마지막에 들어가는 학생들은 미로 속으로 들어가는 것처럼 운동장을 돌아서 들어갔다. 또 수업을 마치면 하교하기 전에 책걸상을 뒤로 밀어두고 각자 집에서 만들어온 걸레에 들기름을 발라 나무로 된 교실 바닥을 문질러가며 닦았는데 이제는 그런 장면을 볼 수 없다.

가장 아쉬운 부분은 1960~1970년대에는 전교 학생이 1,500여 명이 되는 큰 학교였으나, 요즘은 300명 남짓밖에 안 된다는 거다. 그래서 그 시절에는 그네 5개, 시소 1개, 철봉 1개가 있어도 다 같이 어울려 놀기에 턱없이 부족한 시설이었다. 그마저도 가장 많은 그네를 시장 아이들이 타면 다른 아이들이 탈 기회조차 없었다. 그리고 가을 운동회가 열리면 학교 측에서 '애향단'이라는 이름으로 마을별로 계주를 시켰는데 매년 시장 주변 아이들이 우승했다.

그러고 보면 마을 아이들은 강이나 신작로에서 놀았고, 늦가을부터는 논바닥에서 공놀이를 했다. 반면, 재빼기와 향교 주변에 살던 아이들은 사계절 언제든지 놀 수 있는 운동장이 옆에 있었다. 그래서 운동장 근처에 살던 아이들은 달리기 외에도 축구를 비롯해서 구기 종목 대부분 다 잘했던 듯하다. 옛 속담에 말은 태어나면 제주도로 보내고 사람은 서울로 보내라는 말이 있듯이 부모가 사는 곳에 따라 아이들의 재능이 다를 수 있으니 말이다.

아무튼 1960~1965년에 평창국민학교에 다녔던 동기들은 이제 칠순이 넘어 모든 것이 머릿속에서 점점 멀어지는 나이다. 그래도 6학년 담임 선생님들 성함은 기억난다. 1반 최관순, 2반 이강령, 3반 강영환 선생님이었으며, 강영환,고춘자, 김진화, 박상구, 성병균, 엄영기, 우성근, 유원근, 윤용구, 이강령, 이강봉, 이봉균, 이용기, 이인수, 이종숙, 이준수, 이한균, 이해근, 정순섭, 조석순, 지승시, 최관순, 황인주 선생님이 함께 근무했다.

▶가을운동회와 봄 소풍

2022년 가을, 손주가 다니는 유치원에서 야외운동회를 한다기에 재롱부리는 것을 보려고 참석했다. 5살부터 7살까지 원아 200여 명에 가족까지 동원되어 이벤트 업체에 위탁해 행사를 진행하는 듯했다. 무적팀과 최강팀으로 나누어 게임을 했는데, 젊은 엄마 아빠들이 휴대폰으로 아이들의 움직임에 따라 촬영하는 모습은 마치 바다의 파도와 같았다. 어른들 게임에서는 동심도 동심이지만 승부욕도 상당했다. 더욱이 승부욕관 놓고 보면 40년 전의 우리 모습과는 전혀 다른 풍경이었다.

그 모습을 보고 있자니 60년 전 국민학교 다닐 적에 했던 가을운동회가 생각났다. 전교생이 상의는 흰 반소매 셔츠에 하의는 검은색 짧은 바지를 착용했고, 팀에 따라 청색 모자와 흰색 모자를 썼다. 만일 요즘 원아들에게 그런 복장을 하게 하면 조부모들은 옛 생각이 난다며 반가워하겠지만, 젊은 부모들은 항의하지 않을까 한다.

가을운동회 이야기가 나온 김에 조금 더 그 시절 풍경을 나눠볼까 한다. 평창국민학교 운동장 서쪽 울타리 쪽에는 저학년 아이 키 정도 높이의 아카시아 담장이 있었다. 여기서 가을운동회 때마다 너나 할 것 없이 옹기종기 모여서 점심을 먹었다. 그리고 운동회라고 하면 모름지기 공책도 받고 해야 하는데, 나는 운동에 취미가 없어서 그런 상을 타 본 경험이 없다. 또 지금도 생생히 기억나는 사건이 있다. 어느 해 운동회에 고깔모자에 풍선을 달고 청군 백군으로 나누어 풍선 터트리는 게임을 했는데, 화장실에 다녀오는 사이 입장을 해버린 바람에 게임에 참여하지 못 한 적이 있다. 그 사실도 모르고 나를 찾느라고 두리번거리는 어머니 옆에 슬쩍 갔더니 "운동장에서 게임하고 있어야 할 애가 왜 여기 있어?"라며 깜짝 놀랐던 일이다. 이 밖에 한 엄마가 짧은 치마를 입고 뛰다가 급한 마음에 넘어졌다가 다시 일어나서 뛰었음에도 재차 넘어져 그 장면을 지켜보던 사람들이 안타까워하면서도 폭소를 터트린 장면도 떠오른다.

그래도 가장 재미있고 기억에 남는 게임은 저학년은 박 터트리기, 고학년은 기마전이었다. 박 터트리기는 말 그대로 헝겊 주머니에 모래를 넣어 만든 오자미를 던져 박을 먼저 터트리는 팀이 이기는 경기이고, 기마전은 3명이 말을 만들어 1명이 말 등에 올라타 상대편과 싸움을 해 마지막까지 말이 많이 살아있는 팀이 이기는 경기로 그야말로 박진감이 넘쳤다. 운동회의 마지막은 항상 육상계주로 장식했는데, 학년마다 팀별로 선발한 선수가 1학년부터 6학년까지 차례로 트랙을 돌며 뛰었다. 이때 선수들이 앞뒤를 다투면 운동장은 "청군 이겨라! 백군 이겨라!" 하는 응원 소리와 박수 소리로 분위기가 한껏 고조돼 축제나 다름없었다. 하지만 제일 좋았던 건 운동회가 쌀밥과 과자, 음료수를 먹을 수 있었던 날이었단 거다. 아무래도 어린 우리에겐 그게 가장 신났다.

1970년대 평창국민학교 운동회 모습
*출처:《평창초등학교 100년사》

운동회와 쌍을 이루는 이야기는 아마 소풍이 아닐까 싶다. 국민학교 소풍은 안전을 생각해 주로 가까운 장소를 선택했고, 그중 유동리 오층석탑이 있는 탑산골이 단연 1순위로 생각난다. 미루나무가 양쪽으로 뻗어 있는 하평마을 신작로를 따라 유동 지역 사천강변 4㎞를 오가는 동안 자동차가 지나가면 뿌연 흙먼지를 다 맞아야 했다. 그조차 추억이 됐다. 계장마을의 주산동도 갔는데. 이곳에는 몇백 년 수령의 참나무와 밤나무가 있었다. 또 마을로 가는 지름길의 후평리 강변 미루나무 숲속도 소풍 장소로 적당했다. 아이들은 이곳에서 일명 원숭이 놀이를 했는데, 나무와 나무를 옮겨가며 재주를 부리면서 놀다가 모래밭에 떨어지기라도 하면 호되게 아픈 대가를 치러야 했다. 그밖에도 남산의 송학루 및 노산과 강변에도 갔었다. 여기까지는 대체로 봄 소풍 장소였으며, 가을 단풍이 들면 큰 은행나무가 있는 가까운 평창향교를 찾았다. 은행나무가 많지 않은 시절이라 쉬는 시간과 하굣길에 떨어진 노란 은행잎을 발로 밟기도 하고, 주우러 다니기도 했다. 그렇게 귀한 은행나무였는데 없애버려 아쉽다. 거목으로 자랐다면 좋은 보호수가 됐을 텐데 싶어서 말이다.

▶얇은 마분지 이야기

그 시절에는 입학시험에 합격해야 중학교에 진학할 수 있었다. 그래서 가정 형편이 좋은 아이들은 과외도 했다. 그런 친구들을 보면 어린 마음에 질투를 했다.

또 6학년 담임 선생님은 시험 및 과제용에 도움이 된다고 학습용지를 가져오라고도 했는데, 한두 번씩 가져오는 아이도 있었으나 나는 단 한번도 그러질 못했다. 이유인즉, 지금은 평창읍사무소 앞 건물이 KT 사옥이지만, 내가 5학년일 때는 교육청 신축 공사를 하고 있었는데 하굣길에 아버지가 여기서 모래자갈과 시멘트, 벽돌을 나르며 힘들게 일하는 모습을 봐서 차마 말을 꺼내지 못한 것이다. 그래서 겨우 어머니에게 슬쩍 말했다. 그로부터 며칠 후, 아버지가 마분지 두 묶음을 가져왔다. 검으면서 앞면은 매끄럽지만 뒷면은 꺼칠꺼칠했고, 작은 구멍이 조금씩 나 있는 신문지보다 질이 낮은 종이였다. 그걸 다음 날 선생님께 가져다드렸는데, 이제는 판매는커녕 생산조차 하질 않아서 구경도 할 수 없다.

졸업식은 1966년 2월, 본관 현관 옆 우측 교실에서 했는데, 교감 선생님이 한 등불 이야기가 기억에 남는다. 좋은 생활 습관과 꿈을 가지고 최선을 다해 목표를 이루라는 게 핵심이었다. 다시 말해 환경이 중요하다는 뜻으로 고사성어 '맹모삼천지교'가 덩달아 생각난다.

그때 이후로 꽤 긴 세월이 흘러 학교의 많은 부분이 변했다. 교실은 철근 콘크리트 구조의 3층 건물로 변했고, 진입로 주변과 학교 앞은 시내 중심이 됐다. 운동장은 인조 잔디구장으로 옛 모습은 볼 수 없다. 학생 수도 현저히 줄었다. 내가 다니던 1960년대에는 학급당 70여 명, 한 학년에 200여 명, 전교생이 1,500여 명이었다. 그런데 지금은 전체 학생 수를 합해도 그 시절의 한 학급 인원도 안 되는 듯하다.

평창초등학교에 대한 이야기를 마무리하기 전에 모교 그리고 평창의 주목할 만한 인물을 소개한다. 바로 현대문학의 선구자인 가산 이효석 작가다. 그는 평창국민학교 제6회 졸업생으로 우리의 대선배다. 그 시절 배경으로 쓴 소설 《메밀꽃 필 무렵》은 한국인에게도 사랑받지만 평창의 큰 선물이며, 자랑거리가 아닐 수 없다.

〈평창초등학교 교가〉
굽이굽이 감도는 사천강물은 평화롭게 자라는 우리들 모습
우뚝 솟은 노산 성 이 고장 지켜 억 만년 온 누리에 길이 빛내리
모여라 학우들아 손에 손 잡고 바른길로 정답게 배워나가자

▶부엌에서 하는 목욕
겨울철만 되면 동네 형들이 빙판을 만들었다. 논 주인이 알아채지 못하게 밤사이 도랑물을 흘리는 게 관건이었는데, 이튿날 아침에 확인해 보면 얼음판이 생겨 겨우내 얼음 썰매를 즐길 수 있었다. 또 청

년들은 눈이 오면 종아리 굵기의 굴참나무를 반쪽으로 쪼개어 스키를
만들어 비탈진 밭에서 타곤 했다.

설에는 부모님이 나일론 양말과 코듀로이 옷을 선물했는데, 그걸
입으려고 목욕을 했다. 재래식 흙 부뚜막에 큰 가마솥을 올려 데운 물
을 크고 빨간 고무 함지에 반을 채우고 들어앉으면 어머니가 나와 동
생을 차례로 씻겨주었다. 그때는 상수도가 없어서 집마다 이렇게 목
욕을 했다. 아무튼 이렇게 목욕을 하고 새 양말과 옷으로 갈아입었다.
그런데 얼음 썰매를 타다가 물에 빠지면 논두렁에 불을 피워놓고 양
말을 말렸다. 그러다가 양말이 녹아버리는 날에는 어머니에게 심한
꾸중을 들었다.

지금도 기억나는 겨울 풍경 중 하나는 새벽 5~6시경 아버지가 먼
저 부엌에 불을 지펴서 따뜻하게 해놓으면 어머니가 아침밥을 하러
나갔다. 그렇게 얼마 지나지 않으면 밤새 차가워졌던 바닥이 따끈따
끈해졌다. 그러면 우리 형제는 꿀잠을 더 청했다. 대가족이라서 방 한
칸에 이불 두 채로 8명이 함께 자며 새벽에는 잠결에 서로 이불을 덮
겠다고 끌어당기며 설쳤으니 그럴 만도 했다. 신기한 건 그렇게 잡아
당겨도 솜이불은 찢어지지 않았다.

어른들이 이른 새벽에 물을 길어와 옹구 항아리에 하루치 식수를
준비해 두는 모습도 진풍경이었다. 내가 살던 동네는 30여 가구에
200여 명이 살았는데, 식수를 준비하기도 전에 도랑물 상류에서 아기
기저귀를 빨기라도 하는 날에는 누가 그랬느냐고 난리가 났다. 많은
식구가 온종일 먹어야 할 물이 똥물이라는 걸 확인하면 다시 물을 길
러야 하는 수고가 따랐으니 소란스러워질 법도 했다. 그런데도 한 해
에 한두 번씩 이런 상황이 발생했다. 이사 온 지 얼마 되지 않은 새댁

이 실수하는 관계로.

　겨울이 되면 안방마다 화로가 놓였는데, 난방용, 장국과 밥을 데우는 용, 가족들 속옷에 있는 이를 잡는 용 등 다용도로 사용했다. 그 시절에는 목욕과 세탁을 자주 못 해서 머릿니가 생겼는데, 낮에는 추워서 속옷 이음 부분에 숨어 있다가 밤이 되면 스물스물 기어 나와서 몸이 가려웠다. 그러면 화로에 옷을 뒤집어서 펴놓으면 보리쌀만한 큰 이는 붙들어서 화로에 넣고, 눈에 보일까 말까 한 것은 화롯불 위에서 옷을 흔들어 털어냈다. 이렇게 며칠에 한번씩 이를 잡았다. 물론 지금은 고독성 농약이라서 판매가 금지된 DDT를 속옷에 뿌려서 머릿니가 생기는 것을 예방했으나, 그것마저 없을 때는 화로에서 잡았다. 과거에는 이런 상황이 당연했으나 요즘 젊은 사람들에게 들려주면 설마라고 생각할 테다.

▶물물교환하던 송방

　1960년대에는 큰 마을마다 구멍가게, 일명 송방이 있었는데 마을과 마을 사이 갈림길에 하나 더 있기도 했다. 여기서 다들 물물교환을 하곤 했다. 국민학교 저학년까지는 물물교환하는 걸 몰랐으나 고학년부터 계란, 연필, 노트, 지우개, 필통 등을 송방에서 교환하거나 구입했다. 가령 부모님에게 연필이 없다고 하면 등굣길에 계란을 주었는데, 이것을 깨지지 않게 호주머니에 넣고 조심조심 가져가면 송방 주인이 필요한 학용품과 교환해 주는 식이었다. 이런 송방을 우리는 담뱃집, 아래 송방집, 할머니 송방으로 불렀다.

　같은 송방을 이용하더라도 양쪽으로 여닫는 뚜껑이 있는 함석필통에 연필 여러 자루와 지우개가 있으면 잘사는 집 아이였고, 몽당연필 한두 자루가 있으면 어려운 집 아이였다. 또 송방에는 아이들이 좋아하는 눈깔사탕과 건빵 등 과자 종류도 있어서 형편이 좋은 집 아이들은 자주 갔지만 그렇지 않은 아이들에겐 그림의 떡이었다.

평창중학교 앞 동쪽의 도로와 도수로를 사이에 두고 마주 보고 있던 두 개의 송방은 지금도 기억난다. 특히 중학교 운동장 동쪽 구석의 송방은 1980년대까지 있었던지라 주인 K 할아버지 모습은 여전히 또렷하다. 평창국민학교 후문의 구멍가게도 같은 시기까지 있었다.

학교 주변이 아닌 구멍가게는 오가는 마을 사람 2~3명이 모여서 오징어 같은 마른안주로 소주와 막걸리, 맥주를 종종 즐기곤 했다. 그뿐인가 송방은 방 한 칸 규모에 없는 것이 없었다. 그래서 초미니 백화점이라고 불러도 손색없을 듯하다.

이런 풍경이 1970년대까지 시골 마을마다 있었으나 88서울올림픽 전후부터 사라지기 시작해 이제는 찾아보기가 힘들다. 그 자리를 24시간 운영하는 편의점이 대신하고 있다.

2장 꿈 많던 청소년기

▶추억 가득한 중학생 시절

2019년 봄, 손주와 함께 평창중학교 인조잔디구장에서 공놀이를 하다가 어렴풋했던 학창 시절이 떠올랐다.

내가 중학생일 때는 중·고등학생이 건물과 운동장을 사용했던지라 아침에 등교할 때마다 고3 선배들이 정문에서 복장을 점검했다. 교복 단추는 제대로 달렸는지, 상의 칼라에 학년 배지를 부착했는지, 모자에 학교 로고가 있는지를 확인하는 것이었다. 갓 입학한 신입생에게 잘못된 부분이 발견되면 자세히 설명하면서 다음부터는 주의하라고 일러주지만, 한곳이라도 기준을 벗어나는 상급생은 기합을 면치 못했다. 그런데 요즘 학생들은 교복보다는 간편한 복장 또는 운동복 차림이 눈에 띈다. 또 등교는 부모의 자가용을 타고 하는 경우가 많다. 혹여나 지각할까 봐 헐레벌떡 뛰어 오는 학생이 다치기라도 할 새라 교문 앞에는 안전한 등교를 돕는 보안관이 지키고 있다. 세월만큼 많이 변한 등교 장면이다.

아무튼 선배들에게 하나하나 배우며 중학교에 입학한 지 얼마 되지 않은 어느 날이었다. 선배들이 운동장에 집합하라기에 영문도 모른 채 전교생이 불려 나간 일이 있었다. 그런데 체육 선생님이 우리를 막아섰고, 결국 우리는 운동장으로 나가지 못 했다. 그런데 바깥을 보니 몇몇 고등학교 선배가 시위를 하고 있었다. 그 이유를 오랫동안 모르고 지내다가 강산이 7번 지난 무렵에 선배로부터 듣게 됐다. 실습지에서 수확한 농산물과 여학생 실습용 재봉틀 사건, 교무실 막걸리 사건 등 교내에서 있을 수 없는 일이 벌어져 발생한 상황이었다고. 이렇듯 당시의 중1은 선배들이 모이라면 모이고, 나가라면 나가는 피라미 같은 존재였다.

어느덧 시간이 흘러 3학년이 된 나는 본동 동편 끝 교실로 배정받았다. 이때가 1968년이었으니 1반은 조희신, 2반은 지상인, 3반은 최인자 선생님이 맡았고, 장성택 교장선생님을 비롯해 25명의 선생님이 근무했다. 그 교실에서 화단 쪽을 보면 높이 4~5m의 전나무 한 그루가 있었고, 정문 우측에는 버드나무와 말채나무 서너 그루가 있었는데, 현재는 대부분 없어지고 전나무와 말채나무만 고목이 되어 학교를 지키고 있다. 그중 말채나무는 수종도 귀하지만 나무 크기로 보아 수백 년이 된 듯하다. 또 담장 옆의 테니스장 백보드를 만들 때 심었던 어린 잣나무는 50여 년이 흘러 어른 나무가 됐다.

모교를 졸업하고 지역에 머물러 있든, 오랜만에 고향을 찾는 이든 과거의 흔적과 바뀐 모습을 볼 때마다 그때 그 시절이 자연스레 소환된다. 운동장 동쪽 구석에 있던 문구점의 K 할아버지와 할머니, 공업시간에 실습하던 농기구를 보관하던 창고, 각종 기계류가 있던 대형 건물, 젖소, 염소, 면양 등의 가축을 기르던 축사와 꽃을 재배하던 유리온실도.

그 외에도 운동장에서 선배들에게 얼차려를 받던 일, 산에서 난로 불쏘시개용 솔방울을 줍던 일, 겨울이면 난로에 나무와 연탄을 넣던 일, 특히 점심시간 전 시간엔 무쇠 난로 위에 올려놓은 노란 양은 도시락을 신경 쓰느라 선생님 말씀을 듣는 둥 마는 둥 했던 일, 도시락을 먹고 난 후 산 밑의 샘물을 먹으러 다닌 일 등의 추억이 뭉게구름처럼 피어오른다.

그때는 몰랐지만 돌이켜보면 아름다웠던 주변 풍경도 떠오른다. 새 학기가 시작되면 전교생이 운동장에서 조회를 했는데, 이른 봄이라 쌀쌀한 날씨 탓에 발을 동동거리며 교장 선생님의 훈시가 빨리 끝나기를 바라며 학교 뒷산만 바라봤다. 그 산이 5월이면 신록이 우거졌고, 여름방학이 끝나면 단풍으로 물들어갔다. 그 무렵부터 있었던 나무는 아름드리가 되어 모교를 지켜보고 있다.

또 기억나는 건 학교가 시내와 가까워서 자연보호 행사를 비롯해 6.25 전쟁 기념행사 및 각종 궐기대회, 노성제 가장행렬 등 시가 행진을 하게 되면 어김없이 출발도 해산도 우리 운동장에서 이루어졌다.

한편, 우리보다 10년 위의 선배들은 고등학생 시절에 연극 활동을 많이 했다고 한다. 주로 운동장 동쪽 구석에서 공연을 했는데, 통일신라시대의 마지막 임금 경순왕의 세자인 마의태자와 인조의 맏아들인 소현세자, 떠꺼머리총각 등 역사적 인물을 주인공으로 삼았다. 특히 안중근 의사를 다룬 작품에서는 사제 화약총을 만들어 총소리가 난 이후 이토 히로부미가 쓰러지면 관객의 함성과 함께 분위기가 고조됐다고 한다.

〈평창 중·고등학교 1969년도 교가〉
찬란하다 세기의 날은 밝아서 동해의 높이 솟은 태백의 영봉
예명의 노래 소리 우렁찬 땅에 세우자 문화전당 우리 희망 탑
아 노성의 움킨 정기 받아 안고서 거룩하다 우리 학원 평창중농고

1955년, 평창농업고등학교 제4회 졸업사진
(목조 교실 난로연통과 수업 시간을 알리는 종이 있으며,
뒤로는 노산을 오르는 오솔길과 능선이 보임)
*출처: 평창중·고등학교 동문록

▶처음 짜장면 먹던 날

1985년부터 중학교가 의무교육으로 전환되면서 입학시험이 폐지됐으나, 1960년대에는 중학교에 진학하기 위해 시험을 치러야 했다. 1966년에 중학생이 된 나도 시험에 응시해야 했다. 그런데 입학 정원이 2개 반 120명인데 200명이 몰렸다. 이는 6.25 전쟁과 휴전 이후 1952~1954년 출생자가 많은 데서 온 영향으로 본다. 그래서 우리 부모님은 응시자가 많아 탈락할 수도 있으니 1차에 합격했음에도 내게 여러 차례 공부하라고 했다. 다행히 늘어난 학생 수를 반영한 것인지 반이 하나 더 늘었고, 정원도 180명이 된 덕분에 응시자 대부분이 무사히 합격해 입학할 수 있었다.

중학교 입학식 날을 잊을 수 없는 이유가 있다. 그날 난생처음 짜장면을 먹었으니 어찌 잊을 수 있단 말인가. 입학식을 마친 후 아버지는 중리 옛 등기소 앞 중앙식당으로 데려가 짜장면을 사 주셨다. 그 맛을 비교하자면 소고기보다 더 맛있었다. 내 기억이 맞는다면 우리 6남매 중 입학식 날 짜장면을 먹은 사람은 내가 유일하다.

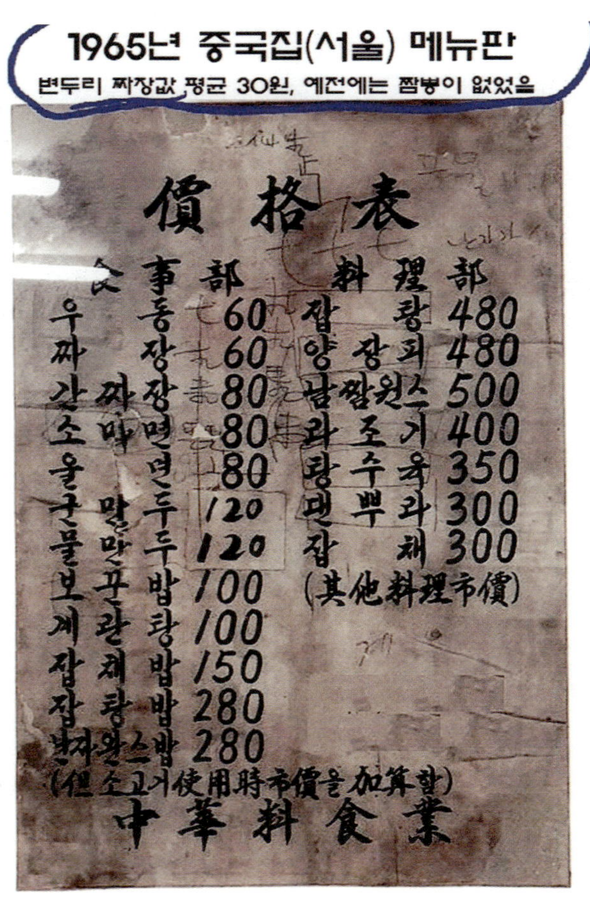

1965년, 서울 지역 짜장면 가격표
(시골 지역은 서울보다 가격이 낮았음)
*출처: 행정동우회 단톡방

참고로 짜장면은 1882년 임오군란 당시 청나라 군인들을 따라 들어온 중국 상인들이 만들어 팔기 시작했고, 점차 한국인 입맛에 맞게 변형되면서 지금의 맛이 완성됐다고 한다. 현재 약 24,000개의 중국집이 운영되고 있으며, 하루 600만 그릇을 소비할 정도로 우리 식탁에 자주 올라오는 음식이지만, 1960년대 15원, 내가 처음 먹은 짜장면은 50원으로 자주 먹을 수는 없었다. 그 뒤로 1970년대 200원, 1990년대 1,300원, 2000년대 3,000원, 요즘은 5,000원 이상으로 금액이 훌쩍 오르긴 했지만, 여전히 맛있고 추억을 부르는 메뉴다.

▶배고픔 달래주던 서리

중학생 시절 하면 또 기억나는 게 있다. 바로 서리다. 1950~1970년대는 식량이 부족했다. 게다가 기본 자녀 수가 5~7명이었으니 10여 명의 가족이 끼니를 해결하는 일은 만만치 않았다. 일명 보릿고개라고도 하는 춘궁기가 시작되는 5월이면 비상이 걸렸다. 묵은 곡식이 떨어지고, 햇곡식이 나기까지 기다려야 했으니 말이다. 그래서 이 시기가 되면 아이들은 배고픔을 달래기 위해 과일밭에 들어가서 서리를 했다. 특히 살구나 자두는 6월이면 제법 먹을 수 있는 상태가 되어 서리 대상 1순위였고, 여름이 무르익으면 참외, 수박, 가을에는 사과, 배, 논두렁콩까지 훔쳐 먹었다. 심지어 청소년 티를 벗어갈 무렵에는 닭서리도 했다.

한편, 후평리 강변과 여만 지역은 사과와 자두, 복숭아밭이 있어서 주변 마을 아이들에게 서리 장소로 손꼽히는 곳이었다. 그로 인해 서리를 많이 당하는 주인은 나무에 인분을 발라놓기도 했는데, 그것도 모르고 서리를 하다가 인분을 묻히고 집에 들어가면 부모님에게 꾸중을 잔뜩 들어야 했다.

대부분의 농작물이 그렇겠지만 참외와 수박은 판매 목적으로 넓은 면적에 재배한다. 그래서 2~3명이 서리를 하다가 발각되면 주인이 밭떼기로 변상하라고 했다. 어두운 밤에 손 닿는 대로 과일을 따면서 줄기와 잎을 마구 짓밟아 과일에 상처를 입히는 건 물론 2~3일 뒤면 수확할 상품을 망쳐놓으니 주인 입장에서는 그럴 만도 했다. 이 같은 상황을 예방하기 위해 과일을 재배하는 큰 밭에는 원두막이 있었다. 여름철 뜨거운 햇볕을 피하는 용도도 있었지만, 높은 곳에서 서리하는 아이들이 있는지 없는지 지켜보기 위해 설치하기도 했다.

보통 과일 서리를 하면 러닝셔츠 또는 바지 주머니에 몇 개씩 넣어 가지고 왔다. 사과는 밤에 나무나 지붕 위에 올라가서 보이질 않으니 손에 닿는 것부터 땄다. 이때 망을 보는 아이가 주인이 온다고 하면 쥐 죽은 듯이 가만히 있다가 주인이 가까이 오면 그제야 부리나케 도망쳤다.

여기까지는 여름 서리에 대한 설명이었다. 가을에 접어드는 9월이 되면 밤나무 아래를 서성였다. 바람이라도 분 다음 날에는 주인이 아침 일찍 떨어진 알밤을 주웠다. 그래서 알밤을 구하려면 주인보다 먼저 줍든지 서리를 해야 했다. 밤 서리의 경우는 운이 좋아야 주인에게 적발도 되지 않고, 많이 주울 수 있었다. 반면, 산비탈의 작은 밤나무를 위를 쳐다보면서 흔들어대다가 머리나 얼굴에 밤송이가 떨어져 밤톨 가시라도 박히던 재수 없는 날이었다.

나도 1970년 가을, 이웃 친구와 일명 두만이라고 부르는 여만리 여울 근처의 밤나무 단지를 찾았다. 친구는 나무 위에 올라가서 나뭇가지를 흔들고, 나는 밑에서 신나게 주웠다. 그렇게 한참을 정신없이 줍다가 마을 쪽을 내려다봤는데 청년 5명이 몽둥이를 들고 오고 있었다. 그걸 본 우리는 겁이 나 주웠던 밤을 모조리 버리고, 도망갔다. 그때 지나온 길이 강변 오솔길에서 송계산 능선까지 올라가서 지금의 장암산 등산로다. 그래서 애써 주운 밤을 버려 아까웠던 것보다 산 정상으로 도망가느라 애 먹은 일이 그 밤나무를 볼 때마다 떠오른다. 그리고 재미있게도 이튿날 그 밤나무가 친구네 소유였음을 알았다.

논두렁콩의 경우는 벼 수확이 끝나면 수확을 하는지라 덜 여문 풋콩을 콩섶 채로 꺾어 강가에서 불을 피워놓고 구워 먹곤 했고, 닭서리는 조력자가 있어야 했다. 옛말에 "도둑질도 알아야 한다."라는 표현도 있듯 훔치려고 해도 어디에 무엇이 있는지 알아야 할 수 있으니 말이다. 이 같은 이유로 2~3명이 모여 모의를 했다. 이때 주인집 또는 친척 집, 가까운 이웃집을 대상으로 삼았다. 혹여나 씨암탉을 서리하기라도 하면 주인이 수소문하여 범인을 찾아내 부모에게는 변상을, 학교에는 퇴학을 시키라고 으름장을 놓기도 했으니 일종의 안전장치였다.

서리를 철없던 시절의 장난으로 생각할 수도 있지만 요즘으로 치면 절도죄에 해당한다. 그만큼 먹고 살기 어려운 시절이었다. 〈보릿고개〉라는 노래도 있지 않은가. 사정이 이러했으니 자식을 둔 부모의 마음은 타들어갔을 테다. 또 그 영향은 우리 세대와 요즘 아이들의 신장 차이에서도 나타난다.

▶화로와 등잔

이 역시 중학생 때 이야기다. 5월경 하교해서 집에 돌아오니 2~3시쯤 됐다. 그런데 화로 잿불 위에 있어야 할 강냉이밥이 없었다. 항상 어머니가 스테인리스 그릇에 담아 따끈하게 데워 놓았는데 그날은 밥그릇 자체가 없었다. 흔한 표현으로 돌도 씹어 먹을 나이에 배는 고프고 있어야 할 밥이 없어 화가 난 나는 그만 발로 화로를 걷어찼다. 그랬더니 화로가 뒤집어지면서 잿불이 방바닥에 쏟아져 불이 날 상황이 되고 말았다. 만일 비닐 장판이었다면 주워 담을 새도 없이 화재가 났을 것이다. 다행히 우리 집은 누런 종이 장판이었고, 대신 나는 불씨와 재를 맨손으로 주워 담느라 진땀을 뺐다. 그리고 놀란 탓에 배고픈 생각이 싹 사라지고, 두 번 다시 이런 행동을 하지 않아야겠다고 맹세 또 맹세했다.

한번은 추운 겨울날 옆집 형과 한동네에 사는 형 집에 놀러 갔다. 부모님과 누나들이 교회에 가고 없으니 초대한 것이었다. 또래 셋이 한창 이야기하다가 화투 놀이를 하자는 말이 나왔고, 화투를 꺼내던 중에 사고가 터졌다. 다름 아니라 그 당시 우리 마을에는 전기가 들어오지 않아 등잔불을 사용했는데, 등잔이 책상 위에 있었고, 책상 위 나무 상자에서 화투를 꺼내려다가 등잔이 넘어지면서 석유가 책상보에 흠뻑 묻은 것이다. 여기까지는 괜찮았다. 책상보를 말려야 화투를 칠 수 있으니 기름 냄새도 없애고, 책상보도 빨리 말리자며 형들이 성냥불을 붙이면서 일이 커졌다. 처음에 작게 켰던 불을 끄고 나니 기름이 깨끗하게 날아간 것을 확인하고 우리는 더 크게 성냥불을 붙였고, 이때 책상보의 석유가 묻은 곳까지 불이 번지면서 불꽃이 천장에 닿을 정도로 타올랐다. 다급해진 주인집 형은 부엌에서 물을 가득 담아 둔 항아리를 낑낑거리며 가져와 쏟아 부었고, 단번에 불길을 잡았다. 하지만 방바닥에 고인 물을 정신없이 퍼내고 나니 종이 장판이 흐물흐물해져 못 쓸 지경이 됐다. 그래도 할 수 없이 그 위에 이불을 깔고, 타다 남은 책상보는 논바닥에 버렸다. 책상 위 책꽂이에 있던 책도 그을린 것을 정리하고 다 같이 앉았는데, 걱정이 태산 같았다. 화투를 치려다가 집 한 채를 태울 뻔했으니 그럴 만도 했다.

그렇게 점차 시간이 흘러 주인집 형 부모님이 돌아올 시간이 됐다. 밖에서 부모님 기침 소리가 들리자 나와 함께 갔던 형은 도망 나왔다. 아니나 다를까. 집에 돌아와 조용히 있으니 바깥에서 놀러 갔던 형 부모님이 나와 옆집 형이 집을 태워버릴 뻔했다는 소리가 들려왔다. 그런데 다음 날 학교에 다녀와서도 아버지와 어머니는 그와 관련해 아무 말도 하지 않았다. 그제야 안도의 숨을 내쉬었다. 그러나 추측건대 주인집 형은 부모님에게 한참 꾸중을 듣지 않았을까 한다. 그리고 한참 지났지만 그때 화재가 났더라면 어떤 일이 벌어졌을지 생각만 해도 끔찍하다.

▶먹기 싫던 죽(粥)

어머니는 화가 많이 날 때마다 "너희 키우느라 그 흔한 꽁치 한번 마음 편히 못 사 먹었다."고 한다. 틀린 말이 아니다. 화전을 일구어 감자와 옥수수를 주 식량으로 마련한 부모님이었으니까. 농기구와 맷돌도 없어 이웃집에서 빌려야 할 만큼 어려운 형편이었으니까.

아무튼 겨울에는 옥수수 알곡을 맷돌에 간 다음 어레미로 한 차례 걸러내 남은 찌꺼기는 다시 갈아서 강냉이 쌀을 만드는 작업을 아침 일찍부터 저녁 해질 무렵까지 온종일 했다. 그러고 나면 배가 몹시 고파 어머니에게 빨리 밥을 달라고 아우성쳤다. 그러면 어머니는 죽을 담은 한 말들이 양푼을 빨리 식으라고 도랑물에 넣고 휘휘 저었다. 그것을 온 식구가 두리반에 둘러앉아 먹었다. 죽은 대체로 배추김치와 강냉이 쌀을 넣고 물을 많이 넣어 끓여냈는데, 재료보다 물이 많아 물배 채우기와 다름없었다. 그런 죽을 얼마나 자주 먹었는지 매일 죽만 먹는 집이라는 소문이 났다. 오일장과 나무하러 오가는 사람들이 신작로 옆 도랑에서 날이면 날마다 죽 젓는 모습을 봤으니 그럴 만도 했다.

감자와 옥수수가 떨어지는 5월이 되면 아버지와 어머니는 이웃 어른들과 산나물을 채취해 식량을 대신했다. 산나물 채취는 주로 송계산을 시작으로 동부 지역 도래덕과 둔덕을 지나 대화 지역 남병산, 때로는 종부 지역 산방산까지 가서 했으며, 취나물, 모시대, 미역취, 청출, 백출, 곰취, 곤드레 등 사람이 먹을 수 있는 건 모조리 뜯었다. 그것을 아버지가 등에 가득 지고 오면, 어머니는 손질해서 나물죽을 쑤었다. 어렸던 우리 형제는 먹기 싫어도 배가 고프니 안 먹고는 못 배겼다.

그렇게 봄철을 지나면 여름에는 무조건 감자와 옥수수를 삶아서 저녁을 대신했다. 감자는 큰 양푼에 수북이 담아 물을 넣고 불린다. 그것을 2~3명이 둘러앉아 껍질을 벗겼는데, 이웃집 누나들도 수다를 떨며 놋수저로 감자 껍질 벗기기에 동참했다. 옥수수는 먹다가 배가 부르면 한두 통 정도 다음 날 먹으려고 이불장 옆 또는 옷장에 숨겨두곤 했는데, 그 사실을 잊고 며칠 지나서 곰팡이가 생겨 버리게 되면 어머니에게 혼쭐이 났다.

물론 이게 우리 집 사정만은 아니었다. 국민학교 6학년 때 담임 선생님이 죽을 먹고 다니는 학생 수를 조사할 때 많은 아이가 손을 들었고, 국수 먹고 다니는 사람도 손을 들어야 하는지 질문하는 아이도 있었으니 밥다운 밥을 못 먹는 가정이 대다수였음을 알 수 있다. 재미있게도 감자와 옥수수는 이제 특별식이 되어 이따금 간식으로 즐긴다.

그 당시에 별기는 아무래도 여름철에는 아이스케키와 겨울밤에는 찹쌀떡이 아니었을까 한다. 그때 장수들이 골목을 울리며 "아이스케~키", "찹쌀~떡"이라고 외치던 소리는 지금 생각해도 정겹다. 또 철거덕 철거덕하는 엿가위 소리는 가래엿과 호박엿을 손수레가 마을에 왔음을 알리는 신호였다. 엿장수 아저씨는 고물을 엿으로 바꾸어주었는데, 나도 허리띠 달리 쇠고리를 주워서 가져다주었더니 두 손바닥 가득 호박엿을 받아 횡재한 기분으로 먹은 기억이 있다.

▶각종 실습과 교련 시간

이제 고등학교 시절로 넘어간다. 내가 다닌 평창농업고등학교는 6.25 전쟁 때 모든 건물이 소실되어 학생들이 중리에 있던 위생병원 건물과 중리 협동이발소가 있던 공회당 건물 옛 등기소 앞 청년회관 등 이곳저곳 옮겨 다니며 공부했으며, 약 20년 동안 각종 동·식물을 기르는 실습장을 두어 학생들에게 배움의 기회를 제공했다.

우선 식물 관련 실습지는 두 곳이 있었는데, 인삼과 채소 실습지는 노성로(중1리 116번지 일원)의 현 학교 사택 부지에, 뽕나무 실습지는 노람들길(중1리 185번지 일원)의 노산 기슭에 위치했다. 학교 뒤편의 축사에서는 젖소, 면양, 산양, 돼지, 닭, 오리, 거위, 칠면조 등을 키웠는데, 젖소와 양은 평창강변에서 방목하곤 했다. 방목할 때는 축사에서 몰고 나와 중리도로를 이용해 상리 물레방앗간 옆 하천으로 내려 보냈다. 여기는 아이들이 종종 쇠풀을 베던 곳으로 풀밭이 넓고 푸르러 가축들에게 안성맞춤 놀이터였다.

언급한 내용을 통해 눈치를 챘을 수도 있겠다. 실습용으로 기르는 채소와 화훼 그리고 축산 분야는 담당하는 학생이 있었다. 그중 축산은 가축의 종류와 수가 많은 관계로 방목까지 해야 하니 관리가 쉽지 않았다. 그 후 1973년 종합고등학교로 학제가 변경되면서 각종 기계류와 농기구를 보관하던 건물과 실습용 토지는 점차 다른 용도로 쓰였고, 이제는 흔적도 찾아볼 수 없다.

한편, 내가 고등학교에 다니던 때와 지금의 모습은 세월만큼 여러 모습이 변했다. 우선 지금의 평창고등학교는 1946년 평창중학교로 개교해 6년제로 출발했다가 1951년 학제 변경으로 평창중학교와 평창농업고등학교로 분리 인가됐다. 그로 인해 중학교 3학년이 제1회 졸업생, 중학교 6학년이 고등학교 1회 졸업생이 됐다. 이것이 제도에 의해 변화된 점이며, 건물 구조도 달라졌다. 내가 고등학생이던 시절 서쪽에 있던 벽돌 구조 교실 2개의 동은 철거됐고, 본동과 산 밑 언덕에 있던 목조 구조 교실은 철근 콘크리트 구조의 3층 건물로 재건축됐다. 동쪽에 있던 2개 동의 건물은 새롭게 단장하여 복지시설로 활용 중이며, 테니스장이 있던 곳은 다목적 시설을 신축했다. 옛 모습 그대로 있는 건물은 구 군청 뒤 서편의 화장실로 사용했던 곳만 남아 있으나 이 또한 현재는 일반 창고로 사용한다.

1970년대 평창농고 교련시간 모습
(뒤편으로 돌담장과 벌채나무, 좌측의 테니스 백보드가 보임)
*출처: 행정동우회 단톡방

한편, 1948년에 접어들어 병역법에 따라 학생 군사 훈련 즉, 교련 시간이 개설됐다. 그런데 1950년 6.25 전쟁으로 중단되어 1951년도에 재개됐다가 1953년도 휴전 협정으로 다시 중단됐다. 각종 이유로 개설과 중단을 반복하다가 1968년도 무장 공비 침투 사건을 계기로 1969년에 부활하면서 1971년 고3일 때 정기풍 선생님으로부터 교련 수업을 받았다. 그 시간마다 검은 얼룩무늬의 교련복을 입고 나무로 제작한 모형총으로 총검술과 제식 훈련을 실시했다. 때로는 약수훈련장에서 실제 사격 연습도 하고, 장거리 행군도 했다. 그렇게 20여 년을 이어 가다가 1993년 5월에 폐지됐다.

참고로 평창농업중학교 학생도 1950년 6.25 전쟁에 참전했는데, 권해원, 김기년, 김재린, 김진옥, 마종수, 백영욱, 우종률, 유승호, 이광세, 이복균, 이재성, 이창현, 이한균, 장동수, 황해진 등 27명이다.

▶어미 누렁이를 잃은 날

지금은 한우를 우사에 가두어 기르지만 1970년대에는 냇가나 산 또는 제방 둑에 소를 매어두어 풀을 뜯게 하고, 저녁이면 외양간에 다시 몰아넣었다. 그리고 이런 사육두수는 어느 농가나 한두 마리씩 길렀다. 우리 집의 경우는 어미 소가 매년 새끼를 한 마리씩 낳은 덕분에 송아지를 팔아 우리 남매의 학비를 마련했고, 대화 오일장에서 7마리를 팔아 중리 논 700평을 마련했다. 이렇게 그 수를 기억하지 못할 정도로 우리 집에서 기른 송아지가 많았다.

이로 인해 나도 쇠풀 베러 다니는 일이 자주 있었다. 한번은 내가 고등학생일 때 오전에 한 번, 오후에 한 번 쇠풀을 한가득 베어다 놓고 "내일까지 쇠풀을 베지 않아도 되겠다."라며 한숨 돌리고 있었다. 그런데 그날 어미 소를 잃고 말았다. 새끼를 낳은 지 2~3개월이 지난 어미 소가 인근 야산 나무에 매여 있던 중에 발정이 나서 날뛰다가 비탈에서 쓰러져 그 자리에서 숨을 거둔 것이다.

부모님은 재산목록 1호가 하루아침에 없어졌으니 걱정이 이만저만한 게 아니었다. 봄에는 쟁기를 달고 논과 밭을 갈아주고, 매년 송아지 한 마리씩 낳는 어미 소였으니 속상한 마음은 그 무엇으로도 표현할 수 없었을 테다. 더 속상한 건 젖을 먹지 못해 어미 소를 애타게 찾는 어린 송아지를 보는 일이었다. 하필 그날 쇠꼴을 두 짐이나 해두었으니 나 역시 슬픈 감정을 감출 수 없었다.

대체로 쇠꼴은 아버지가 매일 장만했고, 아버지가 하지 못 하는 날이면 우리 형제가 베러 갔다. 칡덩굴이나 싸리 순 같은 연한 풀만 골라서 베어야 했는데, 소를 기르는 농가가 많았던지라 그런 풀이 흔치 않아 지게를 지고 30분 이상 산속으로 들어가야 했다. 자주 갔던 곳은 종부로 넘어가는 수고개, 마을 뒤의 송계산, 샘골, 비네숏골이었다.

외양간 두 칸에 소 7마리를 키울 때는 소가 많은 관계로 쇠꼴을 베러 가기보다는 아침 8시경 제일 큰 어미 소 두 마리를 앞세우고 마을 뒷산에 올라갔다. 지금의 장암산 등산로 중턱까지 올라가서 고삐를 양쪽 뿔에 8자로 둘둘 감아놓으면 온종일 풀을 뜯어 먹었고, 저녁에 산에 올라가는 길목에서 올려다보면 큰 어미가 마을을 내려다보고 있었다. 주인이 오길 기다리는 것이다. 그때 큰 어미 뿔에 감은 고삐만 풀어 몰고 내려오면, 그 뒤로 줄줄이 따라 내려왔다. 이것만 봐도 소는 영리하고, 우직한 가축임이 틀림없다. 그렇게 집에 도착해 양동이에 물을 가득 담아 보리등겨를 타서 먹이면 소의 저녁 만찬은 끝이 났다. 이제는 소들이 풀을 뜯던 그곳은 숲이 우거져서 산속에 무엇이 있는지 잘 보이지 않는다.

한편, 평창강변은 7~8월이면 억새가 무성하게 자란다. 옛날이었으면 모두 쇠꼴용이 됐을 테다. 또 이것을 노동력 부족으로 가축 먹이로 이용하지 않으니 아깝기도 하다. 이처럼 나는 소를 키우던 시절의 추억이 꿈에서도 나올 만큼 생각날 때가 있다.

▶고민 많던 고3 시절

내가 고2, 그러니까 1970년에 있었던 일이다. 3학년 선배가 우리 교실에서 큰 소리로 훈계 하는 중에 동기 한 명이 그 선배 얼굴에 주먹을 날렸다. 그러자 몇몇 선배가 농기계 창고에서 연장을 들고 와 우리 반 아이들에게 본때를 보여준다는 소동이 일어났다. 다행히 담임 선생님이 그걸 눈치를 챘는지 당일 종례는 하지 않겠다며 일찍 집으로 돌아가라 했고, 우리 반 아이들은 학교 뒷길로 하교했다. 이 외에도 그 당시에는 시내권 아이들과 농촌 지역 아이들 간의 싸움이 자주 있었다.

요즘도 심심치 않게 학생들 이야기는 매스컴에 오르내린다. 집집마다 가정교육에 차이가 있을 수 있지만, 아이들 생각은 또 달라서 또래의 괴롭힘으로 인해 아이는 물론 부모까지 마음 상하는 일이 발생하기도 한다. 앞으로는 이러한 일이 발생하지 않았으면 정말 좋겠다. 그렇다고 내 자녀가 말썽을 부린다고 근심하며 일상을 보내기보다는 그 아이가 자기의 잘못을 뉘우치면 성인이 되어서는 효도하는 자식이 될 테니 기다려주는 시간도 필요하다. 모두 경험해본 입장에서 하는 말이다.

고3이 되어서는 철이 들었는지 담임이었던 김종섭 선생님의 "대학과 장래 진로에 관해 상담할 의사가 있다면 교무실 또는 집으로 찾아오라."는 말에 큰마음 먹고 천변리에 있는 선생님 집을 방문했다. 이

사실만으로도 그 당시의 나는 꽤 진지하게 진로 고민을 했던 듯하다. 그렇게 찾아간 내게 선생님은 고등학교 졸업 후 일명 준교사 시험에 합격하면 교사가 될 수 있고, 교사로 근무하면서 야간대학 또는 방송통신대학과 같은 학점은행제 과정을 수료하면 정교사가 될 수 있다는 정보를 알려주었다. 국민학교 교사 수가 부족해 가능한 일이었다. 그 외에도 내가 몰랐던 다양한 길을 안내하면서 격려해 주었다. 지금 생각해도 참 고마운 선생님인데, 몇 년 전 친구에게 들으니 수년 전 지병으로 돌아가셨다 한다. 세상을 너무 일찍 등지고 하늘나라로 가신 것이 참 안타깝다.

이쯤에서 내가 고3이었을 때 근무했던 선생님을 가만히 떠올려본다. 농업고등학교였던지라 농과와 잠과로 나누어 운영했는데, 농과는 남학생, 잠과는 남녀 혼합으로 구성됐으며, 농과는 김종섭, 잠과는 심승로 선생님이 맡았다. 이외 손흥주 교장선생님을 비롯해 30여 명의 선생님이 근무했다.

어찌 됐든 선생님을 찾아갈 정도로 열의를 보인 나였지만, 마음먹은 대로 안 되는 것이 공부였다. 특히 수학과 영어는 기초가 부족하면 문제를 풀지 못하니 재미없었다. 게다가 친구에게 물어보거나 선생님에게 질문을 해서라도 배우려는 끈기와 열정이 부족했다. 그래서 잘하는 과목도 없었지만 수학과 영어는 시험 점수가 좋을 수가 없었다.

그 시절과 달리 현대를 살아가는 학생들은 학교보다 학원에서 배우는 비중이 더 많다 보인다. 이를 부정적으로 바라보는 시선도 있지만 기초 다지기에 도움이 된다면 학원을 다녀서라도 배워야 한다고 본다. 학생 때 더 최선을 다하지 않은 것이 후회되는 나라서. 그럼에도 이만큼 사회인으로 살아갈 수 있음에 감사하다.

제 3 부

이야기로 보는 평창의 그림

노산 자락, 소박하고 아늑한 곳에 둥지를 튼 우리 고장의 무대에는
유·소년기 소꿉장난하던 기억과 학창 시절 소소한 추억이 곳곳에 묻어 있다.
그때 즐겁게 누볐던 풍경을 이야기와 함께 풀어본다.

1920년대 남산에서 바라본 평창 시가지
사진 속 넓은 도로는 평창의 중심 도로인 현 평창중앙로이며, 멀리는 시루목임
*출처:《평창초등학교 100년사》

920年代 南山에서 바라본 平昌邑 市街地
平昌
(ヨ山南リヲ邑昌平チ望ム)　二共　　念紀成落堂命公場武演呂平 ■

1장 시가지 상가

평창 시내는 중리, 하리, 천변리 총 3개의 리로 형성되어 있다. 먼저 동쪽에 위치한 중리는 노산과 평창강 제방에 둘러싸여 있으며, 북서쪽 하리는 시가지와 구 현충탑을 중심으로 시루목과 평창초등학교 주변을 일컫는다. 천변 지역은 남향으로 평창강 제방과 접해있다.

이런 평창의 면면을 세세히 살펴보기 전에 1940~1980년대 중반까지 시대별 상황을 짚어보고자 한다. 우선 1940년대는 1945년 8월 15일 광복과 함께 대한민국 정부가 수립되면서 36년간 빼앗긴 우리의 주권을 찾은 시대다. 1950년대는 6.25 전쟁으로 사회적 혼란을 겪었고, 1960년대는 산업 근대화의 초석을 다졌다. 1970년대는 근대화로 개발도상국으로 급부상했으며, 1980년대는 88서울올림픽을 계기로 대한민국을 세계에 알린 시대가 아닌가 한다.

이 같은 시대 흐름에 따라 우리 고장에도 그 흔적을 찾아볼 수 있다. 물론 일제강점기에 놓인 주진과 도돈교량은 없어졌지만 중리 평창교량은 리모델링하여 현재도 사용 중이다. 시내권을 감싸고 있는 평창강 제방은 같은 시기에 쌓은 것인데 이제는 도로 기능도 한다.

시가지는 1970년대 초 하리 택지 조성을 계기로 도시 구역이 확대됐으며, 같은 시기에 시가지 도로에 아스콘 포장을 처음 진행했다. 이

시기만 해도 우마차, 손수레, 자전거, 시계, 라디오 등의 보유 현황을 조사하곤 했는데, 자전거, 시계, 라디오만 있어도 부유한 집으로 인식됐다.

1980년대부터 눈에 띄는 변화를 보이는데, 중리에 있던 목조 기와 구조의 군 청사를 현재 위치로 이전해 하리 지역이 도시권이 됐고, 1990년대에는 종부 지역 종합운동장 건립, 하리 현충탑 이전, 시내 간선도로 신설, 소방도로 확장과 같은 작업으로 지금의 모습으로 변했다. 특히 1979년의 집중호우로 동부 지역에 산사태가 발생하면서 집을 잃은 수재민을 위한 보금자리 마련이 시급해짐에 따라 하리 평창1차아파트 옆의 시루목, 하평마을, 종부1리 속개마을에 많은 주택이 들어섰다.

아래는 그 시절 지역 경제에 버팀목이 되어준 일상과 밀접한 상가와 상호를 열거한 내용이다.

▶식품접객업

식품접객업은 식사와 부수적으로 음주 행위를 허용하는 일반음식점과 주류를 판매하는 단란주점 유흥 종사자를 두고 운영하는 유흥주점으로 분류한다. 값싼 술과 안주를 제공하는 작은 규모의 간이주점도 있다. 여기에서는 수십 년간 있다가 없어졌거나 1980년대 중반까지 있었던 식품접객업을 공유한다.

| 일반음식점

외식문화가 발달하지 않은 1960~1980년대에 제천식당, 강남식당, 일미식당, 중앙식당, 충주식당, 활성집, 돼지식당, 오뚜기식당 등 여러 곳이 있었다. 그 가운데 돌배식당은 백오로(하5리 141번지 일원)에서 1980년대 초 무렵 읍내에서 처음 삼겹살 판매를 시작한 곳이다. 짜장면 전문점은 다른 음식점에 비해 많았다. 평창중앙로(하1리 48번지 일원)의 회빈루는 1945년부터 1980년대 중반까지 있었고, 1960~1980년대까지 풍미식당과 영광춘은 천변길(천변리 30번지 일원)에, 삼풍장은 평창중앙로(하5리 148-2번지)에 있었다. 또 옛 등기소 앞 백오로(중2리 26번지 일원)에는 중앙식당이, 그 옆 골목에 상호를 알 수 없는 짜장면 가게가 있었다 한다.

한편, 평창은 메밀 재배지로 메밀을 주 재료로 하는 음식의 원조 지역이다. 이로써 메밀부치기, 전병 외에도 다양한 메뉴가 있으며, 타 지역과 비교했을 때 맛이 특별해 지금도 오일장과 재래시장은 메밀로 만든 음식을 찾는 사람들로 붐빈다. 특히 막국수는 전국에서도 알아준다. 막국수의 시초는 1962년으로 K 어른이 평창중앙로(하1리 48번지 일원)에서 간판 없이 운영한 식당이다. 그 이후 1980년대에 천변길(하1리 46번지 일원)의 승일막국수가 생겼고, 현재 5~6개의 막국수 전문점이 있다.

| 유흥주점

보통 방석집이라고 불렀던 접객 종업원을 둔 술집은 6.25 전쟁 전후부터 있었는데, 명성관은 천변길(천변리 34번지 일원)에, 영화관은 평창중앙로(하1리 150번지 일원)에, 경주관은 평창중앙로(하4리 50번지 일원)에, 강남옥은 노성로(중2리 315번지 일원)에, 복래관은 노산성길(하1리 153번지 일원)에, 칠성관은 1960년대 중반부터 노산성길(하1리 144번지 일원)에 자리했다. 마이크를 갖춘 유흥주점은 1978년에 처음 생겼으며, 백오로(하1리 159번지 일원) 구 버스정류장 옆 건물 2층의 또오래와 평창중앙로(하5리 148-2번지) 삼풍장 건물 2층에 한동안 있었다. 그 밖에도 같은 시기에 운영한 옛 목욕탕이 있던 백오로(하5리 149번지 일원) 골목의 아카시아와 1980년에 문을 열어 꽤 오래 유지한 백오1길(하4리 58번지 일원) 현 터미널 건물 2층의 야생마도 있다.

그런데 그 시절 직장인과 술을 좋아하는 남성들은 술을 외상으로 많이 마셨다. 그로 인해 월급날마다 주점 사장들이 외상 장부를 들고 사무실을 찾아다니며 수금했다. 그러면 술을 마실 때 좋았던 기분은 온데간데없고 속이 쓰리다. 이때 외상 금액이 많으면 절반만 주고, 다음에 준다고 약속하고는 외상값 갚으려고 가게에 들렀다가 또 술을 마신다. 당연히 외상값은 다시 쌓이고, 월급날이 돌아오면 더 속 쓰린 상황이 된다.

문제는 거기서 끝나지 않았다. 그때는 월급을 현금으로 받아서 외상 술값을 치르고 나면 봉투에 적힌 금액과 맞지 않아서 가족들의 추궁을 면치 못했다. 결국 이실직고를 하고 술을 마시지 않겠다고 맹세하지만 작심삼일이 되곤 했다. 그마저도 1980년대부터 월급을 통장에 입금해 남자들 주머니 사정이 더 어려워졌다.

한편, 단란주점과 일명 대폿집이라고도 부르는 간이주점은 버스터미널 주변에 많았고, 남산옥, 향미집, 원주집, 강릉집, 아리랑집, 장안집 등의 이름으로 있었으며, 시루목 도로변 초가에 6개의 대폿집이 있었다. 특히 평창시장2길(하4리 50번지 일원)에 있던 고향집은 1950년대 중반부터 있었는데 오래전 할머니 이야기에 의하면 술 좋아하는 가족은 3대가 단골이었다고 한다.

| 다방

다방도 식품접객업에 포함한다. 백오로(하1리 148번지 일원)에는 상록다방이, 천변길(천변리 34번지 일원)에는 백조다방이 1950년대 중반부터 있었고, 평창중앙로(하1리 150번지 일원 영화관 2층)의 송학다방은 1960년대 초부터 있었다. 1960년대 말에 생긴 백오로(하1리 40번지 일원)의 진다방은 주인이 바뀌면서 명다방으로 상호를 변경했으며, 호수다방은 백오로(하1리 162번지 일원) 구 버스터미널 앞 건물 2층에 있었다. 이 외에도 2000년까지 30여개의 다방이 있었는데, 현재는 두세 곳만 남았다.

약속 장소로 많이 이용한 다방은 특히 추운 겨울 따뜻한 연탄난로 옆에서 차를 마시며 담소를 나누기에 제격이었는데, 어느 순간부터 티켓 제도가 생기면서 배달 비중이 늘어나는가 하면, 업소에 따라 종업원이 10여 명을 넘기는 곳도 있었다. 이에 따라 젊고 예쁜 종업원을 보기 위해 다방을 출입하는 남성들도 있었는데, 이제 그런 풍경보다 산골에도 프랜차이즈 카페가 들어서 남녀노소 가리지 않고 그곳에서 여가를 즐긴다.

| 식(정)육점

평창중앙로(하1리 47번지 일원)의 제천식육점은 1945년 광복 이전부터 1980년대 중반까지 3대에 걸쳐 식당과 함께 운영했으며, 백오로(하1리 160번지 일원)의 일미식육점은 역시 식당과 함께 1960년대 중반에 오픈했다. 중앙식육점은 노성산길(중2리 315번지 일원)에 있었고, 그 외 삼척정육점, 돼지정육점 등 여러 곳이 있었으나, 대형마트가 생기면서 식(정)육점은 현재 두 곳이 전부다.

식(정)육 점에서 취급하는 고기는 1950년대에는 시루목 넘어 후평리 우시장 옆 도축장에서 도축한 것을, 1970년대부터는 종부1리 제방 둑 옆 도축장에서 재래식으로 작업한 것을 사용했다. 그 이후

1980년에 현대화 시설을 갖춘 장평도축장이 개설되면서 재래식 도축장은 없어졌다.

| 베이커리·저과점

　1960년대에 문을 연 평창중앙로(하5리 149번지 일원)의 서울제과는 그 뒤 주인과 장소가 바뀌었음에도 같은 상호를 사용했고, 백오로(하1리 154번지 일원)에는 풍미제과가 한동안 있었다. 서울빵집은 1968년에 백오로(하1리 154번지 일원)에서 개업했는데, 20여 년간 수많은 지역민이 찾아 그 시절을 지낸 평창 출신 중에 모르는 사람이 없을 정도다.

| 식료품 및 구멍가게

　주요 도로변에서 식료품을 취급한 상점은 평창중앙로의 문화상회(하5리 149번지 일원)와 강원상회(하1리157번지일원)가 있었다. 여기서는 동해안에서 많이 잡히는 가오리와 양미리도 판매했는데, 강릉에서 화물차로 싣고 온 생선을 인부들이 한 두름씩 수작업하는 모습도 진풍경이었다. 오복상회는 평창중앙로(하5리 53번지 일원)에, 영진상회는 서동로 경찰서 하리지구대 맞은편에, 영월상회와 만물상회는 재래시장 내에 있었다. 그 맞은편으로 K씨와 J씨가 운영하는 식료품 가게가 자리 잡고 있었다. 구멍가게로는 백오로(중2리 313번지 일원)의 평창상회와 시루목 주유소 옆으로 신성호 부친 신영복이 운영하는 담배 가게가 있다. 옛 군청 앞 한전이 있던 가게는 군청 직원들이 여름철 퇴근길에 잠시 들러 시원한 맥주로 목을 축이던 장소였다. 이외 시내에 몇 개의 구멍가게가 있었다.

▶이 · 미용업

 | 이용업

평창중앙로(하1리 149번지 일원)에 있던 문화이발관은 6.25 전쟁 후부터 김덕춘 옹이 운영한 것으로 추정되며, 같은 시기에 백오로(하1리 162번지 일원) 평창장 옆에 상호를 알 수 없는 이발소는 윤병인·천진석 옹이 운영했다. 이수원 옹이 하던 서울이발소는 백오로(중2리 315번지 일원) 옛 동신여관 자리에 있었으며, 평창이발소는 백오로(하1리 39번지 일원) 사거리에서, 서울이용소는 백오로(중2리 315번지 일원) 동신여관 앞에 있었다. 노성이용소는 노성로(하1리 161번지) 천주교회 앞에 있었으며, 평창이용소는 평창중앙로(하1리 157번지 일원) 있었으며, 강원이용소는 평창이용소의 주인이 바뀌면서 옆집으로 이전함과 동시에 상호를 변경한 것이었다. 신호이용소는 평창중앙로(하1리 157번지 일원)에 있었으나 장소를 몇 번 옮겼었다.

한편, 아리랑이용소는 중학교 정문 앞 향군회관 건물과 호남주유소 맞은편에 한동안 있었으며, 동진이발관은 평창시장2길(하4리 51번지 일원)에서 처음 시작하여 현재까지 60년이 넘도록 한 장소에서 같은 상호로 이용업을 해오고 있다. 주인이 네 번 바뀌었음에도 이용업의 맥을 이어오는 곳은 여기뿐이다.

참고로 이용업의 명칭은 시대에 따라 조금씩 변했는데, 1950년대는 이발관, 1960년대는 이발소, 1970년대는 이용소라고 불렀다. 또 손님이 많았던 이용소는 5~7명의 종업원이 있었으며, 여성 면도사가 있는 곳은 멋쟁이 어른들이 더 자주 찾은 기억이 있다. 이러한 이용소가 현재 우리 지역에 4개 소가 있으며, 몇몇 남성이 한두 달에 한 번씩 옛 추억을 더듬으며 찾았다.

　이발과 관련한 이야기를 조금 더 해보자면, 이발 기계가 귀했던 1950~1960년대엔 아이들 머리를 집에서 가위로 자르곤 했다. 나도 어머니가 잘라줬는데, 바리캉처럼 깔끔하지 않아 한번은 친구들에게 놀림을 많이 받아 그 후로는 나무로 된 두 손잡이 기계를 이웃에서 빌려 이발했다. 아마 칠순이 넘은 어른들은 이 같은 경험이 있을 테다.

| 미용업

　우리 지역은 현재 20여 개소의 미용실이 있는데, 최초 미용실은 평창중앙로(하1리 157번지 일원)의 1950년대 후반에 개업한 김원배 모친과 전경표 고모가 운영한 오고파미장원으로 추정한다. 그 뒤로 평창중앙로(하1리 47번지 일원)에 자매미용실, 백오로(하1리 154번지 일원)에 은하미장원이 생겼으며, 평창시장1길 전통시장 내의 유미미용실은 주인은 여러 번 바뀌었지만 상호는 그대로 사용 중이다. 금발미장원은 터미널 주변 평창시장2길(하4리 55번지 일원)에 있었다.

　미용업과 관련한 기억에 남는 건 가발 기술이 없던 그 당시에 여성들이 가정 살림에 보탬이 되고자 긴 머리를 잘랐다는 소리를 심심찮게 들은 부분이다.

▶숙박업

| 하숙

　하숙은 일정한 방세와 식비를 지불하고, 남의 집에 머물면서 숙식하는 형태다. 대부분 월 단위로 이용료를 받는데, 1970년대까지 손님을 받는 숙박업 중 가장 낮은 급에 속한다. 하숙집은 간판과 상호가 없어서 입소문으로 장소를 선택해야 해서 보통 공공기관 주변의 방을 여러 개 보유한 일반 주택 주인이 하숙 손님을 받곤 했다. 중리의 O씨와 N씨 하리의 S씨와 J씨 집에서 전업으로, 이외 몇몇 가정에서 부업으로 운영했다.

| 여인숙

규모가 작고, 값이 저렴한 숙박업소를 여인숙이라 하며, 대부분 재래시장 내에 있었다. 평화여인숙은 평창시장1길(하4리 55번지 일원)에, 평창여인숙은 평창시장1길(하4리 55번지 일원)에, 한성여인숙은 평창시장2길(하4리 50번지 일원)에, 삼성여인숙은 평창시장1길(하4리 55번지 일원)에, 서울여인숙은 평창시장1길(하4리 55번지 일원)에 있었다. 또 생금여인숙은 평창중앙로(하1리 48번지 일원)에, 별여인숙은 백오로(하1리 159번지 일원)에, 부산여인숙은 평창중앙로(하5리 146번지 일원)에 있었다. 이렇게 많은 여인숙이 시대의 변화로 1980년대부터 생겨난 장급(莊級) 여관에 밀려 자연적으로 사라졌다.

| 여관

옛 터미널 옆에 여관 형태로 처음 생긴 백오로(하1리 158번지) 평창여관의 최초 주인은 O씨의 모친이었으며, 김수진 전 평창농협조합장, 김시한 등이 이어서 운영하다가 1980년대 중반에 장급여관으로 바뀌면서 바꾼 상호 평창장은 현재도 사용 중이다. 장안여관은 옛 금강상회가 있던 평창중앙로(하4리 51번지 일원)에서 1945년 이후부터 있었으며, 금강여관은 백오로(하1리 158-9번지 일원)의 옛 버스터미널 옆에 있었다. 황해여관은 서동로(천변리 38-1번지 일원)에 있었으며, 동신여관은 백오로(중2리 315번지 일원)에, 황금여관은 노성로(하1리 37번지 일원)에 있었다. 로얄장은 백오1길(하1리 148번지 일원)에서 1980년대 중반에 시작하여 현재도 건재한다. 평창여관과 황금여관을 떠올리니 부모님을 따라 장작을 싣고 배달하던 때가 문득 생각난다.

1961년부터 있었던 평창탕은 백오로(하5리 148번지 일원) 골목 1층 목조 건물에서 시작했다가 맞은편(하5리 141번지 일원)에 새 건물을 지어 자리를 옮겨 운영했는데, 1980년대 중반에 현재 자리(하5리 135번지)로 한 번 더 이동했다.

1960년대 목조 건물이던 목욕탕은 지금도 그 골목에 '평창탕' 상호만 있음.

한편, 우리 남매는 그 시절에 목욕탕에 가본 경험은 없는데 몇몇 짓궂은 아이들은 목조 건물의 허술한 천장에 올라가 여탕을 훔쳐보곤 했다고 한다.

▶이동수단 관련업
| 화물차

우리 지역에서 화물차를 개인이 소유하게 된 계기는 일제강점기에 사용하던 닛산 또는 토요타 등 일본산 자동차를 6.25 전쟁 후 관공서로부터 불하받으면서다. 당시에 김경선, 김영섭, 이병기, 이수진, 이희춘, 임귀출 총 6명이 첫 소유주가 됐으며, 이후 강원상회와 문화상회에서도 갖고 있었다.

1960년대에는 원병기, 정운산 어른이 운전 기술을 배워 동해안 지역의 어물을 비롯해 벌채한 원목, 퇴비용 산야초, 수매용 엽연초 등 여러 화물을 운송하곤 했다. 그 외에 미탄·계촌·대화·봉평 등의 5일장으로 가는 상인들의 짐과 입대하는 장병들을 태워 목적지까지 수송해 주기도 했다. 더 나아가 1970년대부터는 기사전우회를 결성해 친목을 다지기도 했다.

지금도 기억나는 건, 그 시절에는 자동차에 스타트 모터가 없어서 경운기 또는 발동기처럼 크랭크를 사용해야 해서 추운 겨울이면 장작불로 엔진을 녹여가며 시동을 걸어야 했다. 또 운행하다가 고장이 나면 그 자리에 차를 세워두고, 전선을 잘라내고, 붙이고, 땜질하고, 갈아내어 부품을 교체하곤 했다. 특히 벌목이 많은 백두대간 지역은 희소가치가 있어서 귀한 대접을 받았다.

1970년대 중반부터는 차량 수가 늘어 읍내에 총 25대의 승용차와 화물차가 다녔는데, 그중 기관 소유 승용차는 군청, 경찰서, 교육청에, 화물차는 근청과 경찰서, 세무서에 한 대씩 있었다. 개인 소유로는 1972년경 영목주유소에서 기아에서 출시한 상품을 시작으로 그 후 몇 대 더 운행했다. 택시는 전동근 씨 군용차를 개조해서 운행한 것이 원조라 한다.

| 자동차 정비업

1950년대 후반에는 타이어 펑크 수리하는 곳이 5~6개소가 있었다. 서동로(하4리 56번지 일원) 골목 입구에 S씨 부친이 하던 수리점과 평창중앙로(하3리 105번지 일원)의 영목주유소 위쪽과 맞은편 의용소방대 옆에도 있었다. 1972년도부터 송학로(하4리 59번지 일원)에 삼일공업사가 있었는데, 장소와 주인은 바뀌었지만 동일한 상호로 현재까지 운영 중이다.

화물차 타이어의 펑크 수리와 교체는 휠과 타이어를 기계로 분리해야 하는데, 1960년대에는 에어 복스가 없어서 볼트를 조이고 풀 때 휠 복스를 사용했다. 또 휠과 타이어를 분리할 때는 이 두 개를 고정한 쇠로 된 링을 분리해야 떨어져, 그 과정에 지렛대, 쇠망치, 곡괭이 등의 도구를 동원해 두 명이 작업해야 했다. 그나마 타이어에 공기를 주입하는 공기압축기인 컴프레서라도 있어서 다행이었다는 생각이 든다.

한편, 합동공업사는 송학로(하4리 58번지 일원)에서 경운기를 비롯해 트랙터, 이앙기 등 대형 농기계 판매와 수리를 하곤 했는데, 내가 살던 상리마을에서는 1960년대에 처음으로 천변리 O씨와 K씨가 경운기를 장만하여 논갈이를 했다. 우리는 그 광경이 신기해서 논갈이하는 경운기를 따라다니면서 구경하곤 했다.

| 오토바이 수리점

천변길(하1리 48번지 일원)에 유성오토바이가 있었는데 1970년 대 말부터 40여 년 동안 고장난 오토바이를 수리했다. 그 후 생긴 기아오토바이는 현재도 있으며, 우리 지역에 많은 오토바이를 공급한 곳이다.

90cc와 125cc 오토바이는 1970~1980년대에 보급됐는데, 직장인 출퇴근용을 비롯해 지역민의 일상 교통수단으로 많이 사용됐으며, 딱 2대 있는 250cc 오토바이는 시내의 H씨와 주진 L씨의 소유였다.

| 자전거 수리점

자전거 수리점은 전일덕 씨가 운영한 평창중앙로(하1리 150번지 일원)의 흥일자전거포가 최초였다. 1950년대 중반부터 1970년대까지 있었던 여기는 학생들 통학용 자전거 50대를 보관하기도 했다. 강릉자전거는 1966년부터 하리파출소 맞은편 서동로(천변리)에 있었으며, 장소를 서동로(천변리 35-6번지)로 옮겨 한동안 있었고, 우리 자전거포는 천변길(하1리 41-1번지 일원)에 있었다. 삼천리자전거는 1970년대 백오로(하1리 154번지 일원)에 잠시 있었다가 그 후 백오로(하5리 141번지 일원)에서 같은 상호로 오픈해 지금까지 있다.

지금이야 자전거가 디자인도 다양하고, 성별에 따라 구성도 다르며, 심지어 한 대에 승용차 중고가를 훌쩍 뛰어넘는 1,000만 원 이상짜리도 있지만, 1960년대의 검은색 자전거는 승용차보다 귀한 교통수단으로 그 당시 시내버스를 대신해 주었다. 그 시절로 거슬러 가보면 남부와 북부지역 학생 대부분은 이 자전거를 타고 등하교했는데, 그 여파로 학생들이 집에 돌아가기 전까지 수리점에 맡겨진 자전거가 한 곳당 40~50대였다. 그래도 자전거가 없는 아이도 많았기에 자전거로 통학하는 학생들은 부러움의 대상이었다.

우리 집에서 자전거 수리점을 이용하는 경우는 나무를 운반하는 손수레 타이어가 펑크 또는 고장났을 때였다. 여기서 결코 빼놓을 수 없는 나의 추억이 있는데, 바로 손수레가 생기기 전에 소달구지를 만든 일이다. 우마차인 달구지를 제작하는 과정은 정말 복잡하고, 힘든 작업이었다. 먼저 단단한 참나무를 다듬어 우마차 형태를 잡은 다음 바퀴를 전화선 일명 삐삐선을 감은 원형 철판을 양쪽에 대고, 그 안에 소나무를 원형과 폭에 맞게 쪼개어 넣은 후, 큰 나사못을 몇 개 박는다. 이어서 땅에 닿는 면은 자동차 타이어를 폭만큼 쪼개 붙이고, 큰 못을 박으면, 달구지 바퀴가 완성됐다.

▶의류 가공업
| 양복점

1940년도 전후로 있었던 영흥양복점은 옛 명다방 맞은편(하리 159번지 일원)에 있었으며, 옛 경주관 자리에도 상호를 알 수 없는 양복점이 있었다. 1960년대부터 운영한 양복점은 평창중앙로(하1리 157번지 일원)의 영미양복점, 평창중앙로(하1리 148번지 일원)의 한양양복점, 백오로(하1리 160번지 일원)의 평창여관 옆 복정라사, 평창중앙로(하1리 157번지 일원)의 농협중앙회 평창군지부 아래쪽에 대명라사가 있다.

한편, 1980년대 중반까지만 하더라도 집안에 경사가 있거나 결혼할 때 맞춤 양복을 제작했으나, 1980년대 후반부터 기성 양복이 보급되면서 사양 산업이 되어 대부분의 양복점이 세탁소로 바뀌었다. 그로 인해 백오로(하5리 148번지 일원)의 제일양복점만 있었으나 얼마 전 문을 닫았다.

우리 지역 양장점의 시초는 1960년대 초 시장 안에 생긴 백오로 (하1리 154번지 일원)의 예쁜이양장점이다. 그 뒤로 1968년에 아폴로양장점이 평창중앙로(하3리 112번지 일원)에서 잠시 있었다가 대명라사 옆으로 옮겨 20년 동안 자리를 지켰다. 백합양장점은 중앙상회 옆(하5리 149번지 일원)에서 한동안 있었다. 1970년대 초에 생긴 환희양장점은 평창중앙로(하5리 149번지 일원) 한영양복점 옆에 있었으며, 자니양장점이 평창중앙로(하1리 48번지 일원) 회빈루 옆에, 영진사가 평창중앙로(하5리 147번지 일원)에 있었다.

숙녀복을 전문으로 하는 양장점은 투피스, 블라우스, 여학생 춘추복 교복 바지와 외투, 홈드레스 등을 제작하는 곳으로, 예비 신부가 신랑 부모님에게 첫인사 갈 때도 맞춤 정장을 맞추곤 했다. 하지만 교복이 자율화되고, 기성복 보급이 늘어나면서 양복점처럼 시골 지역에서 볼 수 없는 업종이 됐다.

| 양화점(洋靴店)

양화점은 구두를 만들거나 고치거나 판매하는 곳으로 옛 버스터미널 주변에 점포 없이 수선하는 곳이 있었으며, H씨가 하던 영진양화점은 1960년대 중반부터 10여 년 동안 평창중앙로(하1리 157번지 일원)에 있었고, L씨가 하던 칠성양화점은 1971년도 평창중앙로(하1리 48번지 일원)에서 시작하여 두세 번 자리를 옮겼다. 원주양화점은 백오로(하1리 39번지 일원)에 있었다.

| 세탁소

평창세탁소는 1962년부터 평창중앙로(하1리 149번지 일원) 농협중앙회 평창군지부 옆에 있었으며, 서울세탁소는 백오로(하1리 39번

지 일원) 평창인쇄소 옆에 있었다. 백양세탁소는 평창중앙로(하1리 48번지 일원) 평창방앗간 옆에 있었다. 현재는 평창중앙로(하리 47번지 일원)의 세탁소를 포함한 6개소가 전부다.

| 의류 판매업

의류를 판매하던 상점은 시내권의 중심지 사거리에 있었는데, 대창상회는 평창중앙로(하5리 148번지 일원)에, 대전상회는 평창중앙로(하1리 156번지 일원)에, 잡화를 취급하던 중앙상회는 평창중앙로(하5리 149번지 일원)에 있었다. 재래시장에는 의류 원단과 이부자리 등을 판매하던 대동상회가 있었으며, 평창중앙로(하4리 53번지 일원)에 광신상회가 있었다.

▶제조공장업
| 양조장과 풍년소주

막걸리를 만드는 양조장은 1945년 이전부터 노성로(하5리 148번지 일원)의 정석진 부친이 보유하고 있었는데, 1953년부터 2010년까지 본격 운영했다. 그때 마을 사람들은 술지게미와 백감을 밥에 넣어 먹었으며, 아이들도 종종 그것을 먹었고, 돼지 먹이로도 많이 활용했다.

풍년소주 공장은 8.15 광복 전부터 탁주를 제조하던 J씨 부친이 천변길(중2리 310번지 일원)에서 2~3년, 1950년대 중반부터 허미자의 부친과 조부가 같은 장소에서 운영했다. 1966년부터는 풍년국수도 만들었으나, 1970년대 중반에 생산을 중단하면서 풍년이란 지역 소주 이름이 사라졌다.

| 옹기 공장

1940년대부터 있었던 유동리 25번지 일원의 옹기 공장은 가마가 2~3개를 둔 것으로 보아 규모가 꽤 컸던 것으로 추정되며, 그 후 1960년대 중반부터 1970년대까지 김학근 부친이 기술자를 두고 운영했다. 1940년대 말부터 1960년대 말까지 상리 308-1번지 일원에서 김학철 부친이 옹기를 구웠고, 하2리 413번지 일원의 P씨가 하던 공장은 1970년부터 1980년대까지 운영됐다. 도돈리 37번지 일원의 도돈초등학교 도로 건너편에 있던 옹기가마터는 시기를 알 수는 없을 만큼 오래된 것으로 보인다.

한편, 상리의 옹기 공장에서는 질그릇류의 화로, 물동이, 시루, 화분 등을 제조했는데, 대체로 흙으로만 구워 만들어 겉면에 윤기가 없었다. 이런 옹구를 만들 때 할아버지가 발로 물레를 돌리는 게 신기해서 어린 시절 시간 가는 줄 모르고 구경했던 기억이 있다. 또 유약인 오짓물을 바른 윤이 반짝반짝 나는 옹기와 항아리는 유동과 하평마을에서 주로 만들었다. 가마는 대부분 경사가 진 곳에 있었는데, 옹기를 구울 때마다 2~3일 동안 불을 때우곤 했다.

| 벽돌 및 기와 공장

구 전매서 맞은편 노성로(중1리 256번지 일원)에 M씨 소유의 시멘트 벽돌과 기와를 만드는 곳이 있었으며, 초등학교 앞 공터 송학로(하6리 122번지 일원)에 L씨가 하던 공장은 종부로 이전했다. 또 천변길(하리 46번지 일원)의 J씨가 하던 벽돌 공장은 1950년대 말부터 있었으며, 후평리 시루목 너머 좌측에도 있었다.

이렇게 우리 지역에 벽돌 및 기와 공장이 있었던 이유는 평창강에 모래자갈이 많아 골재를 쉽게 얻을 수 있었던 덕분이다. 이에 따라 주민들은 손수레나 우마차를 이용해 채취하곤 했는데, 1980년에 골재 채취법이 제정되면서 모든 골재는 행정기관의 허가 없이는 할 수 없게 됐다.

| 목공소

기술이 많은 목수를 대목이라고 불렀는데, J대목이라 부르던 목공소가 중1리 제일교회 옆에 있었고, 중2리 소주 공장 옆 골목에 K대목 목공소, 하5리 구 경찰서 옆에 O대목 목공소가 있었다. 재래시장 삼성여인숙 옆 L대독 목공소는 자개 가구인 장롱과 서랍장을 한동안 만들기도 했다. 또 상호 없이 작업장을 만들어놓고 소나무로 문짝, 두리반, 책상, 의자, 책꽂이 등을 제작하는 곳도 있었는데, 모두 없어진 지 오래다.

| 대장간

소농기구를 만드는 대장간은 3개소가 있었다. 먼저 평창중앙로(하3리 171번지 일원) 시루목에서 김유복 씨가 주인장이라 김대장간이라는 별칭으로 1960년대부터 오랫동안 있었는데, 호미와 낫, 괭이 등을 만들었다. 다른 한곳은 시루목 너머 좌측에 안대장간이라는 별칭으로, 마지막 한곳은 하리 61번지 일원에 박대장간이라는 별칭으로 있었다. 현재는 올림픽전통시장 내의 D대장간만 유일하게 남아있다.

소농기구는 모두 수작업으로 만들어야 해서 많은 경험 축적과 손기술이 필요했다. 하지만 그렇게 공들여 제작했다고 하더라도 쇠붙이라서 오래 사용하면 닳아서 쓸모가 없어졌다. 한마디로 버려지는 신세가 됐는데, 이런 고철을 수집하는 고물상이 백오1길(하6리 116번지 일원)의 구 경찰서 뒤편에 1960~1990년대까지 한곳에서만 운영되다가 최근에는 자원 재생 차원에서 세 곳의 고물상이 생겼다.

| 인쇄소

1950년대 중반에 문을 연 백오로(하1리 39-2번지)의 평창인쇄소는 1976년, 가족이 이어받아 같은 장소에서 현재까지 운영 중이다. 형제인쇄소는 서동로(하1리 50번지 일원)의 현 하리파출소 부근에 있었고, 문정사는 노산성길(중2리 311번지 일원) 옛 소주 공장 자리에 있었는데, 1979년도 평창군지 초판으로 발간한 겉표지의 해서체는 당시 홍 사장의 필적이다.

| 광고물 제작

L씨가 1970년대 초부터 운영한 서울공사는 간판과 현수막을 제작한 곳으로 평창중앙로(하리 148번지 일원)에 있었고, 1970년대 중반에 백오로(중2리 315번지 일원)에 자리 잡은 성업사의 첫 주인은 K씨였는데, 그동안 장소와 주인은 바뀌었으나 상호는 현재도 사용되고 있다.

▶체육 관련업
| 체육사

최초의 체육사는 김채남 씨가 운영한 삼화체육사로 1970년대 중반부터 평창중앙로(하1리 156번지 일원)에 있었으며, 1980년에 주인이 바뀌면서 같은 상호로 평창중앙로(하5리 149번지 일원)로로 옮겼고, 또 한 번 주인이 바뀌면서 민성체육사가 됐다.

1970년대의 평창은 19,000여 명이 살던 도시로 마을 대항 체육대회를 개최하곤 했는데, 이제는 인구가 줄어들어 지구별로 한 팀이 되어 민속놀이 중심으로 행사를 진행한다.

| 당구장

우리 지역에서 처음 시작한 당구장은 천변길(천변리 34번지 일원)

에 있었으나, 운영한 연도와 상호는 알 수 없고, 평창중앙로(하1리 150번지 일원)의 실비식당 건물에도 당구장이 1960년대부터 한동안 있었다. 신진당구장은 평창중앙로(하1리 146번지 일원)에서 1970년 ~1973년까지 있었고, 또 다른 신진당구장은 백오로(중2리 153번지 일원) 구 읍사무소 앞에 1969년~1977년까지 있었으며, 진영당구장 은 백오로(하5리 148번지 일원) 옛 목욕탕 건물에 1973년부터 있었 다. 이외 오백당구장 등 몇 곳이 더 있었다.

당구를 처음 배우는 사람은 누워있으면 천장이 당구대로 보인다고 한다. 큐대로 공을 칠 때 둥근 공 어디를 맞추느냐에 따라 달라지는 것이 당구의 묘미이며, 특히 야식을 먹으면서 밤새도록 즐기기에 제 격이다. 과거에는 남성 중심의 오락으로 인식됐으나 이제는 생활체육 종목으로 인정되어 남녀노소 모두에게 사랑받는 스포츠의 한 분야가 됐다.

| 체육관

천변길(중2리 309번지 일원)에 1960년대 말부터 태권도장이 있 었고, 그 후 중리 구 전매서와 천주교회 아래 전도관이 있던 건물에도 한동안 있었다. 노성체육관은 평창중앙로(하1리 47번지 일원)에 있었 으며, 탁구장은 백오로(하1리 148번지 일원)에 한동안 있었다.

| 문방구

문방구로 처음 문을 연 곳은 평창중앙로(하5리 149번지 일원)로 태극상회로 시작했다가 광명상회로 바뀌었다. 영화상회는 백오로(하 1리 154번지 일원)에 있었으며, 선물의집은 백오로(하1리 156번지 일원)에 있었다.

▶농산물 가공업

| 정미소

곡물 겉껍질을 벗겨 쌀과 잡곡류를 가공하는 정미소는 일제강점기 때부터 있었다. 최초 시작 연도는 알 수 없으나 후평리 김이중 부친의 김창경 옹이 백오로(하1리 41번지 일원)에서 1946년까지 운영했고, 같은 해에 주인이 정석진 부친으로 바뀌면서 1951년도까지 있었다. 다시 주인이 서상용으로 바뀌면서 1953년에 노성로(하1리 161번지 일원)의 천주교회 앞으로 이전됐다. 이후 1959년, 새 주인 전병인이 맡으면서 협동정미소로 상호를 변경해 1991년까지 긴 세월 동안 나라미인 정부 양곡을 도정했다. 그러다가 주택가에 위치하여 부지 협소와 분진, 소음 등의 문제로 1995년에 도돈 지역으로 옮겼다. 이 외에도 현 경찰서 평창지구대 맞은편에 천변리정미소(김진하)가, 옛 평창제재소 옆 백오1길(하4리 56번지 일원)에 하리정미소(이성구)가 있었다.

이 중 인상적인 부분은 김창경 옹이 1960년 전후로 후평리 42번지 일원에서 물레를 이용한 정미소를 운영했다는 점이며, 이것이 현재의 무진정미소로 개인 소유로는 여기가 유일하다. 더불어 1960년대 후반에 반자동 탈곡기와 1인용 작두, 풍구 등 네 종류의 기계를 개발하여 실용실안특허도 받았다.

한편, 1960~1980년대까지는 마을마다 정미소가 있어 도정 물량을 확보하려고 논에서 탈곡해 쌓아둔 벼 포대를 어두울 때까지 규모가 큰 정미소는 화물차로 작은 정미소는 경운기로 실어 나르곤 했다. 하지만 1980년대까지만 해도 읍내에 20개소가량의 정미소가 있었으나 세월의 흐름에 따라 도정 물량 감소와 정부 양곡 수매에 따라 마을 정미소는 자연적으로 없어지고, 앞서 언급했듯 개인 사업장은 한 곳뿐이다.

백오로(하1리 40번지 일원) 평창인쇄소 맞은편의 초가기름집은 1960년대부터 있었던 것으로 기억되며, 풍년방앗간은 평창중앙로(하4리 53번지 일원)에 있었다. 평창방앗간은 평창중앙로(하1리 48번지 일원)에 있었으며, 주인은 바뀌었지만 상호는 현재도 사용 중이다. 대성방앗간은 천변길(하1리 44번지 일원)에 있었으며, 옆 건물에는 제기기름집이 있었다. 평창중앙로(하3리 112번지 일원)의 시루목에서도 O씨와 L씨가 운영하는 방앗간이 있었다. 한편, 국수 공장은 재래시장 내 현대사진관 옆 평창시장1길(하4리 138번지 일원)에 있었다.

설·추석이면 풍년방앗간과 평창방앗간 등 도로변의 방앗간은 가래떡을 뽑으려는 사람들로 북적였는데, 먼 마을에 있는 어머니들은 이른 새벽부터 부풀린 쌀을 머리에 이고 나섰다가 오전이 되어서야 돌아갈 수 있었다. 우리 어머니도 그중 한 명이었는데, 손수레에 싣고 다니던 모습이 눈에 선하다.

| 뻥튀기 가게

오일장이 열리는 날이면 평창시장2길(하4리 50번지 일원) 골목 세 군데에서 뻥튀기 장사를 했는데, 시루목 S씨와 초등학교 뒤 L씨 아저씨, 천변리 K씨 어른이 하였다. 이 중 천변리 아저씨는 마을을 순회하면서 뻥튀기 장사를 했다.

꼭 오일장이 아니어도 농한기가 되면 동부지역을 비롯해 우리가 살던 동네에는 신작로 옆 공터에 뻥튀기 틀이 등장했는데, 불을 지펴 풍구를 돌리기 시작하면 마을 사람들이 옥수수 한 되와 장작 2~3개를 가져왔다. 그러면 오후 내내 '뻥' 소리가 끊이지 않았고, 우리 남매는 뻥튀기 아저씨가 왔다고 부모님을 졸라댔다. 정월대보름엔 부럼 깨물기를 해야 하니 굳이 말하지 않아도 뻥튀기를 먹을 수 있었으나, 평소에는 운이 좋아야 강냉이를 튀길 수 있는 기회가 주어졌기 때문이다. 그래서 사람들 사이에서 구경하다가 망태기 밖으로 튀어나온 걸 주워 먹기도 했다. 쌀로도 뻥튀기를 만들었는데, 시루목 옛 의용소방대 옆한 곳과 상리 김주호 씨가 1978년부터 10여 년 동안 쌀 뻥튀기를 만들었다.

뻥튀기 비용은 옥수수 값을 포함해 60원, 옥수수를 가져가면 10~20원이었는데 그마저도 먹기 힘든 시절이었다.

| 솜틀집(목화솜 가공)

목화를 가공하는 솜틀집은 총 세 곳이 있었는데, 친구 모친이 하던 노산성길(중2리 313-3번지)에서는 1950년대부터 10여 년, 박봉주 부친이 하던 노성로(중1리 87번지 일원)에서는 1967년부터 20여 년 동안 운영됐다. 마지막 한 곳은 시루목 고개 너머 좌측에 있었다.

목화씨에 붙은 섬유질을 분리해서 솜틀 기계에 넣고 돌리면 이불솜 모양이 만들어졌는데, 이것이 목화솜이다. 그런데 평창은 목화를 많이 재배하지는 않았으나 섬유 제품이 발달하기 전에는 집마다 솜이불을 사용했고, 오래된 것은 폭신하지 않아 부드러운 이불솜을 만들기 위해 재가공을 해야 했다. 이에 따라 솜틀집이 생겼지만 산업화에 따라 자연스레 사라졌다.

| 쌀 상회

평창중앙로(하1리 47번지 일원)에 미풍상회가 1960~1980년대까지 있었으며, 천변길의 파출소 앞 제일쌀상회도 같은 시기에 있었다. 강원쌀상회는 평창중앙로(하1리 148번지 일원)에서 1970~1980년대까지 있었으며, 평창중앙로(하3리 171번지 일원) 시루목에도 쌀가게가 있었다. 이 외에도 제일교회 맞은편을 포함해 몇 군데 더 있었다.

그 시절 시골에는 모곡 상인들이 저울을 들고 마을을 순회하며, 쌀과 보리쌀 등의 곡물을 수집하곤 했는데, 특히 보따리 상인들은 옷과 양말 등의 의류를 주부들 상대로 현금 또는 곡물로 물물교환하기도 했다.

| 종자 및 농약 판매점

씨앗과 농약을 판매하던 곳은 5~6개소로 평창중앙로(하5리 149번지 일원) 및 평창시장1길(하4리 55번지 일원)에 있었다. 현 터미널백오1길(하4리 56번지 일원)에도 있었으며, 평창시장1길(하4리 55번지 일원)에는 한도종묘가 있었다. 송학로(하4리 일원)의 H농약상은 현재도 운영 중이며, 종묘를 판매하던 충북상회와 대륙상회도 있었다.

▶의료업

| 병 · 의원

우리 지역 최초 병원은 목공의 옹이 운영한 위생의원으로 1945년 광복 전부터 천변길(중2리 307번지 일원)에 위치해 있었는데, 2019년에 발행한 《일제강점기 신문 기사로 보는 평창》에 의하면 '1940년 3월 노성산 영아 발견 때 목공의 초빙 해부'에 등장하는 의사가 동일 인물임을 알 수 있다. 그 후 같은 장소에서 원장이 몇 번 바뀌면서 2005년까지 있었다. 평창의원은 1950년대 백오로(중리 316번지 일원)와 노성로(하1리 37번지 일원) 강남식당 맞은편에 잠시 있었다. 또 천변길(중2리 313번지일 원) 소주 공장 자리에는 강릉의원이 있었으며, 중앙병원은 평창중앙로(하1리 147번지 일원)에 1964년도부터 한동안 있었다.

1950년대 강남식당 맞은편 노성로(하1리 37번지)에 평창의원이 있던 모습
*사진 제공: 조상현

한편, 위생의원 오범수 원장은 우리 가족과 인연이 있다. 그를 처음 만난 것은 1969년 3월, 아버지가 원주에서 맹장 수술을 할 때였다. 아버지는 원주까지 갔지만, 동생은 1971년에 평창에서 수술할 수 있었다. 당시에 오 원장이 위생의원에 와 있었고, 1970년대 중반까지 내과와 외과 의사를 두어 가능한 일이었다. 하지만 다시 우리 지역은 수술할 정도의 환자라면 영월이나 원주에 가야 하는 현실이라 의료 혜택에 대한 불편함이 있다.

이처럼 의료 혜택이 취약한 농촌 지역을 대상으로 옛 보건소 기능과 진료 업무를 확대한 것이 보건의료원 기능이다. 보건소가 처음 있던 곳은 1950년대 천변길(중2리 307번지 일원)의 위생병원 자리였다. 두 번째는 노성로(하1리 37번지 일원)의 강남식당 맞은편에 있었다. 세 번째는 노성로(중2리 355번지 일원) 현 읍사무소 옆 건물에 잠

제 3 부 이야기로 보는 평창의 그림

시 있었으나, 송학로(하5리 72번지 일원)의 옛 축협 자리에 새 건물을 짓고 옮겼다. 그 후 1987년, 평창보건의료원 명칭으로 종부로 61에 있었으며, 2019년에 노성로 11로 이전했다.

| 약방 · 국

백오로(하1리 162번지 일원)의 6.25 전부터 있었던 대성약방은 1980년대 중반까지 운영했는데, 주인과 장소는 여러 번 바뀌었으나 '대성'이라는 상호는 현재도 사용 중이다. 평창약방은 초창기에 평창중앙로(하5리 149번지 일원)에 있었으나 맞은편(하1리 47번지 일원)에 옮겨 한동안 있었고, 부인약방은 평창중앙로(하1리 48번지 일원)에서 1950~1970년대 중반까지 있었다. 또 한일약국은 평창중앙로(하1리 47번지 일원)의 평창약방이 있던 자리에서 1969~2010년까지, 박약국은 평창중앙로(하1리 156번지 일원)에 있었으나 다른 곳에도 있었다. 마지막으로 중앙약국은 평창중앙로(하1리 156번지 일원)의 박약국 자리에 있었으나 다른 곳으로 옮겼고, 상호는 2022년까지 사용했다.

| 한약방

1950년도 전후로 평창시장2길(하4리 55번지 일원)에 김약국이 잠시 있었고, 그 후 3개소의 한약방이 있었다. 그중 제일 오래된 곳은 중리 130-1번지의 활성당으로 선대로부터 4대에 이르기까지 평창에서 한약을 다루었다고 한다. 그로 인해 상호보다는 '함 할아버지 약국'으로 더 많이 불렸다. 게다가 1970년대 중반까지 운영하면서 지역주민에게 선한 영향력을 많이 베풀었고, 나도 어릴 적 자주 체해서 여기서 진맥을 받고, 탕약을 지어 먹곤 했다. 그 외에 조약국은 '평화당' 상호로 천변리 27번지 일원에, 구 읍사무소 옆 K씨 영일한약방은 하4리에, J씨 재생당한약방은 재래시장 내에, L씨 삼선당한약방은 호남주유소 앞에 있었다.

▶기타 업종

유성춘 사법서사는 1946~1954년 노산성길(중2리 313-2번지)에, 김종린 사법서사는 1954년부터 천변길(천변리 25-1번지 일원)에, 천재윤 사법서사는 같은 시기에 백오로(중2리 315번지 일원)에 있었다. 이시연 사법서사는 1983년부터 백오로(중2리 316번지 일원)에 있었는데, 이후 김종린 그리고 천재윤과 함께 합동사법서사를 운영했다. 또 김성현 사법서사는 백오로(중2리 316번지 일원)에, 박영진 사법서사는 평창중앙로(하1리 157번지 일원)에 있었다. 그 외에도 고광열 사법서사 등 여러 곳이 있었으나 1990년부터 법무사법 제정·공포에 따라 명칭이 사법서사에서 법무사로 바뀌었다.

| 문 · 영화관

우리 지역에 처음 생긴 영화관은 현재 주차장으로 이용하는 천변길(하1리 44번지 일원)에 2층 구조의 목조 건물이었는데, 1950년대 말에 없어졌다. 이후 1961년, 노성로(중2리 331번지 일원)에 평창문화관이 들어섰으나 1965년경에 화재를 입었다. 다시 그 자리에 재건축하여 영화 상영뿐만 아니라 지역 행사장 장소로도 활용하다가 1995년경에 철거됐다.

참고로 문화관은 1961~1995년까지 30여 년 동안 국경일과 크고 작은 지역 행사 진행과 상시 영화 상영을 했고, 특히 명절이 되면 가두방송으로 연휴 기간 상영 일정을 알렸으며, 학생들은 학교에서 단체 관람이라도 하는 날이면 한껏 들떠 있었다. 평소에 이용을 잘하지 못하니 그럴 만도 했다. 더욱이 겨울철만 되면 화장실에 숨어 들어가는 학생들이 있었는데, 재래식이라도 신축 건물에 겨울이면 냄새가 많이 나지 않으니 그렇게라도 영화를 훔쳐보고 싶었던 것이다. 그러니 지금은 얼마나 좋은 세상인가. 남녀노소 누구나 자유롭게 영화관을 드나들 수 있으니 말이다. 그밖에도 문화관 앞 공터의 가래나무 열매가 익으면 돌을 던져 따먹기도 하는 등 지역민에게 많은 추억을 남겨준 문화관 내부 구조는 1·2층으로 약 500~600개의 좌석이 있었다. 좌석 정면에는 대형 스크린과 검은 커튼이 있었고, 오른쪽 출입문을 열면 화장실이 있었으며, 2층에는 영사실이 있었다.

중학교 운동장 동쪽 모서리 K 할아버지가 살던 곳에서 H씨가 1945년 이전부터 석유 배급소를 운영했고, 이를 김채남의 부친이 이어받아 1950년대에 중리의 보초막집 밑 제방 둑 아래로 배급 창고를 옮겼다. 그로부터 한참 뒤인 1968년, 현 영목주유소 부지로 다시 옮겨서 주유소를 차려 석유 판매를 했다. 그런데 그 당시 대도시에는 주유기가 있었으나 시골에서는 쇠 기름통을 이용해 사람이 직접 들어 주유를 해야 했다. 그 후 1970년에 K씨가 인수하여 현대식 시설을 갖추고, 상호를 영목주유소로 변경해 2023년까지 같은 이름으로 사용했다. 또 영목주유소 위쪽의 호남주유소는 석유 판매를 했는데, 같은 시기에 현 위치로 옮기면서 이곳 역시 2023년까지 같은 상호를 사용했다. 그리고 50여 년간 사용하던 상호인 영목과 호남은 SK에너지, S-OIL 셀프 주유소로 바뀌면서 옛것이 되었다.

한편, 근대화 바람이 불기 시작한 1960년대에 산업박람회를 계기로 석유 배급과 석유곤로 등 다양한 석유 제품이 개발 보급되면서 등잔불 시대가 사라졌다.

현대사진관은 1950년대 후반부터 평창시장1길(하4리 56번지 일원)에 있다가 1970년대 백오로(하5리 137번지 일원)로 옮기면서 1998년까지 예식장과 함께 있었다. 많은 지역민이 이곳에서 결혼식을 치렀고, 우리 부부도 1978년 가을에 여기서 백년가약을 맺었다. 하지만 지금은 농협 주차장 자리가 됐다. 우주사진관도 같은 시기에 백오로(중2리 316번지 일원)의 현 성덕도 건물에서 1966년도까지 있었으며, 자매사진관은 1970년대에 평창중앙로(하1리 47번지 일원)에 있었다.

| 금·은보석방

상신당은 평창중앙로(하1리 149번지 일원)의 한영양복점 위치에서 1960년대 초부터 있었으며, 장소와 주인은 바뀌어도 상호는 계속 사용했다. 신흥당은 1965년부터 백오로(하1리 159번지 일원)의 평창여관 옆에서 시작해 장소는 몇 번 옮겼었으나 간판을 내린 지는 얼마 되지 않는다. 정금당은 평창중앙로 158번지 일원에 한동안 있었다.

| 철물점

1950년대부터 있었던 충북상회와 대륙상회는 평창중앙로(하5리 53번지 일원)에서 아래위로 붙어있었는데, 충북상회는 현재까지 같은 장소에서 동일한 상호로 운영하고 있다. 금강상회는 평창중앙로(하4리 51번지 일원)에 있었으며, 처음에는 식료품을 취급했으나 1970년부터는 철물점으로 변경했다. 또 재래시장 내 그릇을 취급하던 유성상회는 1960년대까지 있었다. 한편, 대부분의 사람은 그릇 가게와 철물점은 유행에 민감하지 않은 업종으로 생각하는 듯하다.

| 전파사

과거 라디오를 소유한 집에 유선을 연결하여 각 가정에서 라디오를 들을 수 있었던 시절이 있었다. 1960년대 초, 평창중앙로(하5리 149번지 일원)에 자리 잡은 신세기소리사는 라디오 및 전축 수리를 담당해 오다가, 유선 TV 시설이 처음 설치된 시기인 1970년대에 지역 주민들이 TV 시청을 할 수 있도록 공을 많이 세운 곳이기도 하다. 설명을 곁들이자면, 장암산에서 전파를 잡아 가정으로 보냈는데, 전파 상태가 좋지 않으면 흑백 TV에서 잡음이 들려서 어른들은 투덜거리며 일어났다. 신세기소리사는 그런 불편을 줄여주곤 했다. 그밖에 삼양전파는 1960년대 중반부터 평창중앙로(하4리 51번지 일원)에 있으면서 라디오 수리 및 전자 제품을 취급했고, 고려전파는 1970년대에 평창중앙로(하5리 149번지 일원)의 광명상회가 있던 곳에서 전자 제품을 취급했다. 같은 시기에 신광전기가 백오로(하1리 149번지 일원)에 있었다.

| 담배 가게

담배는 정부의 전매 품목으로 옛 전매서에서 취급했으며, 담배를 소매하는 가게 주인은 지정된 일정에 방문 구입했고, 소매점은 거리 제한도 있었다. 우리 지역의 전매서는 오래전부터 현 교육지원청이 있는 노성로(중1리 288번지)에 있었으나 1977년 하리 지역에 새 건물을 짓고 이전한 후 한국담배인삼공사 평창지점으로 개칭됐다.

한편, 연초를 칼로 잘게 자른 형태를 살담배라 불렀으며, 이를 봉지에 넣어서 봉지 담배로 판매했고, 갑(匣)에 종이로 가늘고 길게 말아 놓은 것을 궐련 또는 한 개비라 불렀다.

우리 아버지도 1950년대에 같은 마을의 김대순 어른과 함께 전매서에 잠시 몸을 담았는데, 담배 판매와 관련한 짐을 지정된 장소까지 공급하는 일이었다. 이때 도보를 이용해야 했기에 미탄·방림 지역은 1일, 거리가 먼 대화 지역은 이틀이 걸렸다. 이 외에 남은 자료로는 1950~1960년대에 전매서에서 근무했던 사람이 J 서장을 비롯해서 중리의 송방집 김은석 할아버지와 같은 마을에 살았던 김준석, 박병환, 조창형 어른이었다는 정도다.

| 가축병원 · 인공수정소

처음 시작한 가축병원은 노성로(중1리 141번지 일원)의 일제강점기 때 마방으로 사용하던 건물에서 C씨가 1950년에 평창가축병원이라는 이름으로 오픈했고, 동성가축병원은 L씨가 1979년부터 송학로(하5리 137번지 일원)에서 시작하여 현재까지 운영하고 있다. 또 하나의 평창가축병원이 평창중앙로(하1리 157번지 일원)에 한동안 있었는데, 여기는 L씨가 했다. 가축인공수정소는 1970년대에 노성로(중1리 141번지 일원)의 평창가축병원 바로 옆에 새 건물을 지어 농협 소속으로 개설했으나 축협 창립과 함께 업무가 이관되어 가축개량사업소로 변경됐다.

1960년대에는 암소가 발정하면 종자소가 있는 집에 암소를 몰고 가서 자연수정을 시켰고, 소 주인에게 콩 또는 옥수수 한 말로 수정 비용을 대신했다. 이후 1970년대에 가축인공수정소가 설치되면서 농가들이 신고하면 수정사가 방문해 인공수정을 시켰다. 요즘은 농가에서 사육하는 두수가 많아 농장 주인들이 직접 인공수정을 시키는 사례가 많아졌다.

소를 매매하는 우시장은 2개소로 현 버스터미널(하4리 50번지 일원) 부근과 또 한 곳은 시루목 너머 후평리의 현 노성장 부근에 1960

년대까지 있었다. 그 시절 우시장은 공터에 쇠말뚝이 드문드문 있는 것 외에는 다른 구조물이 없다.

한편, 평창 오일장은 5·10일 간격으로 농가의 소 주인과 장사꾼들 간의 흥정이 이루어졌다. 그런데 대화 오일장은 4·9일에 열려 평창에서 대화 오일장을 가려면 후평 우시장을 지나야 해서 자연스럽게 소가 모이는 장소가 됐고, 평창장과 대화장에서 거래되는 소가 상당히 많았던 것으로 추측한다. 1968년, 우리 집에서 기르던 소 5마리도 매매하기 위해 아버지와 이웃 어른이 대화장까지 소를 몰고 간 적이 있다. 어른들 이야기에 의하면 주나루 주막거리는 소 주인들이 쉬어 가는 장소였다고 한다.

| 버스터미널

소형 버스인 ㅁ·이크로버스는 1950~1960년대까지 주천 지역을 경유해 원주까지 운영했으며, 백오로(하1리 40번지 일원) 사거리의 모퉁이 공터에 주·정차했다. 버스터미널은 1950~1977년까지 백오로(하1리 158번지 일원)의 평창여관 옆에 있었는데, 서울과 강릉-영월-제천-정선을 다니던 강원여객 및 동원여객 등이 여기를 이용했고, 서동로(하4리 58번지 일원)의 현 버스터미널은 1977년 봄에 옮겨졌다. 이때 정선 지역까지 가는 완행버스를 1일 1회 정오에만 운행했다. 재미있는 사실은 버스 안내양이 1980년대 초반까지 있었는데, 여객 버스도 도로변에서 승객을 승하차시켜 시내버스 역할을 하기도 했다는 점이다.

버스터미널을 옮기고 몇 년 후, '급행버스 평창과 서울 간 개통' 현수막을 버스에 달고 가두방송을 했다. 이에 따라 먼동이 틀 때 급행버스를 타면 안흥에서 아침 식사를 할 수 있었고, 횡성과 양평을 지나

망우리 고개를 넘어 동마장 버스터미널에 도착하면 오후가 됐다.

부연 설명을 더하자면 우리나라의 시내버스 첫 운행은 1920년대 말 서울에서 시작해 8.15 광복 후 없어졌고, 그 후 1960년대 초 승객의 차비 수금과 승하차 출입문을 여닫는 역할을 하는 안내양을 두어 운행했으며, 안내양이 버스 문짝을 탕탕 치면서 "오라이!"라고 외치면 운전기사가 출발했다. 한편, 평창의 시내버스는 1970년대 후반부터 영월시내버스가 운행하던 것을 1980년대 중반에 평창 사람이 인수해 버스 7대로 평창시내버스란 이름으로 운행을 시작했다.

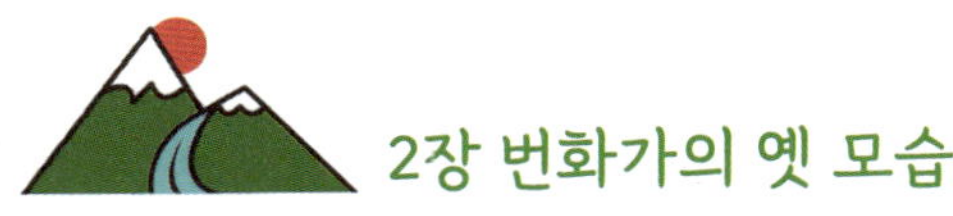

2장 번화가의 옛 모습

▶시내권에서 볼 수 있었던 모습

현 우체국 자리(하1리 165번지 일원)에 잎담배를 취급하던 엽연초 생산조합이 있었다. 1970년대까지 11월부터 12월까지 옆 공터에 여러 담배 경작 농가에서 화물차로 싣고 온 연초 뭉치를 하역해 검사하고, 창고에 입고하느라 분주했다. 마치 1990년대 벼 수매하는 모습과 같았다. 구 읍사무소 앞 오른쪽 농협 부지(중2리 316번지 일원)에는 잠견이 있던 곳으로 봄·가을 두 차례, 농가에서 생산한 누에고치를 정선의 제사공장에서 수매하는 장소였다. 참고로 상전이 없는 농가는 산뽕잎을 채취해 누에를 길렀으며, 그 시대 농가의 주 소득원은 담배와 잠업이었다.

시가지 중심인 사거리에는 1950~1970년대까지 큰 상점이 많았는데, 의류를 취급하던 대창상회는 하5리 148번지 일원에, 대전상회는 하1리 156번지 일원에 있었다. 또 식료품을 취급하던 문화상회는 하5리 148-2번지에, 강원상회는 하1리 157-10번지 일원에 있어 많은 주민이 이용했다. 그러나 하1리 159번지 일원에 있던 옛 버스터미널이 1977년에 현 위치로 이전하면서 1998년부터 주변 상가가 새 건물로 바뀌면서 옛 모습이 서서히 사라졌다.

모든 자동차는 신호사거리를 경유했는데, 서울과 강릉 방향의 버스는 북쪽, 영월·제천방향은 남쪽 그리고 정선으로 가는 길은 이 도로가 유일했다. 따라서 생활 물자 공급과 시가지 조성에 따른 역할은 물론 재래시장과 근접해있어 오일장 등 그 시대 생활상을 그대로 담은 도로였다.

1970년대 평창 시가지 전경
(종부교 교각 공사를 하는 모습과 하리 주택단지 조성되기 전 논, 도로변 가로수 모습이 보임)
*출처:《평창읍 승격 40년사》

한편, 시내에는 용천수가 나오는 곳이 있었는데, 현 천주교 뒤 옹달샘, 평창중학교 산 밑, 작은 시루목(재빼기), 구 경찰서 뒤 샘물이 그곳이다. 당시에 작두펌프를 이용해 물을 구할 수 있는 가정도 있었지만 그렇지 않은 집에서는 용천수를 길러 식수로 사용했고, 상수도가 공급되면서 작두펌프도 자연이 사라진 1972년 이후에도 샘물은 한동안 허드렛물로 사용됐다. 게다가 주변 마을 사람은 물론 지나가는 행인들이 갈증을 해소하곤 했는데, 이제는 흔적도 없다. 또한 상점 주인들이 아침마다 시내 도로변 양쪽으로 하수도로 흘러가는 물을 이용해 청소하느라 마포를 수로의 시멘트 뚜껑에 대고 세척하는 풍경은 어렴풋하게 남아있을 뿐이다.

거리에 음악이 없으면 어딘가 모르게 허전할 테다. 이를 라디오와 음악 소리로 신세기소리사와 삼양전파에서 해소해 주는 동시에 그 앞을 지나다니는 사람들의 흥을 돋우었다. 그뿐만 아니라 당시에는 TV가 없는 집이 많아 아이들은 드라마를 보기 위해 1km가 넘는 거리도 마다하지 않고 전파사 앞에 옹기종기 모여들었다. 1960년대에는 각 가정에 스피커를 설치해 이장 집에서 TV 또는 라디오를 틀면 집에서도 들을 수 있게 해준 고마운 곳이기도 하다. 실제로 나도 초등학교에 입학할 무렵 유선 스피커로 라디오를 들었다.

조금 다른 내용이지만 음악 이야기가 나오니 1970년대 전후로 실시한 마을 콩쿠르가 떠오른다. 이는 최근 유행하는 트로트 오디션 프로그램과도 유사한데, 주로 청년회에서 주관해서 실시했으며, 다수·주진·도돈·종부·후평 등 큰 마을은 주민 단합의 명분으로 진행하기도 했다. 노래 부르기를 좋아하는 젊은 남녀 참가자가 어느 정도 모이면 운동장 또는 마을 공터에 무대를 설치해 지정된 날짜에 공연이 펼쳐졌다. 노래와 기타 연주 실력이 빼어난 청년들은 초대도 됐으니 그 존재감은 상당했다.

시가지를 감싸고 있는 사천강 제방도 빼놓을 수 없는 부분이다. 이는 일제강점기에 낮게 만들어졌으나 1989년, 우회도로를 개설하면서 도로 기능으로 바뀌었으며, 그 이듬해 수해로 바위공원으로 가는 제방을 1m 이상 복토 작업을 하는가 하면, 천변 지역과 하4·5리의 낮은 지역이 침수되기도 했는데, 1992년에 하리 배수펌프장을 설치한 뒤로는 침수되는 일이 없었다. 또 노람들 바위공원이 있는 곳은 1970

년대에 도수로를 만들고, 모래가 많은 하천을 객토하여 4ha 크기의 논을 만들어 벼를 재배하던 장소였으나 이제는 야영장과 공원 등을 조성해 지역민과 관광객에게 휴식을 제공하는 공간이 됐다.

1960년대 평창 시가지는 농협중앙회 평창군지부 앞 사거리부터 천변리까지 플라타너스 가로수가 수를 놓았는데. 1970년대 중반에 도로 확장으로 은행나무로 바뀌면서 가을이면 도로변이 노란색으로 옷을 갈아입었다. 특히 10월에 노성제 가장행렬이 지나갈 때 은행잎이 날리면 장관을 이루었다.

1945년 9월부터 1982년 1월 5일까지 시행한 야간 통행금지 단속은 시골 마을에 비해 시가지서 더 엄격하게 이루어졌다. 그로 인해 시내권에서는 불편함이 많았을 테다. 자정이 되면 통금 시간을 알려주는 사이렌이, 새벽 4시에 해지 알림 소리가 울렸는데, 당시에는 제사를 자정에 지내는 경우가 많아서 음복 후 식사까지 마치면 새벽 1~2시가 되니 돌아가는 발걸음이 빨라질 수밖에 없었다. 또 통금 시간에 이웃 사람을 만나더라도 순찰하는 사람에게 발각되면 안 되니 눈인사만 하고 지나갈 만큼 조심스레 움직였다. 더욱이 공직자는 요즘의 음주 운전과 같은 불이익을 받기도 해서 주의를 기울였다.

이와 연장선으로 1970년대에는 경범죄 방지 차원에서 남성은 두발, 여성은 치마 길이를 단속했다. 이에 따라 경찰에게 지목되는 사람은 일정 장소에 모여 있다가 가위로 긴 머리카락이 잘리기도 하고, 치마가 무릎 위로 얼마나 올라가 있는지 자로 재는 광경이 펼쳐졌다. 이때 20cm를 넘기지 않으려고 여성들은 자꾸만 치마를 내리고, 경찰은 올리라고 하는 등 웃지 못할 일도 많았다고 한다.

▶시루목부터 천변리까지

| 우측

옛 KBS 평창중계소 진입로를 시작으로 평창초등학교로 넘어가는 좁은 골목길이 있었는데, 이를 시루목이라 불렀다. 그 아래로 경찰서 옆 골목까지 초가 건물의 장춘옥을 비롯해서 이름 없는 곳과 재덕막걸리, 빼배집, 맹수 할머니 집이 있었으며, 모두 그 시절 북부 지역 어른들이 오일장에 오가며 많이 찾은 대폿집이다. 이들 사이에 있는 영목주유소는 1960년대부터 석유를 판매했는데, 40여 년이 넘도록 같은 상호를 사용했다. 옆에는 아리랑 이발소와 M씨와 L씨가 하던 방앗간이 있었으며, 모퉁이에 구멍가게도 있었다. 골목을 지나면 일제강점기에 생긴 아편생산조합이, 바로 옆에는 구 경찰서가 있었다.

평창초등학교 진입로 좌측에는 하리파출소와 평창노인회관 그리고 상일가구가 있었다. 그 아래쪽에는 부산여인숙 있었으며, 바로 옆에 쌀가게가 있던 곳에 다방과 신진당구장, 영진사양장점이 있었으나 다시 강원쌀가게가 들어섰고, 사거리 커브 쪽에는 의류를 취급하는 대창상회 두 곳이 있었다.

길 건너는 식료품을 취급하는 문화상회와 태극상회가 있었으나 같은 자리에서 문방구를 취급하는 광명상회와 삼화체육사 그리고 민성체육사가 있었다. 옆에는 상호를 알 수 없는 이발소와 잡화를 취급하던 중앙상회, 백합양장점, 환희양장점, 한영양복점, 고려전파사가, 골목 옆에는 오복상회가 있었으며, 그릇과 철물을 취급하던 충북상회는 현재도 있으며, 옆에 대륙상회도 있었다.

재래시장 골목 건너편에는 떡 방앗간과 광신상회, 라이트사가 있었으며, 옆으로 장안여관과 장치과가 있었는데, 1950년대 말에 없어지면서 금강상회와 삼양전파가 있었다. 시장 골목 건너편의 유흥주점 경주관이 있기 전에는 양복점이 있었다.

| 좌측

시루목 좌측은 1979년 이전에는 밭이었으나 그해 수해로 주택단지가 조성됐는데, L씨의 쌀가게가 있었으며, 아래로 내려오면서 신 목수 대장간과 상신당, 대폿집, 담배 가게가 있었다. 바로 옆에는 40년 넘게 줄곧 동일한 상호로 호남주유소를 운영했다. 그 옆의 목조 건물에는 의용소방대가 있었던 곳인데, 사이렌 탑을 사무실 앞쪽에 세워두고 화재가 발생하면 대원들에게 알렸다. 또 그 옆으로는 자동차를 수리하는 광진공업사와 타이어 펑크 수리점이 있었으며, 골목건너 아래쪽에는 부지가 넓은 엽연초생산조합이 있었으나 현재는 평창우체국이 있다.

큰길 건너는 군 농협이 있었는데 농협중앙회 평창군지부로 호칭이 변경됐고, 그 아래에는 평창이발소, 대명라사, 삼오정이 있었다. 옆으로는 아폴로양장점과 평창세탁소, 강원이발소 그리고 C씨의 영미양복점과 H씨의 영진양화점이 있었으며, 얼음과 빙과류 제조 판매를 하던 아이스크림 가게와 식료품을 취급하던 강원상회도 있었다.

길 건너는 의류를 취급하는 대전상회와 잡화를 취급하는 남창상회 그리고 중앙약국과 박약국 있었으며, 옆으로 흥일자전거포, 유흥주점인 영화관, 당구장, 농협사무실도 있었으며, 대폿집인 실비식당이 있었다. 좁은 골목 우측에는 곡물을 취급하던 미풍상회가 있었으며, 바로 옆에는 한일약국이 있었다. 아래쪽은 중앙병원, 자매사진관, 미장원, 제천식육점을 비롯해 장수갈비, 부인약방, 자니양장점, 회빈루, 상호 없는 K막국수 가게가 있었으며, 지금 평창방앗간을 하고 있는 자리에는 목조 건물이 있었는데 2층에 신광한의원이 있었다.

▶중리에서 하리 도로변까지

현 고등학교 진입로부터 K할아버지가 하던 송방과 작은 도수로가 있었고, 아래쪽에는 1975년에 생긴 정부 양곡 창고는 지금도 있으며, 그 시절 당일 수매 업무는 창고 앞 단독주택 사랑채에서 행정 농협이 함께 하였다. 골목 위쪽에는 함 할아버지의 한약방이 있었으며, 좁은 골목 아래쪽에는 K할머니가 하던 구멍가게 있었다. 변전소로 들어가는 진입로 아래쪽은 가축인공수정소와 평창가축병원이 있었고, 옆으로 살구나무가 있는 떡 방앗간을 지나면 중리 옛 공회당이 있었는데 그 건물에 한동안 협동이용소가 있었다.

1960년대 평창제일교회 앞에서 촬영한 기념사진
종탑과 옛 건물이 보임
*출처: 제일교회

극락사로 들어가는 진입로 우측은 논이 있었으며, 좌측은 담배 업무를 취급하던 전매서가 있었으나 현재는 교육지원청 건물이 있다. 작은 도랑 아래쪽은 대한감리교인 평창제일교회가 있는데, 우리 지역 모(母) 교회 역할을 한 곳이다. 아래쪽 산 밑으로 들어가는 골목 옆에는 K할아버지가 하던 작은 송방이 있었으며, 그 옆으로 1946년에 노산을 등진 아늑한 터에 중학교가 자리 잡았다.

옛 군청이 있던 자리에는 현 읍사무소가 있다. 바로 옆에는 1930년대부터 세무서가 있었으나 6.25 전쟁 때 소실됨에 따라 현 평창인쇄소 자리 개인 주택을 임시 사용했다. 그 후 1960년대에 세무서가 영월로 옮겨가면서 1965년에 천주교 성당이 지어졌다. 옆 골목 아래쪽은 엽연초생산조합이 있었으며, 현재는 우체국이 있다. 큰길 건너구 경찰서가 있었으며, 흙으로 된 진입로 300m를 지나면 1912년부터 터를 자리 잡은 평창초등학교가 있다.

한편, 시계가 없던 시절 정오가 되면 경찰서에서 사이렌이 울렸는데, 이를 통해 점심시간임을 알아차렸다. 또 새벽 4시가 되면 평창제일교회에서 '댕그랑' 하는 종소리가 울렸다. 그러면 어른들은 일어날 시간이라고 가족에게 알렸다. 예배당 종이 공중시계 역할을 한 셈인데, 1950년대 중반부터 시작됐다. 종탑은 10여m 높이의 사각 기둥에 함석 삿갓을 씌워 그 아래에 종과 쇠 바퀴와 줄을 매단 형태였다. 쇠 바퀴가 반 바퀴 돌면 종이 앞뒤로 흔들리면서 추가 이쪽저쪽 부딪혀 소리를 냈다. 새벽 4시에는 1년 365일, 주일에는 오전과 오후 2회, 수요일은 저녁 7시에 20여 회의 종이 울렸고, 모두 사람이 줄을 당겼다 놓는 방식이었는데, 중리의 L 어르신이 수십 년을 담당했다.

중리에서 하평들까지 이어지는 도수로는 사람들이 사용하는 허드레 물과 농업용수를 공급했는데, 특히 상리와 중리에서 다니는 학생들은 등교할 때 종이배를 띄워 누구 배가 더 빨리 가는지 내기도 하고, 송사리는 물론 비가 많이 오는 여름철에는 강에서 서식하는 메기까지 있어 그만큼 지역민에게 많은 추억을 남긴 도수로였다. 더욱이 《일제강점기 신문 기사로 보는 평창》에 의하면 1942년에 제일교회 앞에서 구 경찰서 앞까지 시멘트로 개축했다고 하니, 그 시대 도수로를 중요하게 여겼다는 방증이다. 그러나 오래전에 복개하여 도로로 사용하고 있다.

1982년, 현 군청 청사 준공식 전경
(도정 구호가 걸려있는 청사는 앞 부지 정리가 덜된 상태에서 준공식을 진행함)
*출처: 《평창읍 승격 40년사》

| 좌측

처음에는 보초막집이 있었으며, 고등학교 진입로 맞은편에는 1960년대까지 방앗간이 있었고, 바로 옆 주택을 지나면 벼를 재배하는 논이었다. 중1리 89번지 일원에는 수작업으로 실을 뽑아 천을 만

드는 작은 방직 공장이 1950년대에 있었다. 중리 공회당 맞은편에는 솜틀집이 있었으며, 도로변 전주에 전기를 넣었다 끊어다하는 두꺼비집 역할을 하는 시설물이 있었다. 좁은 골목 두 곳을 지나면 할머니가 하던 송방이 있었는데, 막걸리를 좋아하는 사람들이 목을 축이던 곳이다. 바로 옆에는 M 어르신네 제무시 화물차가 항상 있었으며, 벽돌 공장도 있었다. 좁은 골목을 지나면 돌 지붕 일반 주택들이 있었다.

평창제일교회 맞은편 도랑 입구에는 쌀가게가 있었으며, 좁은 골목 아래쪽으로 송방이 있었다. 중학교 정문 앞 문방구와 향군회관 건물에 이발소가 있었고, 바로 옆 구 평창문화관이 있던 곳에는 1928년에 68평 규모의 공회당이 들어섰으나 1960년대에 철거하고 문화관을 신축해 지역의 크고 작은 행사 장소로 활용하는가 하면, 영화를 상영하기도 했다. 길 건너는 구 평창교육청 건물로 작은 연못에 버드나무가 있었으며, 바로 옆에는 구 우체국 건물이 있었으나 이제는 KT 건물과 주차장이 됐다.

길 건너에는 한국전력 사무실 있었으나 중리 변전소 부지로 신축 이전되면서 B씨가 운영하는 구멍가게가 들어왔는데, 여름철 군청 직원들이 퇴근길에 시원한 맥주 한잔하는 장소였다. 아래쪽으로 노성이 발소와 협동정미소가 있었으며, 사거리 모퉁이에 농협중앙회 평창군 지부 사무실이 현재도 있다. 길 건너 초등학교 진입로 입구에는 하리 파출소와 고등공민학교 및 구 경찰서가 있었다.

평창경찰서가 처음 있던 곳은 현 자원봉사센터 위치였는데, 1945년 광복 전후로 이곳에 있다가 6.25 전쟁 때 청사가 소실되어 고등공민학교가 있던 곳으로 잠시 옮겨졌고, 1960년대 처음 있던 곳으로 청사를 신축 이전했다. 그렇게 1996년까지 40여 년을 같은 장소를 지

제 3 부 이야기로 보는 평창의 그림

키다가 1997년에 현 위치인 군청 앞으로 옮겼다.

평창문화복지센터 옆 현 주차장 자리인 하5리 113-1번지 일원에는 8.15 해방 이전까지 일본인 자녀만 다니던 학교가 있었는데, 6.25 전쟁 당시 공공기관이 큰 피해를 입으면서 경찰서가 이곳으로 옮겨 한동안 사용했으며, 청사를 신축해 옮기면서 고등공민학교를 운영했다. 이는 국민학교 졸업 후, 상급 학교에 진학하지 못한 아이들에게 중학교 단계의 토통 교육 과정을 교육위원회의 인가를 얻어 개인 또는 사립으로 설립한 교육기관으로 1950년대 이후 인구 증가에 따라 공립학교 시설 부족과 경제 사정이 어려운 학생들에게 배움의 길을 열어주는 곳이었다.

우리 지역의 고등공민학교의 뿌리는 1964년에 평창제일교회에서 시작한 야간학교로 첫 명칭은 일신중학교였다. 그 이후 1967년에 교육위원회로부터 정식 인가받아 15년 동안 우리 지역의 많은 젊은이에게 꿈을 심어주었다. 어려운 여건에서 이어나간 만큼 목사님을 비롯해서 관련 목회자 모두에게 고마울 뿐이다. 이랬던 고등공민학교는 1980년대 중학교 의무교육 실시로 1981년 폐지됐다. 하지만 이제는 세월의 흐름에 따라 출산율 감소와 시골 인구 유출로 인해 각 학교마다 특수 과목을 신설하는 등의 노력으로 부족한 학생 수를 채우는 데여념이 없다. 그마저도 머지않아 폐교할 것으로 보인다.

▶구 면사무소부터 시내 도로변
| 우측

모퉁이에 농산물검사소가 있었으며, 옆에는 잠견 공판장으로 사용하던 공터와 뒤편에 송판벽체의 목조 창고가 있었다. 이로써 일제강점기부터 1970년대까지 누에고치가 주된 농촌 소득원임을 알 수 있

다. 그 옆으로 동신여관이, 큰길 건너에는 일제강점기 때부터 운영한 영흥양복점과 평창이발관, 원주양화점, 평창인쇄소가 있었는데 인쇄소는 현재도 같은 상호를 사용하고 있다.

좁은 골목 옆에는 일미식당과 식육점이 있었으며, 일미식당은 직장인의 여러 행사와 단체 회식 장소로 이용됐다. 평소 점심시간에도 손님으로 북적였는데 깍두기가 맛있어 곰탕을 주문하는 사람이 많았다. 그 옆에는 복정라사가 있었으며, 평창여관은 ㄷ자 형태의 목조 기와 구조로 가장 오래된 여관이었다. 현재는 같은 장소에서 신축한 건물에 다른 주인이 숙박업을 하고 있다. 바로 옆 건물에는 신흥당과 대성약방이 있었으며, 2층에는 호수다방과 또오래 주점이 있었다.

한편, 옛 버스정류장은 6.25 전쟁 이후부터 버스가 운행되었으니 같은 시기에 터미널이 있던 것으로 추정되며, 1977년에 현 버스터미널로 이전하기 전까지 30여 년 동안 이곳에 있었는데, 매표하는 안쪽 사무실과 흙으로 된 울퉁불퉁한 바닥에 버스에서 떨어진 검은 기름 자국이 얼핏 떠오른다. 버스터미널이 있는 곳이라 주변에 다양한 상점이 많았고, 금강여관과 평창슈퍼가 있었으며, 사거리 모퉁이에는 강원상회가 있었다. 큰길 건너는 의류를 취급하는 대창상회가 있었다.

1980년대에는 모퉁이의 뜨락집을 비롯해서 새로 지은 건물에 신호이용소, 제일양복점, 박약국, 대성약국, 붐비나 그리고 미장원이 있었으며, 2층에는 탁구장이 있었다. 바로 옆에는 평창목욕탕, 자동차를 수리하는 공업사 및 서울공사, 주류합동이 있었다.

| 좌측

면사무소 앞에는 L씨의 사법서사 합동 사무실이 있었으며, 옆으로는 신진당구장과 C사법서사와 평창상회가 있었다. 큰길 건너는 소금과 쌀, 담배를 취급하던 일명 소금집이 있던 곳에 진(명)다방이 있었으며, 초가기름집과 우미양행, 영화상회, 은하미용실, 서울빵집, 쌀가게, 풍미제과, 삼천리자전거 판매점이 있었다. 좁은 골목 옆으로 중앙식당과 화성상회, 형제상회 그리고 신발 가게가 있었으며, 옆에는 대전상회가 있었다. 큰길 건너 문화상회 자리에 서울제과와 문화한식, 삼풍장이 있었으며, 2층에 또오래 주점이 있었다. 옆 건물에는 가구점과 용궁통닭이 있었으며, 2층에는 상록다방과 신진당구장이 있었다. 옆 골목에는 아카시아 주점과 평창양조장이 있었다.

그 당시 중리 지역은 여러 공공기관이 있어 여관, 인쇄소, 식당 등 행정의 중심지였다. 특히 하리는 버스정류장이 있어 주변은 상가와 다방, 약방, 식료품과 잡화를 취급하는 상점이 많았는데, 그 핵심에는 구 면사무소가 있었다. 목조 기와 구조로 외벽은 시멘트로 마감한 면사무소는 겨울이면 바닥의 나무 송판 사이로 찬바람이 올라왔다. 그 추위를 장작을 연료로 하는 무쇠 난로가 달래주었으며, 볼펜이 얼어 빨간 줄이 그어져 있는 기안용지에 글씨가 써지지 않으면 녹이는 용도로도 사용했다.

《일제강점기 신문 기사로 보는 평창》 자료에 의하면 1935년 8월에 직사각 형태로 건축됐으며, 반세기가 넘는 세월 동안 일선 종합 행정 업무를 취급하던 곳으로 일제강점기부터 여러 시대를 지역과 함께해 오다가 6.25 전쟁 때 소실되어 재건축됐다고 한다. 그 후 도시 개발에 따라 낡은 청사를 헐고, 1993년에 구 군청자리로 이전하면서 구 면사무소와 버드나무는 역사 속으로 사라지고, 이제는 도로 한가운데가 됐다. 부속건물은 뒤편 당직실과 서고 및 양수장비가 있었으며, 시멘트 벽돌 창고는 수방자제와 영세민에게 지급하는 양곡 창고로 이용했다.

　한편, 1945년 8.15 광복 전후 면장은 고재선, 1960년대 면장은 이성구·전경재 어른이 잠시 역임했으며, 고희동 면장은 1961~1974년까지, 그 뒤로 정경섭·정태진 등이 맡았다. 또 1956년 6월에 발행한 《공무원록》에 의하면 평창면사무소에는 이성구, 이연규, 이재희, 전경재, 지장환, 최종관이 근무했다고 하며, 1965년에 간행한 《대한민국 공무원록 발간회》에 따르면 고희동 면장을 비롯해서 김정해, 이연규, 지장환, 최종관 계장과 강태문, 김영수, 김영준, 김재군, 이춘기 등이 기록되어 있다. 더불어 당시의 이야기를 들려준 대선배의 이야기에 의하면 초임 발령 시절 근무한 전체 인원은 15명 내외이며, 면장과 계장을 비롯한 직원은 유광진, 유승호, 이수원, 정사덕, 최기순, 최민태라고 한다. 그 시대 모든 행정 처리는 수기였고, 문서 체송은 여객버스로 이용하던 시대였으니 차이가 있지 않나 한다. 참고로 1950년대의 군청 과장 직급은 국가행정주사, 계장은 지방행정주사였으며, 면에는 주사보 또는 서기가 계장을 맡았다.

　특별히 기억나는 건 1960년대부터 면장이 타고 다니던 검은색 90cc 오토바이로 10년 넘게 업무용으로 요긴하게 사용했지만, 이제는 박물관에서 볼 법한 모델이 됐다. 또 나와 내 동기들이 면사무소에 첫 발령을 받은 1974년 4월에는 작은 책 크기의 전자계산기 1대가 보급됐는데 계급이 낮은 사람은 사용하고 싶어도 차례가 오지 않았다. 지금도 흐뭇한 미소를 짓게 하는 가장 기분 좋은 기억은 1975년 12월에 공무원 상여금으로 500원짜리 지폐 100장을 받았을 때다. 그 무렵 함께 근무한 선배와 동료는 고희동 면장과 지장환 부면장을 비롯해 총무계는 김기년 계장과 김인섭, 김진환, 이승주, 이정균, 이춘근, 최기순, 재무계는 김재호 계장과 김명한, 이영범, 전대근, 산업계는 이용원 계장과 연규홍, 유재신, 이성균, 정준철, 정한진, 호병계는 김정해 계장과 박성균, 유승호, 이영순, 이춘기다. 그 외에 시가지를 항상 깨끗하게 청소해 주던 환경미화원 김팔록, 남경필, 박가선 어르신 그리고 보건요원과 농촌지도소 이범균 평창지소장 등이 같은 사무실에서 근무했다. 그러나 이제는 대부분이 고인이 됐으며, 세월이 흐를수록 이름조차 기억이 가물가물해진다.

60~70년대의 옛 읍사무소

1950~1970년대 구 면사무소 전경
(1935년에 건축된 구 면사무소는 6.25 전쟁 때 소실되었으며,
재건축한 청사는 1990년, 구 군청 부지로 옮기면서 현재는 도로의 중심이 됨)
*출처: 《평창초등학교 100년사》,《평창읍 승격 40년사》

▶중학교 앞에서 천변리 도로변까지

| 우측

옛 교육청 2층 건물이 있기 전에는 목조 초가 건물이 있었는데, 여기서 교육 행정을 처리했다. 그 후, 1960년대 중반에 신축하여 약 20여 년 동안 자리를 지켰고, 1982년에 중리 240번지로 청사를 신축하

면서 이전했다. 그 자리와 바로 옆의 우체국 건물을 철거하고 현재는 KT 건물이 들어서 있다. 그 옆 건물은 1950년대에 만들어진 목조 건물로 농협에서 사용하던 창고였는데, 주인은 바뀌어도 현재는 송판벽체 그 모습 그대로 있다. 좁은 골목 바로 옆에는 평창의원과 중화요리 전문점 중앙식당이 있었는데, 주인이 몇 번 바뀌었다. 또 모퉁이에는 농산물검사소가 있었고, 길 건너에는 L사법서사와 우주사진관이 있던 자리에 생긴 성덕도가 지금도 있다. 옆에는 태권도장이, 모퉁이에는 작은 구멍가게가 있었다.

1969년, 구 군청 현관 앞
('1969년, 싸우며 건설하는 해', '일하며 싸우고 싸우며 건설 하자' 표어와
옆으로 '반공' 구호가 보임.
왼쪽부터 이영하 처형, 은희성 가족, 군수 사모)
*사진 제공 : 이영하

모퉁이에 공회당이 있었으며, 그 자리에 문화관이 생겼고, 옆에 있던 등기소는 6.25 전쟁 때 소실되었으나 기와 목조 건물로 재건축되었었다. 바로 옆에는 옛 면사무소가 있었으며, 천변리 도로 사이에는 일반 주택들이 있었다.

▶구 군청 앞에서 천변리 도로변까지

한국전력 사무실이 있던 곳은 작은 송방이 있었으며, 아래쪽에는 황금여관, 바로 옆에는 재향군인회와 예비군 중대 본부가 있었다. 그 옆의 부지가 넓은 일본식 목조 건물에는 1950년대 평창의원이 잠시 있었으며, 1960년대 중반에 청사를 건축하는 기간 동안 교육청으로 임시 사용했으며, 보건소도 잠시 있었다. 모퉁이에는 평창이발관과 송방도 있었다. 길 건너 진(명)다방이 있었으며, 옆으로 우리자전거포와 활성식당이 있었다.

모퉁이에는 우체국이 있었으며, 골목 아래쪽에는 양곡창고가 있었다. 강남옥을 하던 곳은 현재도 강남식당이 있으며, 동신여관과 서울이발소가 있었다. 큰길 건너에는 평창상회와 U사법서사를 하던 장소에 솜틀집이 있었으며, 옆에는 목공소가 있었다. 골목 건너 풍년소주공장이 있던 곳에 인쇄하는 문정사와 충주식당 등이 있었다.

《일제강점기 신문 기사로 보는 평창》 자료에 의하면 옛 군청은 1942년에 건축, 6.25 전쟁 때 소실되어 중리 포교당에서 임시 사무 처리를 했으며, 1950년대에 재건축한 자리가 평창읍 노성로 127이다. 건물은 ㄴ 형태의 목조 기와 시멘트 벽체 구조로 바닥은 두꺼운 송판이었다. 청사 및 관사 앞에는 향나무 등의 조경수를 심어두었었다.

40여 년 동안 종합 행정을 처리한 이들의 명단을 살펴보면, 8.15 광복 후부터 1950년 6.25 전쟁 전까지의 내무과장은 김종선 1960년대 초대 재무과장은 이의진이다. 《공무원록》에 의하면 군청 직제는 내무과와 산업과 두 개 과였는데, 그 당시 근무한 사람은 이봉진, 이연규, 이영환, 이완균, 이의진, 이재영, 이재희, 지동봉으로 기록되어 있다. 그로부터 10년이 지난 1961~1962년에는 공보실, 내무과, 재무과, 산업과, 건설과, 보건소, 농촌지도소로 직제가 늘어났으며, 《대한민국 공무원록 발간회》에 의하면 그 당시 근무자로는 강경석, 김기년, 김수업, 김형범, 안기수, 정경섭, 정태진, 최진건, 최항집, 곽영도(봉평), 원영상(산림)이 기록되어 있다. 나와 함께 근무한 선배와 관내 다른 면사무소에서 근무한 이들 중 기억에 많이 남는 이름은 강대성, 곽충신, 김동혁, 김석규, 김영주, 김정래, 김종득, 박병호, 서상익, 손용득, 신용선, 우종태, 이두영, 이영하, 이영환, 이용재, 지원섭, 황보환, 김기년(진부) 등이다. 그 후 다시 10년이 지난 1970년대에는 행정 수요 증가에 따라 10개 과로 늘어나면서 본청에는 군수실, 부군수실, 내무과, 새마을과, 건설과 있었으며, 뒤편 건물에는 발간실과 서고 그리고 화장실이 있었으며, 동편 중학교 담장 옆에는 민원실이 있었다. 관사 앞 별관은 1960년대 건축한 철근 콘크리트구조의 2층 건물로 농외 소득을 목적으로 이용하다가 군청 별관으로 활용하게 되면서 1층에는 문화공보실과 농촌지도소, 재무과, 사회과가 있었으며, 2층에는 식산과, 산업과, 산림과가 있었다. 이후 1982년에 현재 위치로 옮기면서 지금은 읍사무소가 자리 잡고 있다.

한편, 이와 관련한 문서는 1960년까지 위에서 아래로 기록하는 세로형에 한문으로 작성했으나 1961년부터는 펜과 잉크를 사용해 좌에서 우측의 가로형으로 기록했다.

▶천변리에서 하리 도로변

제방둑 아래에는 초가 움집이, 논을 지나면 일제강점기에 운영했던 위생병원과 보건소가 한동안 있었다. 해당 부지는 공유지로 면적과 건물이 넓어 6.25 전쟁 때는 중·고등학생이 공부하는 교실로 사용됐으며, 군청 관사로도 활용했다. 길 건너 모퉁이에는 작은 송방이 있었으며, 돌 지붕으로 된 일반 주택을 지나면 풍년소주 공장이 있었다. 길 건너에는 충주옥과 향원식당이 있었으며, 바로 옆에는 1950년대 2층짜리 목조 건물의 영화관이 있었다. 그 후 같은 장소에 벽돌 기와 공장과 제기기름집이 있었으며, 옆으로 대성방앗간과 유성오토바이도 있었다. 그 길 끝 모퉁이에는 일본식 목조 건물이 있었는데 신광한 의원이 2층에 자리 잡고 있었다.

큰길 건너 경주관이 있던 곳에는 양복점도 있었으며, 그 옆에 한성여인숙이 있었다. 아래쪽에는 개인 주택이 있었으나 1967년에 새 건물이 지어지면서 하리파출소 자리가 됐다. 옆에는 K씨 정미소의 목조 창고와 영진상회가 있었으며, 시장길 모퉁이에 펑크 난 자동차 타이어를 수리하는 곳도 있었다. 시장 안길 건너 앞에는 S씨가 운영하는 타이어 펑크 수리점이 있었으며, 같은 장소에 제재소와 남산옥, 향미, 원주집, 강릉집, 아리랑집, 금잔디, 군자집, 등의 간이주점이 있었으나 도로 확장에 의해 없어졌다.

일반 주택을 지나서 풍년소주 공장 창고와 롤러스케이트장이 있었으며, 옆에는 K사법서사가 있었다. 좁은 골목 아래쪽은 영광춘, 명성관, 백조다방, 충주집과 만화책을 취급하는 천백서점이 있었는데, 만화 책방은 TV가 흔하지 않던 시절에 아이들이 만화책을 보는 핑계로 권투 중계가 있는 날 몰려가곤 했다. 옆에는 황해여관이 있었으며, 좁은 골목 아래쪽으로 영진슈퍼, 제일쌀상회, 강릉자전거포, 천변정미소, 작은 구멍가게, 오뚜기집 있었으나 이제는 도로 부지와 주차장으로 변했다.

1970년대 중리마을 옛 전경
(우회도로가 개설되기 전 모습으로, 평창 구 교량과 제방길, 도로변 좌우로 펼쳐진 논이 보임)
*자료:《평창초등학교 100년사》

한편, 이 거리에는 1970년대 초반까지 겨울철이면 새벽부터 나무 시장이 열렸다. 그 시기에는 주 난방 연료가 나무였는데, 동부 지역 사람들이 기관의 단속을 피하고자 제방둑길을 이용해 손수레에 싣고 와 나무를 판매했던 것이다. 이때 도로에서 판매하는 나무의 종류는 단 묶음의 장작을 비롯해서 섶나무 묶음과 솔잎을 모은 갈비더미였다. 그런데 먼동이 틀 때까지 팔지 못하면 짜장면과 물물교환으로 배고픔을 달래는 사람도 있었다. 근대화가 되기 전까지는 농촌에 마땅한 소득원이 없었으니 장작 팔이 외에는 돈 구경을 할 수 없었다. 따라서 농한기의 나무 장사는 생활에 큰 보탬이 됐다. 들리는 소문에 의하면 동부 지역 주민들은 한철 나무를 팔아서 양문형 가구, 재봉틀, 태엽 감는 괘종시계, 라디오 등을 장만했다고 한다. 물론 겨울철 연료를 화목에 의존하던 시대라 손목시계는 물론 태엽 감는 괘종시계도 없던 시절 이야기다.

장작과 관련한 또 하나의 추억이 있다. 한번은 이웃집 아주머니들이 우리 집에서 수다를 떨며 한창 놀다가 방 뒷문을 열어 다른 집에서 연기가 나는지 보라고 했다. 저녁때가 됐는지 확인하는 것이었다. 화목 연료를 사용해 저녁 준비를 하면 시내 전체가 뿌옇게 변했다. 마치 요즘의 미세먼지가 심각한 날과 같았다. 그런데 연료가 연탄으로 바뀌면서부터는 그런 일이 없었다.

▶시내 골목길
| 중리마을 골목

아래는 중리 보초막에서 시내 방향 도로를 중심으로 나열한 골목이다. 오른쪽 평창고등학교의 옛 정문이 있던 진입로는 손수레가 겨우 다닐 정도의 좁은 농로였으며, 고등학교 울타리가 있는 도로변에 큰 미루나무 2~3개가 있었다. 좁은 농로를 따라 위쪽으로 올라가면 딸기밭이 있어 사람들이 많이 찾았던 문전옥토(門前沃土) 지역이다. 농로 옆에는 작은 토공 도수로가 극락사 앞까지 흐르면서 일대의 논에 물을 공급해 주었다. 현재는 도로가 개설되면서 일반 주택가가 됐다. K할머니 송방집 위아래에도 2개의 골목이 있었다. 위쪽 좁은 골목은 현재도 옛 모습 그대로 있으며, 산 밑으로 이어지는 골목이다. 아래쪽 넓은 골목은 현 한국전력인 변전소로 가는 도로가 만들어졌다. 살

구나무와 떡 방앗간이 있던 맞은편 좌측 골목과 현 대원아파트 앞의
K할머니 송방 옆 골목 두 곳은 옛 도랑으로 나가는 좁은 골목이었는
데 지금도 그대로 있다. 아래쪽 극락사 진입로 맞은편에 있는 돌담 골
목은 도랑과 제방 쪽으로 나가는 골목이 합쳐지는 곳이었으나 도로
가 됐다. 우측 옛 전매서 옆 극락사로 들어가는 진입로는 도로가 만들
어졌고, 극락사와 산 밑 변전소 앞까지 도수로가 있던 논둑길에는 도
로가 개설됐으며, 산 밑 주택들은 위험지구라 모두 철거됐다. 제일교
회 옆 산 밑으로 들어가는 넓은 골목은 현재도 있으며, 농업고등학교
때 사용하던 실습지와 가축을 사육하던 축사가 있던 곳이다. 위쪽 극
락사로 다니던 좁은 논둑길은 없어졌으며, 학교 울타리 옆 산 밑에 있
던 샘물은 학생들과 주변 사람들이 자주 이용한 용수가 있었다. 제일
교회 맞은편에도 2개의 골목이 있었는데 그중 한 곳은 없어졌고, 나
머지 한 곳은 중리 보초막 제방 둑까지 가는 도랑길이 있었다. 중리
보초막에서 시내 방향으로 내려오면 제방둑 아래에 석유 창고가 있었
으며, 도랑 중간 지점에 제방둑 쌍전봇대가 있던 농로와 큰 도로로 나
가는 골목, 위아래로 다니는 도랑이 합쳐지는 지점은 미니사거리 골
목이었다. 이곳에 있었던 다리는 철골로 된 골조에 돌과 흙을 섞은 폭
1m의 좁은 형태였다. 도랑 옆의 주택가에는 빨래터가 있었으며, 여
름철 삼복더위가 되면 늦은 밤에 봇도랑에서 목욕을 하곤 했다. 이제
는 봇도랑은 사라지고 일부를 복개하여 마을 안길로 사용 중이다. 현
백오아파트 아래쪽 도랑둑 옆에는 큰 배나무가 있는 집이 있었는데,
배가 익으면 따먹고 싶어도 너무 높아서 어린아이들에게는 그림의 떡
이었다. 또한 맞은편에는 잎이 넓은 오동나무가 있었는데, 그 아래에
평상을 마련해 두어 어른들이 종종 앉아 있었다. 그 시절에 있던 건
물 몇 채는 현재도 옛 모습 그대로 있다. 상리에서 다니던 내 또래들
은 이 길을 지름길로 많이 사용했으니 그때의 풍경이 지금도 머릿속
에 그려진다. 구 면사무소 아래쪽 골목과 중학교 옛 정문 앞의 문화관

뒷골목은 서로 마주치는 골목이며, 학교 정문 앞 좁은 골목은 옛 모습 그대로 있다. 또한 면사무소 뒤편에는 고등학교에 근무하던 L씨와 B씨가 살던 집으로 울타리에 큰 미루나무가 있었다. 끝으로 구 등기소 앞에서 옛 우체국 사이에 있는 골목은 항상 깨끗했던 것으로 기억되며, 우체국 관사 옆으로 짜장면 가게가 있었다. 옛 소주 공장 옆 골목에는 현재도 돌 지붕 한 채가 있으며 옛 모습 그대로다.

| 하리마을 골목

여기서부터는 하리마을의 골목에 대한 설명이다. 복래관 골목에는 1980년대까지 2개의 유흥주점이 있어서 직장인들이 퇴근 후 늦은 밤까지 많이 다녔다. 특히 큰 대문집 앞에 동·서·남 방향으로 통하는 골목이라서 더 붐볐으며, 취객들은 좁은 골목인 데다가 하수도 시멘트 뚜껑이 고르지 않아 넘어지는 일도 비일비재했다. 천주교회 옆 옛 의용소방대로 가는 골목은 현재도 있다. 그 뒤편의 용천수는 옹달샘이라 불렀으며, 그 당시 생활용수로 시내 사람들이 많이 사용했다. 바로 옆에는 전도관이 있어 교인들이 많이 찾던 곳이나 이제는 주차장이 됐다. 천주교회 닳은편 협동정미소와 인쇄소로 가는 골목은 옛 모습 그대로 있다. 오복상회 옆 좁은 논둑길은 도로가 만들어졌으며, 목욕탕 앞 좁은 골목은 옛 모습 그대로 있다. 버스터미널과 전통시장 입구 주변은 1980년대 초반까지 건물이 없는 공터였다. 시루목에서 초등학교 후문으로 넘어가는 고개는 작은 시루목(재빼기)이라 불렀으며, 우측에 샘물이 있었는데, 이제는 흔적도 없으며, 옛 현충탑에 진입할 때 이 길을 이용했다. 초등학교 후문에서 향교 가는 뒷길은 옛 모습은 없어지고, 옛길 따라 도로가 개설됐다. 구 경찰서 뒤 골목과 샘물이 솟던 흔적은 없어지고, 평창초등학교 후문 쪽 송방 가는 골목은 옛길 따라 도로가 만들어졌다. 구 경찰서에서 학교로 가는 진입로는 도로가 만들어졌으며, 진입로에서 학교 후문 작은 송방까지 들어가는 농

로는 초등학교 정문이 옮겨져 도로가 됐다. 초등학교 옛 정문에서 평
창향교와 하평으로 가는 농로는 모두 없어지고 도로가 만들어졌으며,
현 군청 위치는 산림청에서 묘목을 기르던 양묘장이었으나 1982년에
군 청사가 이곳으로 신축 이전됨에 따라 하평마을로 가는 주변과 초
등학교 뒤편 환경이 많이 변했다.

| 천변마을 골목

　다음은 천변마을의 골목이다. 소주 공장 창고 옆 제방 둑으로 나가
는 아주 좁은 오솔길은 없어지고, 영광춘에서 제방으로 가는 길은 주
차장으로 변했다. 황해여관에서 제방으로 가는 골목길과 시멘트 계단
은 없어졌으며, 교통의 중심지인 삼거리로 변했다. 평창강 옛 제방둑
모습은 우회도로가 생기면서 옛 모습은 볼 수 없으나 천변리 느릅나
무가 있는 아래쪽은 흙으로 된 제방 흔적이 현재도 남아있다. 봄이면
벚나무와 철쭉이 자라서 이곳을 방문하거나 오일장에 오는 관광객들
의 눈을 즐겁게 하고, 여름이면 더위를 식혀주는 그늘이 만들어져 많
은 사람에게 휴식을 제공하고 있다.

| 재래시장 골목길

　재래시장은 국밥과 분식집, 대폿집 식품과 채소, 잡화, 철물과 그
릇, 떡 방앗간, 목공소 등 상점이 밀집해 있는 곳으로 몇 개의 골목길
이 있다. 이곳의 상점들은 짧게는 몇 년, 길게는 수십 년 동안 재래시
장을 지켜왔다. 따라서 신규와 폐업 점포가 발생하여 정확히 알 수 없
으나 오래된 점포 중심으로 정리했다.

　우선 큰 골목길 두 곳은 동쪽에서 서쪽 방향으로 열거한다. 큰 골목
첫 번째는 재래시장의 중심 역할을 한 골목이다. 우측부터 철물점인
대륙상회, 대동상회, 식료품 가게 2개소, 조광상회, 평화여인숙, 서울

여인숙, 국수 공장 끝으로 현대사진관이 있었으며, 점포가 밀집되어 있었다. 좌측에는 K씨의 떡 방앗간, 신발 가게 영월상회가 있던 자리에 만물상회, 국밥 가게, 두부 가게, 삼성여인숙이 있었다.

막걸리를 즐기던 사람들에게 추억이 많은 고향집

두 번째 큰 골목은 오일장의 중심지였다. 우측부터 삼양전파, 동진 이용소, 그릇을 취급하던 유성상회, 영남상회가 있던 자리에 돼지식당과 식육점, 평창여인숙, 개장국식당, 금발미장원이 있었다. 좌측에는 경주관, 한성여인숙, 고향집, 평창집, 아리랑술집이 있었으며, 남부상회가 있던 자리에 영남상회, 탁주특약점이 있던 자리에 문막집이 있었다.

작은 골목 3개는 북쪽에서 남쪽 방향으로 열거한다. 첫 번째 골목은 식료품 가게 맞은편에 비단가게인 시온직물이 있었고, 두 번째 골목은 삼성여인숙, 목공소, 김약국이 있었으며, 오일장마다 간이 천막에서 면 종류의 음식을 판매했다. 마지막 세 번째 골목은 현대사진관이 있었으며, 중앙일보 보급소가 있던 자리에 재생당한약방 있었으며, 옆으로 잿물 가게와 연탄 공장이 있었다.

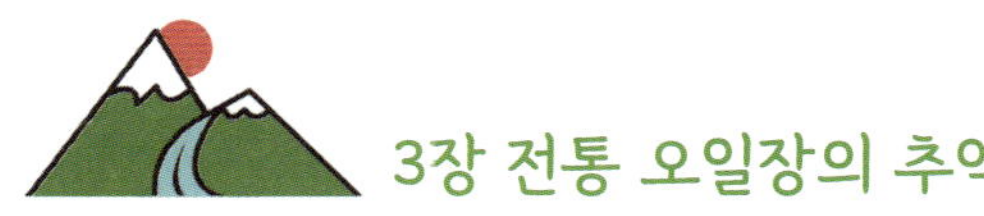

3장 전통 오일장의 추억

▶장꾼들과 오일장
| 상인들의 이모저모

평창시장2길(하4리 일부) 중심의 올림픽시장은 1940년대부터 형성된 재래시장이다. 일제강점기부터 있었던 상점 모두를 알 수 없으나 30~40개 정도 되었던 것으로 보인다. 그 이후 1950년대에는 식품을 취급하던 영월상회와 식기류를 판매하던 유성상회, 신발을 판매한 조광상회와 함께 국수 공장, 부흥한약방, 재생당한약방, 현대사진관이 있었다. 그와 더불어 한눈에 봐도 좁은 골목에 포장주점과 백오1길(하4리 56번지 일원)의 제재소, 간이 연탄 공장이 있었으며, 삼성여인숙을 비롯해 평창·평화·서울·한성까지 5개의 여인숙이 있었던 것으로 미루어 보아 그 시절 장꾼이 많았음을 짐작케 한다.

이런 여건에 따라 장날만 되면 상인들은 자리싸움을 했다. 심지어 꽁꽁 언 생선으로 상대방을 때리기도 했다. 또 옷감 취급하는 골목에서 광목, 소창(옥양목), 포플린 등의 원단을 상인 두 사람이 맞잡고 경매하듯 금액을 부르면 마음에 드는 사람이 먼저 가져가는 장면도 인상적이었다.

1960년대에는 골목에 천막을 쳐두고 만둣국, 올챙이국수, 부침개 등을 팔았다. 그때 장사하던 대부분의 어른은 고인(故人)이 되었지만,

1971년부터 난전에서 시작한 H 욕쟁이 할머니는 2023년까지 현역으로 활동했다. 처음엔 화로에 나무로 불을 지펴서, 그다음에는 연탄과 석유곤로로, 이제는 가스를 이용해 전을 부친 게 50여 년이니 평창 메밀 부치기의 산 증인이라고 해도 과언이 아니다.

그리고 오일장을 찾아다니는 상인들은 평창-미탄-대화-봉평 순으로 방문했다. 평창은 5일과 10일에 장이 열렸는데, 저녁이면 남은 물건을 거두어 화물차에 짐을 싣고, 장꾼들은 화물 위에 올라앉았다. 이때 물건을 볏짚으로 만든 돗자리를 이용해 큰 책상 크기로 묶고는 무거운 짐을 한번에 올릴 수가 없으니 아이들에게 10~30원씩 주면서 같이 짐을 실었다. 이러한 이유로 아이들은 장날이 오기를 학수고대했다. 아무튼 상인들은 그렇게 짐을 챙기고는 6일부터 서는 장에 가기 위해 미탄 맷둔재를 넘어갔다.

한편, 많은 사람이 설 또는 추석을 앞두고 대목이라며 기대하곤 했는데, 그 외에도 시장이 북적이는 때가 있었다. 바로 입대 전 신체검사를 실시하는 날과 축제 및 체육대회가 있는 날이었다. 1960~1970년대에는 평창에서 신체검사를 함에 따라 평창을 찾는 젊은 청년들이 시장을 찾았고, 각종 행사가 열리면 단란주점을 찾는 남성이 많아 여러 상점에서 쏠쏠한 재미를 볼 수 있었다.

그 밖에도 시장 인근의 현 버스터미널 자리 천변리 제방 끝에 있었던 우시장과 서커스 공연장이 기억에 남는다. 우시장에는 건물이 없어서 천막을 쳐두고 종종 서커스 공연을 열곤 했는데, 한번 시작하면 10여 일 동안 이어졌고, 관람객에게 생필품을 나눠주기도 했다. 그 시절에는 TV도 없었던지라 밤마다 많은 사람이 몰렸다.

오일장과 관련해 시장 사람들에게 들은 이야기가 있는데, 다수리를 비롯해 북부 지역 6개 마을 사람은 늦은 아침을 먹고, 옥고개 정상에서 모여서 장터에 도착해 개장국을 먹고 나면 정오쯤 되었다고 한다. 그 무렵 계장고개에 오솔길만 있었고, 시계와 자동차가 없었던 시절이 잘 묘사된 내용이 아닌가 한다.

나도 오일장을 오가는 길목인 맷둔재에서 목격한 광경이 있다. L씨와 H씨를 비롯해 모곡 상인 5~6명은 미탄장을 마치고 돌아올 때, 땔감용 나무를 자전거 짐받이에 싣고 한 줄로 내려오곤 했다. 나와 친구들은 자전거를 구경하느라 그들이 지나갈 때까지 쳐다보고 있었는데, 지금 생각해 보면 얼마나 힘들었을까 싶다. 이유인즉, 1980년대 중반까지는 터널이 없었으니 작은 능선과 커브가 많은 비포장도로로 된 높은 재까지 자전거를 끌고 올라가려면 에너지 소모가 만만치 않았을 테니까.

오일장이 서는 곳에 안타까운 사건도 있었다. 중2리 지역 일부와 천변리 그리고 하리 일부는 지대가 낮아 높은 지역의 하수도가 이곳을 통해 강으로 흘러간다. 그런데 1972년과 1990년에 홍수 피해가 크게 난 것이다. 천변 지역 아랫마을과 평창시장2길(하4리 50·55·56번지) 일원이 하수도가 역류함에 따라 낮은 곳은 2m 이상 침수가 되었다. 이에 따라 시장 주변 재래식 공중화장실에 있던 인분과 장독에 있던 고추장과 된장, 간장이 시뻘건 흙탕물에 뒤엉켜 둥둥 떠다녔다. 이 모습을 본 어머니들은 아연실색했지만 안전한 지대로 대피할 수밖에 없었다. 이 같은 수해는 1993년, 하리 지역 배수펌프장이 설치된 뒤로는 발생하지 않았다.

시장 주변에 살던 아이들은 짓궂은 장난을 많이 쳤다. 예를 들면, 상인이 생선을 누런 종이에 싸서 볏짚으로 묶어 주면 술 좋아하는 남자들은 난전에서 그것을 받아 옆에 놓고 막걸리를 먹었는데, 이때 아이들은 타이밍을 노리고 있다가 비슷하게 만들어둔 꾸러미와 바꿔치기해 강에서 구워 먹곤 했다. 또 좁은 골목길에 구덩이를 판 뒤 그 안에 물을 넣고, 종이나 짚으로 살짝 덮어 지나가는 사람들이 얕은 물구덩이에 빠지게 했다. 그 밖에도 새끼줄로 원을 만들어 늘어뜨려 두었다가 짧은 치마와 높은 신발을 신고 지나가는 여성이 다가오면 줄을 당기거나, 종이돈을 가는 줄에 매달아 놓고는 숨어서 지켜보고 있다가 누군가 주우려고 하면 줄을 당겨 골탕 먹이기도 했다.

또 먹고살기 어려웠던 시절이라 시장 안을 많이 어슬렁거리기도 했다. 이유인즉, 상인들이 마른미역을 포대 채로 놓고 판매하면서 좌판 아래에 떨어뜨린 미역 부스러기를 주워 강가에서 끓여먹을 수도 있었고, 봄·가을에는 양미리가 떨어져 있기도 했으니까. 만일 온전한 한 마리를 주우면 횡재한 기분이었고, 반 토막짜리도 반가웠다. 그걸 지금의 강변아파트 앞 중리 제방둑에서 불을 피워 구워 먹었으니, 종종 양미리를 먹게 되면 그때의 제방둑이 눈앞에 아른거린다.

아이들의 배고픔을 달래준 게 그뿐만은 아니었다. 1970년대에는 논둑길 옆에 양조장이 있었는데, 막걸리 만드는 재료인 고두밥을 건물 안에서 건조시킨다는 걸 알게 된 아이들은 논둑길로 다니면서 주인 모르게 한주먹씩 훔쳐 먹었다.

특히 오일장이 있는 날 뻥튀기 기계 앞에는 아이들이 옹기종기 모였다. 평창시장2길(하4리 50·56번지 일원) 좁은 골목에서는 무려 세 사람이 뻥튀기 장사를 했다. 아저씨가 풍구에 불을 붙여 옥수수를 넣고 부지런히 기계를 돌리면 시간이 되면 얼마 지나지 않아 '뻥' 소리가 나면서 옥수수가 튀겨졌다. 그렇게 뻥튀기가 완성되면 가느다란 철사로 된 원통형 철망에 부었는데 그때마다 아이들은 밖으로 새어 나오는 걸 줍겠다고 야단이었다. 그런 아이들이 성가시니 장사꾼은 풍구로 화독에 불을 붙이며 쫓아내곤 했다. 그래도 아이들은 불똥이 등에 떨어져 옷에 구멍이 난 줄도 모르고 주변을 맴돌면서 배고픔을 달랬다.

한편, 재래시장 골목인 평창시장2길(하4리 50·55·56번지 일원)의 큰길 입구는 곡물류와 포대에 담은 건고추를 주로 팔았고, 옛 평창여인숙 앞과 고향집 골목에서는 건어물과 어류를 판매했다. 의류와 원단 종류는 북쪽 좁은 골목에 치우쳐 있었다. 마른 고추는 대화 상인이 많이 취급했으며, 어물은 강릉 상인 비중이 높았다. 특히 도루묵 같은 생물 어류는 상인들이 장이 열리는 하루 전 난전에 가져다 놓고 거적이나 천막으로 덮어 놓았다가 다음날 삽으로 퍼 담아서 비닐봉지에 담아 판매했다. 이 사실을 파악한 아이들은 밤에 양동이까지 챙겨가 생선을 들고 오곤 했는데, 그때 본 고기 맛은 무엇으로도 표현할 수 없을 만큼 짜릿했다.

동부와 북부 지역의 신작로에 사는 아이들은 가짜 양잿물과 간수를 파는 것처럼 만들어 신작로에 올려두기도 했다. 참고로 양잿물(수산화나트륨)과 두부에 넣는 간수(염화마그네슘)는 습기가 많아 누런 종이에 볏짚으로 묶어서 판매했는데, 그걸 본떠 장판용 누런 종이를 물에 살짝 적신 후 50~100g 크기의 돌을 넣고, 볏짚으로 묶은 뒤 신작로에 놓아둔 것이다. 그러면 거들떠보지도 않는 사람이 있는가 하면, 두리번거리다가 주워서 가지고 가다가 내던지면서 무어라 중얼거리기도 하는 사람이 있었다. 아마도 집까지 가지고 가는 사람도 있었을 테다. 이걸 지켜보던 아이들은 재미있다고 한참을 깔깔대고 웃었다.

▶시장 주변 풍경

| 시루목과 터미널

1960~1970년대 시루목을 넘어 다니는 북부 10개 마을에는 약 4,500명이 살았다. 고개 너머의 후평리 좌측에 잡화를 취급하는 가게와 대장간, 솜틀집, 기와 및 벽돌 만드는 곳이 있어서 생활용품을 구입하기 위해 시루목을 오가는 사람이 많았다. 또 오일장이 서는 날이면 남자들은 거기를 지나면서 막걸리 주막을 자주 찾았는데, 장춘옥, 맹수할머니, 빼배집, 재덕막걸리, 순일막걸리, 약수집까지 여섯 곳이 있어서 참새와 방앗간을 비유한 속담을 절로 떠오르게 했다.

1970년대 구 버스터미널 앞 사진
(정차한 직행버스와 우측 신흥당 대성약방과 호수다방 간판이 보임)
*출처: 행정동우회 단톡방

한편, 오일장이 되면 더 붐볐던 1970~1980년대 중반에 이르기까지 터미널 주변의 초창기 모습을 그려본다. 참고로 이 지역 새주소는 백오로·송학로·문화길이다. 백오1길(하4리 58번지 일원)의 현 버스터미널은 1977년에 구 터미널이 옮겨진 것이다. 이때부터 이곳에 상권이 자연스럽게 형성되었는데, 터미널이 있기 전에는 지대가 낮은 이유로 우시장, 서커스 공연장처럼 잡다한 종목의 장소로 이용되었다. 그러다가 터미널과 함께 새로운 건물이 신축되면서 식당, 식육점, 단란주점, 약국, 숙박업 등의 서비스 업종 상가가 들어섬에 따라 많은 사람이 오갔다. 특히 인근에 전통 재래시장이 있어서 오일장마다 문전성시를 이루었다.

이후 택시 단지를 조성하면서 더 많은 건물이 건축되었는데, 평창농협, 연쇄점, 현대사진관, 예식장, 영농식당은 1970년대부터 있었고, 삼척식육점과 합동공업사는 1978년에 생겼다. 국일관은 팔도강산이 있던 자리에 1980년부터 시작하여 현재까지 운영 중이며, 유흥주점인 88회관은 1984년부터 있었다. 중앙교회는 1981년, 평창제일교회로부터 분가해 백오로(하5리 137번지 일원)에 있었으나 다시 다른 곳으로 옮겼다.

앞서도 언급한 바 있듯 백오1길(하5리 137번지 일원)은 1980년까지 비포장에 하수도가 없는 골목으로, 여름철 악취는 물론 장마철에 배수가 되지 않아 골목 주변 주민들이 가구당 10만 원씩 부담하여 하수도를 설치했다.

| 그때 그 시절 상가

앞서 언급한 상가 중 주인은 바뀌어도 현재도 같은 상호를 사용하는 곳이 많다. 대표적으로 구 버스터미널 주변의 대성약국이다. 초창기 대성약방에서 바뀐 것이다. 평창여관은 평창장이 되었고, 평창목욕탕은 맞은편으로 장소만 옮겼다. 그 외 평창인쇄소와 충북상회, 평창방앗간, 동진이용소가 있다. 또 후평의 무진정미소는 처음 시작했던 곳에서 지금까지 하고 있으며, 주인과 상호가 여전히 같다. 강릉자전거포는 같은 상호로 다른 곳으로 옮겨 지난해까지 있었다.

또 1970~1980년대 중반까지는 외식 문화가 발달하지 않은 시대라 일반 음식점이 많지 않았지만, 그런 가운데 단체 손님을 주로 받던 일미식당, 중앙식당, 강남식당 등이 있었다. 상호는 다르나 유사한 업종을 같은 장소에서 대를 이어 가는 곳도 있다. 현재 있는 강남식당은 처음에는 유흥주점에서 일반 음식점으로 바뀌면서 한 장소에서 70년 넘게 있었다. 또한 본전갈비는 같은 장소에서 중화요리와 일반 메뉴 등 종목을 바꿔가면서 강산이 일곱 번 바뀔 동안 자리를 지켰다. 유흥주점을 했던 충주옥은 충주식당이 되었다가 평창갈비라는 상호로 이어서 하고 있다. 그리고 대폿집인 고향집 할머니는 3대가 막걸리를 마시는 곳이라는 이야기를 오래전에 들려주었다. 남자들은 요즘도 막걸리와 양미리를 구워 먹을 때면 이구동성으로 할머니 이야기를 종종 하는데, 지금도 간판은 있다.

한편, 옛 모습은 바뀌었으나 처음 있었던 위치에 현재까지 있는 공공건물이 있다. 하리 지역에는 하리지구대, 평창초등학교, 평창향교, 농협중앙회 평창군지부, 천주교 성당이 있고, 중리 지역에는 제일교회, 평창중학교, 한국전력공사 평창지사가 있으며, 구 평창교량은 리모델링되었다.

이 외에 주변에서 마주하는 풍경 속에서도 과거의 모습을 언뜻언뜻 보게 된다. 먼저 남산에는 송학루를 비롯해서 송진 채취 흔적이 있는 고목이 된 소나무가 많으며, 천변리 보호수로 지정된 느릅나무는 수 많은 세월을 보내면서 꿋꿋이 우리 고장을 지키고 있다. 더불어 1950 년 6.25 전쟁 때 모든 공공건물이 소실되어 애환을 담고 있는 건물도 있다. 그 기간에는 학생도 공무원도 이곳저곳 옮겨 다녀야 했는데, 평 창국민학교는 평창향교에서, 중·고등학교는 공회당과 위생병원 자리 에서 책상과 의자가 없는 마루에서 수업을 했다. 군청은 현 극락사 자 리인 중리 포교당에서, 경찰서는 옛 고등공민학교에서, 세무서는 개 인 주택에서 업무를 처리했다.

| 자영업의 변호-

세월의 흐름에 따라 자취를 감춘 요소들이 있다. 가장 눈에 띄는 건 동네 구멍가게다. 이들은 미니 슈퍼마켓이 등장하면서 하나둘 사라 지더니 농·축협과 같은 대형 마트에 밀려났다. 이에 따라 현재 송방 모습은 볼 수가 없으며, 그 역할을 편의점이 대신하고 있다.

식량이 부족하여 쩔쩔매던 시절에는 쌀을 비롯해 보리쌀, 두류, 잡 곡을 판매하던 양곡상회가 여러 곳이 있었다. 그러나 쌀가게 상호는 옛 이름이 되었고, 읍내에 있었던 20개소의 개인 정미소도 후평의 무 진정미소 한곳만이 건재하다.

수가공으로 직접 제작하는 양장점, 양복점, 양화점 업종은 오래전 부터 기성 제품에 밀려 사양화되었고, 이제는 제일양복점만 남았다. 이로써 맞춤 양복을 찾는 사람들에게는 문화재 같은 존재가 되었다.

만남 장소의 대표 주자였던 다방은 1980~1990년대 후반에는 약 20개소가 있었으나 이제는 2~3곳만 남았다. 상록다방을 비롯해서 백 조, 송학, 호수, 진, 명, 엄지, 맥심, 별, 전원, 태양, 터미널, 돼지, 약

속, 낙원, 나비, 장미, 벚꽃, 수석, 궁전, 청학, 거북, 세븐 등 상호도 다양하게 사용했지만, 이제는 체인점으로 운영되는 카페가 시골 한적한 곳까지 점령했다.

이발소도 과거에 비해 꽤 많이 줄어들었다. 이발소를 이용하던 남성들이 언제부터인지 미용실을 더 많이 찾으면서 미용실은 20여 개, 이발소는 6~7개가 되었다.

객실 규모가 작고, 요금이 저렴한 숙박시설인 여인숙 8개소는 모두 없어지고, 여관은 규모가 커지면서 현대화로 바뀌었다.

유흥주점은 1970년대 말부터 생긴 경주관, 복래관, 칠성관 등 방석집이 있었으나 그 후 공간이 넓고, 마이크를 이용할 수 있는 클럽 형태로 변했다.

영원히 볼 수 없는 업종도 있다. 솜틀집, 양장점, 초가집, 옹기 공장, 목공소, 비포장도로, 징검다리, 섶다리는 흔적이 사라졌으며, 아직까지 양복점, 정미소, 구멍가게, 돌 지붕은 한두 곳 남아있다.

교통수단에도 변화가 찾아왔다. 화물차는 일제강점기에 한두 대 있었으나 6.25 전쟁 이후 지역에서 운행한 대수는 5~6대다. 제무시는 벌목을 옮기는 운송 수단으로 이용해서 11월에 화목 운반하는 모습을 많이 볼 수 있었다. 그런데 임시로 만든 임도는 경사가 심하고, 급커브가 많아 위험하여 담력이 약한 사람은 운전하기를 꺼렸고, 경험자들은 심장이 2개 있어야 운전할 수 있다는 농담을 던졌다. 그 정도로 험한 길을 다니는 제무시(GMC)는 사륜구동이었다.

시골에서 택시와 승용차는 1970년대부터 볼 수 있었는데, 2020년 읍내 자가용이 3,500여 대까지 늘었으니 격세지감을 느낀다. 오토바이는 1970년대 말부터 보급되기 시작했으며, 그 당시 배기량 125cc를 타는 사람들은 젊은 사람들의 부러운 시선을 한몸에 받았다.

그 이전의 운반 수단으로는 사람이 등에 지는 지게와 소달구지로 시작해 8.15 광복 후 타이어바퀴가 두 개 있는 손수레까지 발전했다. 그리고 제무시 화물차가 운행되면서 타이어 펑크 수리점이 3~4곳 생겼다. 이제는 자동차가 많아짐에 따라 카센터로 변하면서 지역 내 7개소가 있어 어느 곳을 가나 고장 수리는 편리해졌다. 자동차의 연료인 주유소는 처음에는 두 개소의 석유 배급소에서 했으나 현재는 시내와 주요 도로변에 6개소의 주유소가 있다.

또 일제강점기에 나룻배를 이용해 평창강을 건너다니던 국도에는 주진과 중리, 도돈 3개의 교량만 있었다. 그러나 긴 세월 사이 국도와 마을 간 20개소가 놓여서 평창강 주변 지역 교량 없는 마을은 없다.

신작로는 강릉-서울 방면(북쪽)과 영월-제천(남쪽)·정선 방면(동쪽)으로 가는 도로관 있던 것이 다섯 개 노선으로 늘어나 2개 노선은 자동차 전용화가 되었다. 더불어 종부, 동부, 남부, 북부 지역 마을마다 2차선 도로가 거설되어 강변과 골짜기에 민박 시설은 물론 귀농귀촌하는 사람이 많아졌다.

한편, 1970년도 이전에는 군청과 초등학교 앞뜰은 벼를 재배하던 논이었으나 택지로 변하면서 하4·5·6리로 분구되었다. 따라서 군청, 경찰서 등 공공기관과 주택 및 상가 건물이 많이 들어서며 시가지가 형성되었다. 덩달아 중리마을과 시내권의 소방도로 및 주차장 시설도 많이 만들어졌다.

4장 옛것이 된 우리 문화

▶자연과 벗 삼은 놀이

반세기의 세월이 지나니 놀이문화도 많이 바뀌었다. 요즘 아이들은 대체로 게임을 하거나 영상을 많이 보지만 과거의 우리는 자치기, 비석치기, 땅따먹기, 공기놀이 등을 하며 놀았다. 대부분 자연물을 이용한 놀이였다.

설명을 조금 곁들이자면, 자치기는 굵기가 3~5㎝ 되는 나무를 20㎝ 길이로 양 끝을 사면을 만들어 그 끝을 쳐서 위로 솟는 것을 멀리 쳐 보내는 놀이다. 비석치기는 돌을 비석처럼 세워놓고 3~4m 정도 떨어진 곳에서 다른 돌로 던져 넘어뜨리는 방식이다. 땅따먹기와 공기놀이는 대중적이니 부연 설명을 제외한다. 그 외에도 구슬치기, 딱지치기, 제기차기, 말타기, 깡통 차기, 병장놀이 등을 즐겼고, 겨울이면 아이들이 직접 놀잇감을 만들어 팽이치기, 눈썰매, 얼음썰매 등을 즐겼다.

겨울 놀이 중 빼놓을 수 없는 건 정월 대보름의 '더위팔기'다. 매년 음력 1월 15일이면 아침 일찍 일어나 친구 집 대문 앞에서 친구 이름을 부른다. 이때 친구가 대답하면 "내 더위 사라."고 외친다. 이렇게 하면 그해 더위를 잘 넘긴다는 속설이 있다. 또 같은 날 밤에 쥐불놀이도 했다. 깡통을 구해 바람이 잘 통하도록 골고루 구멍을 내어 들고 돌릴 수 있도록 일명 삐삐선인 전화선으로 두 군데를 묶어 고정한다. 그 안에 미리 송진이 많은 마른 소나무 가지를 잘게 쪼개어 말려둔 것을 넣어 불을 지펴서 하천변이나 논에서 가지고 놀았다.

굴렁쇠 굴리기도 많이 했다. 성인용 자전거 바퀴가 가장 적당했으나 우리는 어린이가 타는 세발자전거 고무바퀴를 구해서 놀았다. 그렇다고 쉽게 구할 수 있는 건 아니어서 어쩌다 발견하게 되면 횡재하는 기분이었다.

가을 추수가 끝나면 논에서 찐뽕놀이를 했는데, 지금의 야구와 비슷하다. 야구는 상대방 투수가 공을 던져주지만 이 놀이는 내가 던지고 내가 공을 쳐서 보내는 방식이다. 그 당시 공이 흔하지 않으니 돼지 오줌보에 물을 넣어 사용하곤 했다.

제기차기도 했지만 제기를 만들 재료가 마땅치 않았다. 요즘은 비닐을 활용해 쉽게 만들지만 한쪽으로 찢어지는 종이가 없어 누런 편지봉투 또는 미농지를 사용했다. 이마저도 없을 때는 한숨만 쉬었다. 이렇게 윗부분의 술이 준비되면 구멍이 있는 옛날 엽전 '상평통보'에 감싸서 제기를 완성했다. 엽전은 중앙에 구멍이 있어 제기 만들기에 안성맞춤이었다. 그러나 조선시대에 유통되었던 화폐로 구하기가 쉽지 않아서 운 좋게 갖게 되면 잘 보관해 두었다가 찢어지는 종이가 생겼을 때 제기를 만들었다.

화약 터트리기 놀이도 했다. 종이에 수수쌀 정도의 크기로 만들어진 화약 여러 개를 모아서 깨끗하고 납작한 돌 위에 놓고, 비슷한 돌을 마주 보게 엎는다. 이를 사람이 다니지 않는 한적한 비포장도로에 돌 높이만큼 흙을 파서 넣은 후, 산 위나 논밭두렁 아래에서 화물차가 지나갈 때까지 기다렸다. 그렇게 화물차가 지나가면 펑크 나는 소리가 '뻥뻥' 나서 운전자가 차를 세워놓고 펑크 여부를 확인하곤 했다. 그럼 아이들은 한참 깔깔대고 웃어댔다. 이런 짓궂은 장난을 떠올리면 웃음도 나지만 우리에게 당한 어른들에게 미안한 마음도 든다.

한편, 자동차를 발견하면 바퀴 숫자만큼 손을 머리에 대고 "찐!"이라고 외치는 놀이도 했다. 지금 생각하면 그 구호의 의미를 알 수 없으나 형들이 하니 따라 했고, 자가용을 보기 힘든 시절이었으니 신기한 마음에 그렇게 하지 않았나 싶다. 물론 시내는 바퀴 달린 자동차를 자주 볼 수 있어 이와 같은 놀이가 없었는지는 모르나 상리와 후평 지역 변두리 마을 아이들은 자주 했다.

아무튼 이렇게 1960년대 이야기를 정리하다 보니 유소년 시절로 되돌아간 기분이다.

▶양은 주전자와 막걸리

우리나라는 예로부터 음주가무를 즐긴 민족이다. 그만큼 흥이 넘치고, 여기에 언제나 술 이야기가 곁들여진다. 이를 빌미로 여기에서도 살짝 언급하면서 옛 풍경을 그려볼까 한다.

탁주 즉, 막걸리는 우리 전통 민속주로 내가 어린 시절에는 특약점과 구멍가게를 통해 판매되었다. 지역마다 공급처가 있었는데, 우리 지역은 말 마차를 이용해 동부 지동마을까지 유통했다.

막걸리의 포장 단위는 1960년대에는 한 말들이 나무통이었고, 1970년대에는 기름통 같은 플라스틱을 사용했다. 또 주인에 따라 다르겠지만 원액은 농도가 진해서 소매할 때 물에 희석해 알코올 농도를 낮추기도 했다.

이런 막걸리는 1960~1970년대에 주점에서 주문하면 주전자에 가득 담아 내어왔는데, 몇 번을 들어오고 나가고를 반복하다 보면 손님은 고주망태가 된다. 하지만 술집 종업원이 그 자리에 끼어들면 분위기가 확 달라지면서 주전자는 더 바빠졌다.

사실 주전자는 물을 담고, 끓이고, 따르는 데 편리해 가정에서는 물론이고, 농사지을 때도 다용도로 활용했다. 규격은 0.5~10L까지 다양했으며, 재질도 스테인리스를 비롯해서 사기와 양은이 있었고, 모양도 여러 종류였다. 그 가운데 양은 주전자는 그 시절 술과 관련한 에피소드를 많이 남기지 않았나 한다. 특히 부모가 술을 좋아하는 가정에서는 아이들이 술 심부름을 자주 했는데, 이때 노란 주전자가 없으면 심부름을 할 수가 없어서 양은 주전자는 밥그릇보다 귀한 존재였다. 종종 그 심부름이 귀찮아서 마구 굴리면 겉면이 우글쭈글해질 뿐 상황이 달라질 건 없었다.

또 1970년대의 20대 초반 청년들은 돈이 없어서 고향집과 태권도장 옆 송방을 비롯해 중리의 송방을 다니면서 막걸리를 먹었다. 어른들은 주전자와 작은 양은 그릇 시대지만, 1975년에 막걸리 한 말에 980원이었으니 젊은 청년들은 대접에 먹으면서 한 말을 한자리에서 끝냈다.

한편, 70대가 된 지금 송방과 휴식 공간에서 마시는 막걸리는 또 다른 재미다. 계란을 풀어 넣은 라면과 김치를 안주 삼아 파라솔 의자에 앉아서 마시고 있으면, 한 폭의 그림 같은 시골 풍경이 눈에 들어오면서 지나간 추억들이 생각난다. 그뿐만 아니라 밭에서 일하다가

출출하면 마른 멸치 안주로 한잔 들이켜면 힘이 난다. 다만, 페트병이
나오면서 양은 주전자가 필요 없는 물건이 되어가는 것이 아쉽다.

평창의 지명은 1327년, 고려시대에 처음으로 '평평할 평(平)', '창성할 창(昌)'을 사용해 명명했다는 기록이 《평창군지》에 나온다. 내게도 이를 증명할 기회가 있었는데, 2017년 7월 보건의료원 이전 신축 부지 문화재 조사에 동참할 때였다. 굴삭기로 땅을 파면 삽과 호미로 흙을 살살 긁으면서 작업을 하던 중 깨진 기왓장을 발견했다. 거기에 '平昌寺'라는 글씨가 쓰여 있었다. 조사 관계자에 의하면 고려시대 절터와 탑이 있던 곳으로 추측한다고 했다. 바로 뒤편 산자락에 평창향교가 있으니 충분히 가능성 있다 싶다.

또한 평창 지역은 영동과 영호남은 물론 서해 지역과는 달리 바다가 없다. 이에 따라 태풍이 지나가도 피해가 크지 않다. 여기에는 남쪽으로 가까운 산왕산과 서쪽 수정산, 북쪽 장암산, 인근의 백덕산, 기리왕산, 청옥산과 같이 높은 산이 있는 것도 한몫한다. 이유인즉, 태풍은 아주 먼 남쪽 바다에서 발생해서 시계 방향으로 돌면서 북상하여 마지막에는 동해로 빠져나가니 직접적인 영향을 받지 않는 것이다. 종종 내륙으로 올라온다고 해도 노령산맥과 소백산맥, 차령산맥과 지리산, 속리산, 소백산을 거쳐서 북상하니 평창까지 오는 과정에 열대성 저기압으로 변해 비만 내린다. 참고로 우리나라 산맥은 북쪽에서 남쪽으로 태백산맥을 중심으로 뻗어 있어 태풍의 진로를 가로막는 현상을 볼 수 있다. 설명을 덧붙이자면, 차령산맥은 충북과 경기도를 지나 충남 칠갑산까지, 소백산맥은 속리산 줄기에서 지리산까지 이어진다. 그리고 노령산맥은 소백산의 추풍령 부근에서 전라남북도의 경계를 이룬다.

이렇게 산맥만 살펴봐도 평창은 '平昌'의 한자 뜻에 걸맞은 좋은 고장임에 틀림없다. 따라서 평창을 사랑하는 모든 사람에게 희망의 메시지를 전하며, 노래 한 곡을 공유해본다.

〈인생은 물레방아〉
이른 아침에 둥근 해를 바라보면은
왠지 나도 모르게 기분이 좋아
앞산 새 한 마리 가사 없는 노래를 하고
너도 나를 일어나 큰 북을 울려라
잠에서 깨어나라 깨어나서 뛰어 보아라
인생은 물레방아 돌고 도는 게 인생살이지
살다 보면 너나 나나 좋은 날이 찾아올 거야

어젯밤에는 비바람이 몰아치더니
오늘 아침엔 무지개 떴네
세상 사람들아 젖은 옷을 벗어 버리고
둥기둥기 두둥둥 큰북을 울려라
희망찬 아침 해가 덩실 더덩실 춤을 추더라
나에게 광명의 광명의 빛이 찾아오려나
살다 보면 너나 나나 좋은 날이 찾아올 거야
좋은 날이 찾아올 거야

제 4 부
추억의 파노라마

# 1장 인상에 남은 풍경

▶소통의 도구, 편지에서 휴대폰까지

1960~1970년대 중반까지 통신수단은 우체국 집배원이 전해주는 편지뿐이었다. 혹 급한 연락을 해야 할 때는 이웃집은 물론 공중전화기도 없어서 우체국에 방문해 전화를 할 수 있었다. 이렇게 관공서를 통해 보내는 전보를 관보라고 했다. 대표적인 관보 사용은 부모나 가족 중 생명이 위급하거나 사망 또는 결혼 등으로 군에 간 아들에게 급한 소식을 전할 때였는데, 가족이 면사무소에서 확인을 받아 우체국에서 관보를 보내면 부대 책임자가 특별휴가를 보내주곤 했다.

세월이 흘러 가정에도 전화기가 보급되었고, 1970년 평창읍 내 가정용 전화기는 45대가 전부였다. 당시 전화기 형태는 검은색 사각 플라스틱으로 만들어진 자석식으로 오른쪽에 붙은 회전식 손잡이를 돌려 신호를 보내면 교환원이 받아서 상대방 교환대에 코드를 연결해 통화하는 수동식이었다.

내 기억으로는 우리 지역은 1981년부터 자동화로 바뀌면서 전화 보급이 늘어났다. 처음에는 지역번호 32번과 33번을 사용하다가 이후 3을 하나 더 붙여 332 또는 333이 되었다. 영월과 정선 지역은 두 자리 번호가 평창보다 늦은 번호를 사용하는 것을 보면 평창이 지역 순위에서 앞선다는 걸 짐작할 수 있다.

이렇게 전화기 이야기를 하고 있으니 그때의 집배원들 모습이 그려진다. 불그스레한 큰 가죽가방을 어깨에 멘 채 빨간색 자전거를 타고 골짜기마다 편지를 배달했다. 1950년대에는 자전거마저 없어서 눈이 오나 비가 오나 삼복더위에나 살을 에는 강추위에도 걸어서 소식을 전했다. 한마디로 집배원을 통해 외부 소식을 들을 수 있었다. 사정이 이러하니 군대에 간 아들 또는 직장 생활을 위해 도시로 나간 자녀를 둔 가정에서는 집배원이 오기만을 학수고대했다.

집배원들에게는 또 하나의 역할이 있었는데 바로 한글을 모르는 어른들에게 편지를 읽어주는 일이었다. 그리고 전할 소식이 있으면 대필해 주거나 함께 보낼 우편물도 대신 발송해 주기도 했다. 그 무렵 상리에는 조규항, 중리에는 김성배, 강수일, 김철재, 장병달, 김태환 집배원이 담당했다.

한편, 공공기관용 통신선은 경찰통신선과 행정선이 있었는데, 평창경찰서에서 근무하던 종부리의 김진복 씨가 1967년 전후의 그와 관련한 많은 이야기를 들려주었다. 1950년 6.25 전쟁 수복까지 무선으로 이용하다가 한두 해 후부터 유선을 사용했다. 유선을 처음 설치했던 최경천, 안영호, 이송현 씨는 고인이 되었지만 평창경찰통신시설의 창설자라 할 수 있어 그들을 기억하며 기록으로 남겨본다.

전주 작업은 현장의 나무를 베어 부족한 인력은 지역 주민의 협조를 받아서 진행했다. 통신 기술 이외의 모든 요소는 현지에서 조달한 셈이다. 고장 수리는 먼 거리든 산속이든 통신선을 따라다니면서 할 수밖에 없었는데, 산속에서 허기진 배를 채우기 위해 나물을 뜯어 외딴집 주인에게 장을 내어달라고 하면 밥과 장을 함께 제공해 끼니를 해결했다고 한다.

나는 그 시절 전주 하나에 전화선이 몇 줄씩 연결된 것을 보았다. 한 전주에 적게는 2줄 많게는 6~8줄까지 있었으며, 특히 지·파출소가 있는 곳에는 두 줄의 통신선을 한 조로 사용했다. 산에 쇠풀을 베러 갔다가 전선이 땅에 닿는 선과 나뭇가지에 걸려있는 선도 있었으니 큰 소리로 말해도 상대방 소리가 잘 들리지 않았을 것이다. 그런 환경에서 모든 행정을 처리했으니 요즘 젊은이들이 상상할 수 있을까 싶다. 동네 아이들에게는 도로변 한적한 곳에 세워진 전주가 놀잇감이기도 했다. 통신선을 받쳐주는 완목에 달린 백색 애자에 돌을 던져 맞추는 놀이를 한 것이다.

그로부터 세월이 흘러 이제는 남녀노소를 불문하고 손바닥만 한 휴대폰을 들고 다닌다. 그것으로 영상통화는 기본이고, 음악 감상을 비롯한 영상 시청, 각종 뉴스 및 정보 검색, 물품 구매 등을 언제 어디서나 할 수 있다. 1970년대를 생각하면 정말 편리한 시대다.

참고로 이동전화기 역사는 1973년 최초 개발되었으나 1983년, 미국 모토로라에서 다이나택의 아날로그(음성) 방식으로 만들어 상용화했다 한다. 벽돌 크기의 검정 휴대폰은 8시간 충전하면 30분 사용할 수 있었다 하고, 그 당시 가격은 약 400만 원으로 집 한 채 값이었다. 우리나라에서는 1988년 7월 1일에 첫 개통하여 88올림픽 때 사용했으며, 2014년 기준 스마트폰을 포함한 이동 전화기 사용 대수는 4,000대가 넘는다고 하니 이제는 인구수보다 많을 것으로 추정된다.

1990년대에는 삐삐 시대도 잠시 있었다. 나도 삐삐에 얽힌 추억이 있다. 1994년 봄, 자동차 보험 만료 기간이 하루 남은 사실을 알았다. 보험사에 전화했더니 담당자가 강릉에 출장을 갔다고 했다. 그래서 연락할 방법이 없느냐고 되물으니 삐삐 번호를 알려주었고, 집 전화로 신호를 보냈더니 연락이 왔다. 그렇게 당일에 보험 가입을 할 수 있었던 덕분에 삐삐는 고마운 존재로 남아있다.

▶도랑에서 김장배추 씻던 시절

입동은 24절기 중 열아홉 번째로 겨울의 시작을 알린다. 이 무렵에는 가정마다 김장을 담그느라 주부는 물론 온 가족이 바쁘다.

1970년대에는 김장을 어른 가슴 높이의 옹구 단지 3~4개에 담갔다. 우리 집에서는 대략 배추 200포기와 무를 마당에 수북이 쌓아 다듬은 다음, 가마솥에 소금물을 만들어 통이 큰 배추는 반을 쪼개어 담갔다가 건져내기를 반복하여 고무함지에 쌓아 이것을 몇 번 뒤집어 소금물이 고르게 절여지도록 했다. 그리고 다음날 아침, 흐르는 도랑에 깨끗이 씻은 후 물이 잘 빠지도록 쑥대로 만든 발 위에 올려놓았다. 그때부터 어머니는 아침부터 준비한 양념으로 배추를 버무리기 시작했다. 완성한 김치는 아버지가 파놓은 어른 가슴 높이의 구덩이에 넣어둔 김칫독에 가득 채웠다.

김장 작업을 마치면 길이 2~3m, 굵기 10㎝ 내외의 나무 5~6개를 윗부분을 묶어서 세우고, 볏짚으로 만든 이영을 바깥 부분의 아래에서부터 위로 3~4단을 돌려 삿갓 움막을 만든다. 이는 이듬해 봄이 되어서야 해체되었는데. 옛 조상들이 김장을 오랫동안 보관하는 방식이었다. 그러나 이제는 김치냉장고가 그 역할을 하니 김치 삿갓 움막을 볼 수가 없다.

김장하는 풍경도 많이 바뀌었다. 과거에는 모든 준비와 재료 손질, 양념까지 며느리가 맡아서 했지만, 이제는 직장에 다니느라 바쁜 자녀들을 챙기기 위해 부모들이 대신 해주는 경우가 많다. 우리 집도 예외는 아니라서 김장하기 2~3일 전부터 나와 아내가 기본 준비를 미리 해둔다. 배추와 무를 생산지에서 이웃집 수돗가에 가져다 놓으면 이튿날 가족과 함께 다듬어서 소금물에 절이고, 파, 마늘, 생강, 고춧가루 등 부재료 준비도 저녁에 마친다. 그러면 다음 날 이웃 아주머니들과 원형으로 둘러앉아 시간 가는 줄 모르고 수다를 떨면서 배추를 버무리다 보면 어느새 김장이 끝이 나 있다. 이때 갓 버무린 김치 한 쪽 맛보는 게 그야말로 꿀맛이다. 그래도 단연 최고의 별미는 주인이 미리 준비해 둔 수육이다. 수육에 금방 담근 김치를 곁들인 이 메뉴는 김장철에만 맛볼 수 있는 특식이라서 더 입맛을 돋운다. 그러나 이제는 해를 넘길수록 재료 준비하는 과정이 힘에 부쳐 절임 배추를 구입해서 한다.

그런데 김장 조역을 하면서 문득 1960~1970년대 기억이 떠오른다. 평창은 1971년까지 상수도가 없어 그 이전에는 우물과 펌프를 사용해야 했으니 얼마나 불편했을까 싶다. 다행히 내가 살던 상리마을에는 작은 도랑에 늘 깨끗한 용천수가 흘렀다. 그래서 김장철이 되면 1㎞ 정도 떨어진 시내에 사는 주민들이 소금에 절인 배추를 씻으려고 손수레에 가득 싣고 왔다. 그로 인해 오고 가는 사람과 빨래터에 엎드려 배추와 씨름하는 사람 등으로 인해 도랑이 약 열흘간 붐볐다. 물이 깨끗한 상류는 사람이 더 많이 몰려 오일장을 방불케 했다. 배추 씻기 좋은 자리 선점도 치열했다. 만일 늦게 도착하면 먼저 온 사람을 도와주고 자리를 이어받기도 했다. 그래도 자리가 없으면 적당한 장소에 나무토막을 도랑에 건너질러서 배추 올려놓을 자리를 만들고 작업했다. 심지어 2㎞ 떨어진 송어장 마을까지 올라가기도 했다. 이때 하류 쪽에서는 아이들이 떠내려오는 배추 속잎을 건져 먹거나 점심에 반찬을 만들어 먹기도 했다. 그렇게 깨끗하게 씻은 배추를 손수레에 싣고 오다가 자동차가 지나가면서 흙먼지를 날리면 한바가지 욕을 퍼부었다. 신작로의 이런 광경은 오전까지 이어졌고, 오후가 되면 조용해졌다. 모든 과정이 해당 시절에는 힘들었겠지만 지금에 와서 떠올리면 한 폭의 풍경화다.

이제는 김치 포장 기술과 냉장고가 있어 보관도 쉬워졌다. 생산자가 직접 절임 배추를 만들어 택배로 보내기도 한다. 그뿐만 아니라 입동이 되어도 수돗물로 절임 배추를 세척할 수 있어서 김치 담그는 옛 풍경을 보기가 쉽지 않다. 그런 가운데 이웃에서 김장하는 날 도와주고, 점심을 함께하기라도 하는 날에는 향수에 젖어 든다.

▶마을 잔치 열린 모내기와 벼 타작하던 날

2013년 4월 중순경, 벼농사를 짓는 친구의 못자리 하는 곳을 찾았다. 작업 인부 10여 명이 모여 대형 하우스 안에서 육묘 상자, 상토, 파종기로 작업을 했는데, 비닐하우스에 만들어둔 못자리는 약 30~35일 후 이앙기로 모내기를 할 수 있다. 아무튼 오랜만에 못자리를 만들고 있으니 물컹한 논바닥에서 못자리 작업을 하던 때가 떠올랐다.

1960년대에는 대부분 계단식 다랭이 논에 물못자리를 마련했는데, 보습 달린 쟁기를 맨 소로 경운을 하면서 논바닥을 흐물흐물하게 만드는 것이 첫 단계였다. 그런 다음 새끼줄의 띄우고, 망을 지어 다듬어서 볍씨를 뿌리면 물못자리가 완료되었다. 거기서 한 단계 발전한 것이 보온절충못자리로 1970년대에 많이 활용했다. 이는 물못자리와 유사하나 볍씨를 뿌린 후 검게 태운 왕겨를 덮고, 대나무 활대를 50~60cm 간격으로 꽂은 뒤 비닐을 덮는 방식이었다. 어린 모를 빨리 키울 수 있어서 농업 관련 기관에서 많이 권장했고, 심지어 물못자리를 밟아버리고 다시 만들게도 했다.

이렇게 설치한 못자리로 40~50일 후에 모내기를 했다. 집마다 모내는 날을 정해서 이웃과 품앗이로 일손을 도왔고, 인원이 부족하면 다른 마을 사람에게도 부탁했다. 작업은 아침 일찍부터 이루어졌다. 일꾼들은 모판에서 모를 뽑아 한 묶음씩 모춤을 만들고, 심부름꾼은 모춤을 비료포대, 지게, 손수레를 이용해 논으로 옮기는 역할을 맡았다. 다른 한쪽에서는 모를 바로 심을 수 있도록 쟁기로 논 삶는 일을 했다.

어릴 적 기억에 의하면 아버지와 이웃집 아저씨는 아침 식사 전에 가수기 한 대접과 스테인리스 공기에 따른 소주 한잔을 걸치고, 소고삐를 흔들며 "어디 어디 가자."라는 구호를 외치면서 논바닥을 흐물흐물하게 삶았다. 그런 다음 한 곳을 고르게 번지 작업을 미리 해놓으면 일꾼들이 왔을 때 바로 모내기에 돌입할 수 있었다.

한편, 모내는 날은 마을 전체가 잔치를 벌였다. 모든 주부가 동원되어 아침부터 밥을 짓고, 반찬을 만들어 모내는 장소까지 점심을 날랐다. 덕분에 모내기를 하는 5월에는 온 마을 사람이 모밥으로 점심을 해결할 수 있었다. 큰 양푼에 담긴 검은콩이 드문드문 있는 흰 쌀밥을 집 또는 들녘에 둘러앉아 먹었던 게 지금도 생생하다. 특히 귀한 보리꽁치, 진수성찬으로 준비한 반찬을 마음껏 먹을 수 있어서 입이 즐거웠다.

그러나 1960년대 벼농사를 짓지 않으면 쌀밥 구경을 못 했다. 그래서 아이들은 논바닥에 벼 더미가 없어지면 이삭줍기를 했는데, 몇 개라도 먼저 주우려고 넓은 들판을 헤집고 다녔다. 그렇게 며칠 동안 이삭을 모아두면 어른들이 디딜방아를 이용해서 흰쌀을 만들어 밥을 지었다. 흰쌀밥을 먹고 나면 꽁보리밥, 강냉이밥, 나물죽, 감자는 먹기가 싫어졌다. 그래도 배고픔을 달래려면 먹을 수밖에 없었다.

시간이 흐르면서 농기계도 발전했다. 1980년대에 보급된 바인더는 벼를 베고, 묶는 기능만 있었고, 탈곡은 발로 밟는 수동 탈곡기를 사용해야 했다. 그러다가 볏단만 넣어주면 되는 반자동 탈곡기가 나왔다. 하지만 옛 어른들은 낫으로 베고, 말려 작은 단으로 만든 벼 더미를 논바닥에 쌓아두었다가 집 마당으로 옮겨서 모내기처럼 가정마다 날짜를 정해 수동식 탈곡기로 하루 종일 타작을 했다. 한 사람은 볏단을 나르고, 두 사람은 탈곡기를 발로 밟고 볏단을 굴리며 나온 빈 짚을 뒤로 던졌다. 그러면 한 명은 빈 짚을 쌓았고, 2~3명은 탈곡기 앞에 쌓인 벼 더미를 비질과 도리깨질을 했다. 끝으로 기계 소리가 멈추면 마대에 벼를 담는 작업을 했다.

그런데 탈곡기 소리가 커서 새벽에 탈곡기 소리가 들리면 이웃에서 벼 타작을 한다는 걸 자연스레 알게 됐다. 그날도 어김없이 동네 어른들은 일손을 거들었고, 다 같이 점심을 먹었다. 이제 와서 웃음이 나는 장면은 일꾼들이 다 먹고 나면 이웃 사람들과 먹을 밥을 짓느라 방바닥이 뜨거워져 이리저리 자리를 옮기며 식사했던 순간이다. 이제는 농기계 발달과 식생활 변화로 이런 모습을 볼 수 없으니 그 시절이 그립다.

▶추수 뒤 방앗간 모습

가을이면 후평 지역 황금 들녘은 콤바인 2~3대가 부지런히 벼를 베고, 화물차는 탈곡한 벼를 곧바로 건조기에 넣는다. 방앗간 기계는 쉴 틈 없이 이른 아침부터 하루 종일 돌아간다. 이때 참새는 무리를 지어 먹이를 찾느라 방앗간 주변을 맴돈다. 방앗간 주변이 아니더라도 새들은 수수, 조, 들깨와 같은 곡물과 과수원의 과일도 시시때때로

이야기를 담은 평창의 옛 풍경

노린다. 그래도 해충을 잡아먹어 주니 나쁜 짓만 한다고는 할 수 없지만, 농부 입장에서는 봄부터 애지중지 기른 자식 같은 농작물에 피해를 입히고, 본인보다 먼저 맛을 보는 새가 얄미울 수밖에 없다.

어찌 되었든 추수를 마치고 방앗간을 찾는 사람들은 막걸리 한잔 기울이면서 바쁜 농사일로 지친 심신을 달래며 덕담을 나누곤 했다. 그사이 건조된 벼는 승강기를 타고 올라가 현미기를 통해 왕겨가 분리되고, 다시 승강기를 타고 4개의 정미기를 거쳐 백미가 되어 석발기와 색채 선별기를 경유해 일등급 백미로 탄생했다. 내가 살던 마을에는 이런 방앗간이 작은 규모로 있었고, 큰 정미소에 다니는 아저씨 2~3명이 있었다.

도정 기계가 없었던 시절에도 소량의 곡식을 찧는 절구를 비롯해 디딜방아, 연자방아를 사용해 알곡을 만들었다. 참고로 연자방아는 맷돌 형식으로 많은 양의 곡식을 찧을 수 있는 도구였는데 우리 지역에서는 볼 수 없었다. 반면, 디딜방아는 마을마다 있었다. 굵은 통나무로 만들어진 삼각 다리 모양의 디딜방아 머리 쪽은 절굿공이 역할을 하는 작은 통나무를 고정시켰고, 아래쪽은 사람이 발로 디딜 수 있도록 납작한 형태를 띠었다. 그 중간에는 시소 역할을 할 수 있는 받침대를 놓았고, 절굿공이가 있는 위치에 돌로 만들어진 절구통 높이만큼 구덩이를 파 고정시켰다. 이렇게 완성한 디딜방아 절구통에 곡물을 넣고, 한두 명이 두 갈래의 끝을 발로 디뎠다가 놓기를 반복하면 어머니들은 절구통 옆에서 알곡 손질을 했다.

알곡이 손질되면 포장해서 옮기는 것도 일이었다. 방앗간이 큰 곳은 자동차로 운송하고, 작은 곳은 우마차 및 경운기로 운송하면서 물량을 수집했다. 설명을 곁들이자면 1960년대까지는 벼와 알곡을 볏짚으로 만든 가마니에 넣었다. 정부양곡도 가마니에 넣어 보리와 벼를 수매했으며, 농협에서는 옥수수를 수매했다.

이렇게 사용하는 가마니는 집에서 만들기도 했다. 우리 부모님도 마찬가지였다. 이른 봄부터 가을까지 고생했으니 겨울철 농한기에 쉴 법도 한데 그러지 않았다. 바로 이어서 다음 해 농사 준비를 위해 볏짚으로 곡식을 말리는 멍석 만드는 작업을 열흘 이상 했고, 못자리에 사용할 새끼줄과 삼태기를 몇 개씩 만들었다. 그뿐만 아니다. 가마니를 만들기 위한 거적을 장만하려면 최소 2~3명이 있어야 했는데, 아버지와 어머니는 그 힘든 일도 마다하지 않았다. 새끼를 가늘게 꼬아서 가마니틀에 걸고, 새끼줄 사이로 볏짚을 끼워 한 번에 2개씩 넣는 작업을 수백 번 하면 거적이 탄생했다. 그것을 양쪽 옆을 꿰매면 완전한 가마니가 되었다.

요즘이야 마대와 비닐 끈, 비닐 천막을 사용하지만, 그 옛날에는 오로지 수작업을 해야 했으니, 우리 부모님은 이른 봄부터 가을까지 농사를 짓고, 겨우내 이렇게 영농 자재 만드는 일을 게을리하지 않았다. 그 덕분에 우리 가족이 배를 곯지 않을 수 있었던지라 지금도 부모님이 오가던 고개를 보면, 지게에 감자와 옥수수를 넣은 가마니를 지고 내려오는 모습이 그려진다.

1970년대에 접어들면서부터는 40㎏ 마대를 사용했다. 이것을 어깨와 등에 지고 화물차에 직접 상하차 작업을 했으며, 도정한 백미와 보리쌀은 80㎏ 단위로 유통했다. 그런데 이제는 지게차로 옮기고, 소포장을 하여 다루기도 쉬워졌다. 이 변화를 느낄 때마다 그 시절 어른들의 고단함이 전해진다.

내게도 정미소와 얽힌 추억이 있다. 국민학생 때 어느 가을, 아버지를 따라 어느 정미소에 방문했다. 거기서 발동기와 기계 돌아가는 소리를 들으며 골방에서 국수를 먹었던 기억이 있다. 그곳은 친구 아버지가 운영하던 하리정미소로 먼 곳에서 오는 사람들을 위해 숙식도 제공해 주었다. 또 우리 마을의 정미소에서는 물레를 돌리다가 어느 순간부터 원동기로 바꾸었는데, '탕탕' 하는 소리가 나면서 발동기가 요란하게 돌아가면 한참 동안 구경했다. 또 8월에 수확한 보리를 찧으면 마지막에 나오는 가루는 부드러웠다. 이것으로 일명 보리개떡을 만들어 먹다가 배가 아파서 혼이 난 적도 있다.

한편, 우리 지역은 해발 300~400m의 준 고랭지다. 영월과 정선 지역보다 평지가 많아 한 때는 약 500㏊ 규모로 벼농사를 지었다. 그로 인해 1950년대에는 마을과 시내권 정미소가 20곳(상리, 하1리, 천변, 노론, 종부1·2리, 유동, 약수, 조둔, 천동, 도돈, 마지1리, 대하, 후평, 여만, 주진1리, 임하, 계장, 다수, 하일)이나 있었다. 시내 정미소에서는 정부양곡 중심으로, 마을 정미소에서는 벼를 비롯해서 보리, 수수, 조 등을 도정했다. 그러나 이제는 개인이 운영하는 정미소로는 후평리 무진정미소가 유일하다.

▶신작로를 지키던 미루나무

1960년대 농촌 도로에는 미루나무 가로수가 줄지어 있었고, 여름이면 매미 우는 소리가 쩌렁쩌렁 울렸다. 그 덕분에 여름방학이 되면 아이들이 매미 우는 소리를 따라 미루나무를 많이 찾았다. 또 지금처럼 포장이 되어 있지 않아 자동차가 지나가면 흙먼지가 날렸는데, 그 나름대로 영화의 한 장면을 연상케 해 멋이 있었다. 게다가 비가 오면 노면이 움푹움푹 파인 곳이 다반사였으며, 비탈진 배수로에 토사가 흘러내렸다. 그랬던 곳이 이제는 아스콘 포장도로에 제설과 제초 작업을 기관에서 계절별로 관리하니 세상 참 좋아졌다 싶다. 정부 살림이 어려운 시대어는 마을 주민이 책임 구역을 맡아서 봄가을 두 번씩 부역을 하기도 했으니 말이다.

1970년대 평창농업고등학교 학생들이 행군하는 모습
(일제강점기 때 놓인 주진 구 교량과 상촌마을, 뱃재 구길이 보임)
*사진 제공: 조규명

1970년대에도 모든 국도는 비포장도로였고, 가로수 역시 아름드리 미루나무였다. 지금도 눈앞에 선명히 그려지는 그때의 풍경이 있다. 시루목 너머 후평마을로 가다 보면 우측 강가에 여만리 주민이 이용하는 나룻배가 있었고, 늦가을이 시작되면 섶다리가 놓였다. 그리고 후평마을 중심을 지나면 계장 옥고개로 가는 삼거리 초가가 있었고, 조금 더 지나면 휘어진 신작로 양쪽으로 가로수가 많았다. 강가의 오솔길에는 마을을 질러가는 지름길이 있었고, 미루나무가 숲으로 우거져 있었다. 그런데 1950년대까지만 해도 후평~계장을 넘어 다니는 고개는 오솔길이었다고 한다. 그랬던 곳을 주민들의 부역을 동원해 길을 냈다. 우리 부모님도 부역에 참여했다고 여러 번 들려주었으니 그리 먼 이야기는 아니다.

나는 우리 마을 도로가 변하는 모습도 지켜보았다. 지금의 42번 국도인 노론삼거리 주변에는 움푹 파인 곳을 삽과 괭이, 싸리, 망태기로 자갈과 흙을 메우고, 메운 배수로를 1년에 한 번씩 퍼 올리면서 자갈과 모래가 섞인 흙무덤을 도로 옆에 만들어 놓았다. 특히 신작로였던 맷둔재 구길과 주진 뱃재의 구길, 마지 원동재의 구길에 미루나무가 여전히 드문드문 있는 것을 보면 커브가 심한 신작로를 다니던 기억이 생생하다. 가로수도 도로확포장과 그 시대에 따라 수종이 몇 번씩 바뀌었는데, 1960년대에는 미루나무, 1980년대에는 개나리, 1990년대에는 아카시아, 2000년대에는 벚나무 등이었다.

한편, 평창 지역을 경유하는 국도는 31번과 42번이 있다. 31번 국도는 남북 방향으로 영월에서 용평-속사 구간이 1982년에 확포장 되었다. 42번 국도는 동서 방향으로 횡성에서 평창 지역을 경유해 정선을 지나 동해까지 가는 국도로 평창에서 정선 가는 구간은 1989년에 확포장 되었다. 이 시절 여름만 되면 버스와 화물차가 지나갈 때 먼지 날리지 말라고 도랑물을 자주 뿌렸다.

그리고 큰 강이 있는 곳은 교량이 있기 마련인데, 우리 지역도 일제 강점기에 교량이 세 곳 놓였다. 최초로 놓인 다리는 주진~후평 지역을 잇는 구 교량으로 1936년에 설치되었으나 모두 철거되었고, 요즘 이용하는 교량은 다시 설치된 것이다. 평창 중리와 상리를 잇는 교량은 다리 우측 교량 문패에 '소화 12년'이 표시된 것으로 보아 1937년에 세워졌음을 알 수 있다. 여기는 현재 자동차 통행은 금지되었으나 산책로로 이용하고 있다. 도돈과 마지를 잇는 구 교량은 정확한 설치

연도를 알 수 없으나 1939년에 도선을 다시 제작했다는 자료를 통해 1945년 이전에 설치된 것으로 추정할 수 있다. 이 역시 철거가 되고, 지금 이용하는 것은 새로 놓은 교량이다.

▶송계산 자락 사람들

유소년 시절부터 20여 년 동안 내가 살던 마을은 평창 시내에서 정선 방향 평창 구 교량 건너 송계산 자락에 잡은 작은 자연부락이다. 1950~1970년에는 30여 가구가 있었으나 이제 옛날에 있던 집은 한 채만 남았고, 현재는 주택 몇 채가 더 들어서 있다. 그 과정을 풀어보자면 다음과 같다. 1989년에 도로가 확·포장되면서 우리가 살던 집을 비롯해 몇 가구가 다른 곳으로 떠났고, 그 후 해빙이 되면 뒷산에서 낙석이 떨어져 위험하다는 이유로 2010년, 평창군에서 공원을 조성하면서 주택이 모두 철거되어 동네 사람들이 전국으로 뿔뿔이 흩어졌다. 지금부터 1950년대 전후의 그때 그 시절 함께 살았던 마을 사람들을 떠올려 본다. 참고로 번호는 가구 수를 나타내기 위한 표기다.

| 구 평창교량 좌측부터

①첫 번째 집은 친구 김응열의 아버지가 있었으며, 사냥을 잘하는 아저씨와 하리 시루목에서 이사 온 아저씨도 살았다. 1972년도 수해로 주변에 있던 집들이 파손되어 철거되었다. ②위쪽으로 머리에 물건을 이고 다닐 떠 받치는 일명 똬리 만드는 아저씨가 살았으며, 김동호의 아버지인 김옥진 아저씨도 있었다. ③큰 다리 밑 강가로 내려가는 옆집이 삿갓처럼 생겼다고 하여 삿갓집이라 부르며, 할머니와 두부 만드는 아주머니가 살았었다. ④썰매길 주변 암벽 밑에 친구 오건세와 오헌세의 아버지가 살던 집에 나창세 아저씨의 형과 그의 어머니가 살았으며, 최호영의 부친과 조부도 살았다. 우리 부모님도 사랑채에 살면서 나를 낳았고, 우리 형과 누나도 함께 살았다. ⑤장암

산 등산로(썰매길) 올라가는 우측 초가 움막에 손채규 아저씨가 살았고, 김옥진·김필한의 모친과 박정배 아저씨가 살았으며, 처음에는 박기봉 아저씨가 살았다. ⑥위쪽 산 밑 옆집은 안용남의 부친 안달호 아저씨가 살았으나 그 후 손채규 아저씨도 살았다. ⑦앞집 길가에는 김영길·김영선의 아버지가 살던 집으로 아저씨가 우체국에 다녀서인지 60번집이라 하였다. 옛 모습 그대로 있는 것은 이 집이 유일하며, 현재는 다른 사람이 살고 있다. ⑧길옆 김석규·김완규의 아버지가 있었던 집에 신창식·신문식의 아버지 신해수 아저씨가 살았다. ⑨위쪽으로 김길한·김길억의 아버지 김한복 아저씨가 살았으며, 전상현과 그의 모친도 살았다. 우리 부모님도 잠시 사랑채에 있었다. ⑩바로 옆은 곽세진·곽철진의 아버지인 곽동수 아저씨와 할머니가 살았다. 같은 집에 경기도 용인의 오양환·오건환·오무환의 부친인 오완근 아저씨도 살았다. 뻥튀기 과자를 만들던 꼬마네 김주호·김주홍·김주옥의 부모님도 함께 살았으며, 안창남의 조카 안용남과 그의 어머니도 함께 살았다. ⑪앞집은 춘천의 전정기 아저씨가 살면서 그의 어머니가 송방도 운영했다. 그 후 중리에 사는 조덕환의 아버지가 살았으며, 박영도의 처가인 오은한의 부친 오창근 아저씨와 중리에 살던 전대호의 조카도 잠시 살았다. ⑫바로 위쪽으로 이동훈 가족이 있었으며, 김남석 아저씨와 가족도 살았고, 사랑채는 고물장사 아저씨가 있었다. 춘천의 곽희원 가족도 살았으며, 임준환의 아버지와 김봉달 할아버지도 있었다. ⑬바로 옆 길가 집은 옛 부인약방의 부친 곽씨네 어른이 살았다. 오건세·오헌세의 부친도 살았으며, 사랑채에 김양하 부친도 있었다. 최호영의 부친 최종성 아저씨도 살았다. ⑭위쪽으로 김필한이 살던 집은 그의 형인 김옥진 아저씨가 새로 집을 지어 살았으며, 그의 아들 김동호도 있었다. 그 후 안수남의 아버지와 이승환의 처가도 있었으며, 중리에 사는 김영규도 살았다. ⑮언덕 위 옹기를 만들던 집은 김기철 김학철 부친이 살던 집이다. 옆 창고에서 물레를 돌려 옹기와 질그릇을 만들었던 터라 우리는 만드는 과정을 어려서부터 많이 보았다. 조계호 집으로 들어가는 길옆 좌측 공터에 옹구가마를 만들어 놓고, 그 안에 옹기를 가득 채워 입구에서 불을 지펴 2~3일 밤낮을 달구면 항아리가 나왔다. 집주인이 여러 번 바뀌었으나 전홍근·전대근·전호근의 부친 전제봉 아저씨가 살았던 게 기억난다. 또 박진철의 부친인 박정배 아저씨도 살았다. 옹기집에 살기 전에는 지금의 새집 뒤편에 집을 짓고 살기도 하였으나 현재는 같은 마을 남산 개울 건너에 새집을 지어서 살고 있다. 옹기집 아래쪽에는 곡식을 빻는 디딜방아 건물이 있었다. 마을 사람들이 공동으로 짓고, 디딜방아를 설치하여 방앗거리가 많지 않은 고춧가루, 메주 등을 가져와 어머니들이 작업했다. ⑯신작로 커브 쪽 밤나무가 있던 집은 처음에는 이상호와 부친이 살았다. 그 후 충남 당진의 장용상의 부친인 장의수 아저씨가 살았으며, 아래쪽에는 임화실 어른이 지어준 작은 건물에 째보 할머니가 있었다. ⑰마지막 집에는 우체국 집배원 조규항 아저씨와 조계호·조광호·조진호·조순호 등 가족이 함께 살았으며, 울산에 사는 김명섭·김명선의 부친 김재복 아저씨도 한동안 있었다.

| 구 평창교량 우측부터

⑱첫 집은 물레방아가 있던 건물에 여러 사람이 살았다. 1950년대 말에는 이곳에서 창호지를 만들었으며, 1960년대 초에는 미탄 성용호 부친이 도랑물과 물레를 이용하여 발전기를 설치해 각 가정에 전깃불을 켜줬다. 도랑물이 많이 흐를 때는 물레가 잘 돌아가니 전깃불이 훤하게 들어오고, 물이 적게 흐를 때는 불이 깜박깜박했다. 그렇게 사용하다 가뭄과 겨울철 물 부족으로 전기 발전은 중단되었다. 그 후 유재원의 아버지가 살면서 방앗간을 했다. 그 후 김재빈 아저씨가 발동기를 사용해 정미소를 하면서 여름철이면 부모님 따라 보리와 밀방아를 찧었는데, 밀가루는 통에 떨어지는 것을 바가지로 퍼 담는 모습

이 그려진다. 그러나 1972년, 수해가 나면서 철거되어 방앗간은 없어지고, 사람이 살던 반쪽 건물에는 중리의 김복기와 김천수 부친 김태식 아저씨가 살았다. ⑲나의 장인인 장동수 어른이 살던 집은 처음에는 박증삼과 그의 삼촌 박기봉 아저씨가 살았으며, 그 후 진연태·진연달·진연승도 살았다. 마지막에는 김원섭이 잠시 살았다. ⑳위쪽으로 김산옥 오빠인 김창기가 살던 집에 미탄의 나순덕 아버지 나창세 아저씨가 살았다. ㉑길옆 위쪽에는 정무교·정대교의 모친이 살면서 송방을 운영했는데, 그 시절에는 알사탕이 먹고 싶어도 사 먹지 못했다. 또 허윤의 아버지가 있었고, 상리에 사는 이성군도 있었다. ㉒남산 개울로 나가는 작은 골목 아래쪽은 고우균의 조부(고광열 법무사의 부친)가 살았으며, 춘천의 김주호·김주흥, 중리의 전대근·전호근의 아버지 전제봉 아저씨, 박영도·박영수의 부친 등 여러 사람이 거쳐 갔다. ㉓우리 옆집은 초등학교 교사였던 성덕기·성홍기의 부친 성병준 아저씨가 살았다. 중리의 이증구 아저씨도 있었으며, 정무교·정대교의 모친도 함께 있었다. ㉔위쪽 옆집에 김재린·김재빈·김재근의 부친 김대순 아저씨가 살았으며, 임화실 아저씨도 남산 개울 옆에 살다가 1979년 수해로 이곳에 이사 와서 한동안 살았다. ㉕우리 부모님이 처음 살았던 집(상리 377번지 일원)은 6.25 전쟁 때 소실되어 1950년대 중반 오태환이 살던 건물로 이사해서 우리 6남매를 키웠다. 이 집은 울타리를 측백나무로 만들어서 지금도 동부 지역 사람들에게는 측백나무 울타리 집으로 통한다. ㉖우리 집 앞에 있던 곳은 밭이었으나 최호영 할아버지와 아버지가 내가 5~6살 때 새집을 지어서 살았다. 최종성 아저씨는 토지가 있는 샘골에 새로 지어 이사하면서 우리 앞집은 한동안 빈집으로 있었다. 그 후 함태영·함오영의 부모님이 살았다. ㉗남산 개울 옆 임화실 아저씨 집 위쪽에 김동호의 아버지 김진옥이 집을 지어 잠시 살았다. ㉘남산 개울 옆 아카시아가 있던 곳에는 임영식의 부친 임화실 아저씨가 살았는데, 마을 사람은 물론 타지

제 4 부 추억의 파노라마

역에서 작명과 음력 동짓달에서 이듬해 정월달까지 새해 운세를 보려는 사람들이 찾던 곳이다. 우리 어머니도 자식들이 이상이 있으면 아저씨에게 액운을 보고 예방도 하였다. 나의 아들 이름도 아저씨가 작명했다. ㉙마지막으로 하천가에 움막을 지어놓고 살던 봉사 할머니가 있었다. 할머니는 움막에서 지팡이를 짚고 시내를 오르내렸다. 신작로에서 우리 집 들담장 뒷길에는 약 200m의 논둑이 있었는데, 사람과 마주치면 교행을 못할 정도의 좁은 오솔길이었다. 또 그곳의 작은 도랑의 돌다리를 건너다니는 모습이 여전히 눈에 선하다. 이 논둑길은 하천변 논과 포도밭이 있어 사람들이 자주 다녔으며, 강가에서 마을로 들어오는 길목에 작은 움막이 있었다. 거기에는 언어 장애인과 만득이라는 아저씨가 함께 살았으며, 김치 우리 같은 작은 형태의 화장실이 있었던 게 기억난다. 강 건너 아름드리 미루나무 두 그루가 있던 곳은 넓은 그늘이 드리워 여름철마다 천렵을 즐길 수 있었다. 그러나 1979년 동부 지역 집중호우로 남산 개울 주변의 모든 시설물이 흔적도 없이 사라지면서 강바닥이 되었다. 그 후 하천 정비계획에 따라 개울 폭을 넓히면서 산책로가 만들어졌다. 한편, 유소년 시절 남산 개울에 흐르던 물은 1급수보다 더 깨끗해서 상리천과 평창강 합류 지점 장광에서 목욕을 하며 고기를 잡곤 했다. 이제 그 풍경은 영원히 볼 수 없으나 꿈에서라도 종종 보고 싶다.

| 그 외 마을의 이모저모

어머니 말씀에 의하면 6.25 전쟁 때 우리 부모님이 살던 집과 주변의 주택 몇 채가 폭격에 의해 소실되었다. 부모님은 소실되지 않은 집을 구입해서 살았다고 하는데 우리가 살던 집이 바로 그런 집이었다. 그러나 앞에서 언급한 ⑧·⑨·㉒번은 번듯하게 지은 집이었다. 사각 기둥 문짝이 곧고 재질이 좋아 그 시절 농촌에도 그런 좋은 목재가 있었는지 궁금했는데 어머니가 기관에서 신청을 받아 공급한 것이라고 설명해 주었다.

마을에는 공동으로 이용하는 우물이 있었다. 1960년대 초 내가 국민학생 때 설치한 것으로 기억한다. 김재빈이 살던 ㉔와 함태영이 살던 ㉖사이를 약 20m로 굴착해 한동안 생활용수로 사용했다. 그 후 윗마을 송어장에서 흐르는 용천수로 간이상수도를 설치하여 우물은 묻어버렸다.

또 1년 365일, 마을 뒷산을 바라보고 서 있는 소나무와 참나무는 아름드리가 되어 키다리 낙엽송 두 그루와 함께 고향 마을을 지키고 있다. 그리고 남산 개울은 어른 키 높이의 석축과 폭이 좁은 개울을 활용해 굵은 돌과 나무로 만든 작은 취입보 2~3개소가 있었다. 덕분에 여름이면 고인 물에서 어른들과 목욕을 즐길 수 있었다. 이같이 추억 많은 개울은 1979년 수해로 돌망태를 쌓아두었는데 흔적조차 남기지 않고 사라졌다.

마을 풍경의 변화처럼 함께 살았던 시간이 많이 흘러 삶을 마감한 어른도 있고, 전국으로 뿔뿔이 흩어져 살고 있다. 가깝게는 강원도와 서울을 비롯한 수도권에, 멀리는 영남 지역과 충청도에, 심지어 외국에서 생활하는 이들도 있다. 점점 노년으로 접어들어서인지 옛 생각이 절로 떠오를 때가 많다. 아무쪼록 타향에서도 다들 건강과 행복이 함께하기를 기원하며, 평창에 남은 사람들은 송계산과 남산 개울 지킴이로 살고 있다고 전하고 싶다. 그 마음을 담아 주현미가 부른 〈고향의 품에〉를 들어 본다.

〈고향의 품에〉
1. 물방아 돌아가고 뻐꾹새가 우는 마을

꽃향기 흙냄새에 내 사랑이 피던 마을
송아지 뛰어 놀던 언덕에 앉아
사랑을 꽃 피우던 그 시절 그리워
다시 한번 가고파라 안기고 싶어라
그리운 고향의 품에

2. 시냇물 흘러가고 아기 염소 우는 마을
꽃향기 흙냄새에 벌 나비가 찾는 마을
내일의 새 희망을 구름에 실어
푸른 꿈 심어 보던 그 시절 그리워
다시 한번 가고파라 안기고 싶어라
그리운 고향의 품에

2장 잊지 못할 공직 생활

▶다섯 대의 양수기

이야기했다시피 나는 공직 생활을 했다. 첫 발령지는 방림면으로 1990년 12월부터 근무했다. 그해 여름, 집중호우로 농경지 및 도수로 등 시설물 피해가 컸던지라 방림2리 지역에 논물을 대려면 4㎞의 토공도수로를 이용해야 했다. 이는 대화의 상안미3리에서 강물을 유입해 하안미를 지나 약 20m의 작은 개울 두 개를 건너야 하는 일이었다. 다행히 이 작업이 이루어져 1991년 5월, 못자리를 만들 때 농업용수가 부족하지 않았다. 하지만 6월 모내는 시기에 가뭄이 심하여 용수가 부족해졌고, 수해 복구 도수로 공사까지 늦어져 상황이 악화되었다. 게다가 도수로 공사가 끝나기 전에 물을 흘려보내니 거푸집에 걸려 물 흐름도 좋지 않았다. 상류에는 도수로가 넘치도록 흐르지만 아래쪽 방림2리 지역은 물이 내려오지 않는 사태가 발생했다. 토공도수로의 누수와 가뭄으로 너나 할 것 없이 같은 시간대에 논에 물을 대려고 한 데서 일어난 현상이었다. 이에 따라 농민들은 빨리 물을 내려달라고 도수로 공사 담당자와 멱살 잡고 싸움을 하는 등 농민들의 불평불만은 최고조에 다다랐다. 그렇게 모두가 악만 남아 방림면사무소는 물론 군청까지 쳐들어왔다.

하는 수 없이 군청과 방림면사무소는 응급조치로 현 방림2리 거기 매운탕 앞 강변에 양수기 5대와 경운기 엔진 4대, 차량 엔진 하나를 설치했다. 그런 다음 매일 냉각수와 하루 200ℓ의 기름을 넣어가며 한 달간 약수 작업을 했다. 이때 양수기 호스를 15m 폭의 국도를 가로질러야 했는데, 직경 60cm의 흄관이 있어 덩치가 큰 사람은 들어가지를 못하니 홀쭉한 사람을 찾았다. 그래서 내가 엉금엉금 기어들어가 호스를 늘어놓았기에 지금도 그곳을 지나면 회상에 젖는다.

이에 따라 사무실 내근은 뒤로 하고 현장 업무가 이어지던 어느 날, 토요일 일기예보를 들으니 저녁에 비가 온다는 게 아닌가. 반가운 소식을 듣고 다음 날 아침 현장에 가 보니 강물이 점점 불어나고 있었다. 그래서 설치한 양수기가 강물에 잠길까 봐 높은 곳에 옮겨놓고는 그동안 고생한 동료와 회포를 풀며 소주를 곁들인 점심을 먹었다. 그런데 얼마 지나지 않아 부면장으로부터 전화가 왔다. 주민들이 다시 양수기를 설치해야 한다고 아우성이니 빨리 들어오라는 내용이었다. 식사를 마치고 가보니 정말 양수기를 설치한 곳까지 강물이 올라오지 않아 직원들과 다시 설치하느라 무더운 날씨에 또 한번 생고생을 했다.

한번은 큰일날 일도 있었다. 양수기에 부착된 경운기 엔진에는 냉각수를 수시로 넣어주어야 한다. 그 작업을 하려고 냉각수 뚜껑을 여는데 펄펄 끓는 물 수증기가 내 얼굴 20㎝ 앞에서 3m 높이로 치솟은 것이다. 말 그대로 아찔한 순간이었다. 만일 그때 얼굴과 머리에 큰 화상을 입었다면 지금과 같은 정상적인 생활도 불가능했을 테고, 다른 삶을 선택해야 하지 않았을까 싶다. 그러니 아무리 생각해도 하늘이 도운 것 같다.

한편, 그때 양수기에 부착된 엔진에 밤낮없이 기름을 넣어야 했는데, 근무시간에는 어려움이 없었지만 밤에는 현장과 가까운 곳에 있는 사람도 쉽지 않은 일이었다. 그러나 방림 지역에서 출퇴근을 하던 최덕종 씨와 방림5리 이병기 주민이 약 한 달 동안 함께 수고를 해주어 별일 없이 잘 버틸 수 있었다. 그들의 고마운 노고는 영원히 잊지 못할 것이다.

▶모눈종이 위에 그린 개략도

2017년 7월 말, 문화재 관련 현장에서 아르바이트로 용돈벌이를 한 적이 있다. 그때 문화재 발굴 조사를 전문으로 하는 업체 직원들이 그림 그리는 것을 보았는데, 발굴한 집터와 돌무덤 등을 모눈종이에 1/20 축소한 크기로 그대로 담아내고 있었다. 그 모습을 보는 순간 1976년, 보리 파종 확인용으로 사용하기 위해 개략도를 만든 기억이 났다.

보리 파종은 목표량을 달성해야 이듬해 보리(하곡) 수매 목표량을 가늠할 수 있었다. 내가 담당했던 마을은 마지 지역으로 개략도를 만들려면 책상 6개 크기의 공간이 필요했다. 그래서 근무시간에는 작업이 어려워 퇴근 후에 하느라 여러 날을 소요했다. 더욱이 처음에는 방법을 몰라서 선배들이 작업하는 것을 보면서 만들었다.

개략도를 모눈종이에 그리는 이유는 지적도면을 보더라도 백지에는 작성이 불가능하기 때문이다. 그렇게 사무실에 비치된 지적도를 보면서 지번을 넣어 만든 다음 골짜기까지 표시해 펼치면 마을 지도가 완성되었다. 그러면 파종한 필지를 찾아서 처음에는 녹색으로 사선 표시를 했다. 이로써 보리 파종을 어느 필지에 얼마만큼 파종을 했는지 한눈에 알아볼 수 있었고, 색깔을 바꿔가며 2~3년 동안 사용했다. 상부 확인반에서 보리 파종 면적을 점검할 때 가장 먼저 한 일도 개략도 확인이었다. 그리고 표본을 찍어 번지와 파종 면적을 체크한 다음 현지 방문이 이루어졌다.

한편, 1970년대부터 상부로부터 보리 수매 목표량이 배정되면 수단과 방법을 가리지 않고 달성해야 했다. 이에 농가에서 보리타작을 하고나면 집마다 방문하여 수매 물량을 채울 수 있도록 몇 차례 독려했고, 수매 날짜가 확정되면 한두 말씩 걷어 한 가마를 채워 수매하기도 했다. 심지어 대하리는 주천 지역과 가까웠는데 목표 물량을 채우려고 탈곡한 보리를 돈을 주고 가져갔다는 소리를 듣고 당시 산업계장이 한참을 속상해하는 것을 보기도 했다. 그 시대는 정부 정책이 식량 자급을 위해 보리 파종부터 최우선으로 추진하던 때였기에 그 심정이 이해됐다. 또 1980년대부터는 추곡 수매를 했는데 보리 수매처럼 힘들지는 않았다. 하곡 수매 장소는 마지삼거리 도로변 등 여러 곳에 있었고, 이용원 산업계장과 유재신 등의 선배가 고생을 많이 한 덕에 지금과 같은 풍요로운 세상이 되었다고 본다.

▶화마에 휩싸일 뻔한 사건

1988년 가을이었다. 몇 년 동안 추곡 수매를 하지 않았으나 양정의 고유 업무는 분기마다 결산을 했다. 3/4분기 결산서를 작성해 도에 제출하는 9월 초순, 길이 2m 폭 0.4m의 서식을 보니 요식 행위라 하더라도 도저히 이해가 되지 않아 고민하다가 전임자에게 물었다. 그런데 모두가 시간이 없다고 해 나름대로 작업한 몇 곳만 수정해 제출했다. 서식 자체가 워낙 복잡해서 어느 한쪽 숫자가 틀리면 전체가 맞지 않는 보고서였다.

그런데 이듬해 1989년, 정부에서 다시 벼 수매를 한다고 발표했다. 6~7년만의 일이었다. 더욱이 수매 가격을 시중 쌀값에 따라 정부가 결정한다고 하여 각종 언론에서 연일 뜨거운 감자로 떠올랐다. 이에 따라 10월부터 수매 계획을 세워 나는 내근을 하고, 친구인 계장이 현장을 맡음으로써 11월 중순부터 시작해 12월 30일에 마무리했다.

참고로 상부 기관에서 수매 자금을 월별 배정이 아닌 주 2~3회 수시 배정을 한 터라 실무자 입장에서는 꽤나 복잡했다. 특히 추운 겨울, 현장을 뛰어다닌 친구가 정말 힘들었을 것이다.

한편, 수매량이 많은 날은 하루 전에 수매자금 10억 원짜리 당좌수표를 발행해 퇴근하는 직원 편으로 농협중앙회 평창군지부에 전달했다. 그러던 어느 하루, 10분 거리인데 출발한 지 20분이 넘었는데도 도착하지 않았다는 전화가 왔다. 무슨 사고가 난 것이 아닌가 하는 불길한 생각이 들어도 부탁한 직원에게 연락할 방법이 없었다. 여러 방면으로 수소문을 하던 중 잘 받았다는 전화를 받아 한숨을 돌렸다. 그 다음부터는 내가 직접 수표를 전했다. 요즘은 누구나 휴대폰을 소지하고 있으니 바로 상황을 알아볼 수 있지만, 그때는 사무실 전화 외에는 확인 할 방법이 없었다. 그래서 잠깐이었지만 정말 답답하기도 하고, 걱정을 많이 했다. 어쨌거나 그해, 둘이서 9월부터 12월까지 6~7년 만에 처음으로 4만 개의 벼 수매를 하면서 사고 없이 순조롭게 일을 끝내 다행이다 싶다.

한번은 일요일에 집에서 쉬고 있을 때였다. 수매한 가마를 운반해야 하니 작업복 차림으로 사무실에 나오라는 연락을 받았다. 나가 보니 긴급 가공 지시가 떨어졌는데, 휴일이라 인부를 구하지 못해 사역을 해야 할 상황이었다. 어쩔 수 없이 친구를 포함하여 4명이 8톤짜리 대한통운 화물차에 상차 작업을 했다. 이때뿐만 아니라 그 무렵 양정 업무는 업무량이 줄어드는 실정이라 직접 몸으로 해결하는 일이 자주 있었다. 지금도 친구를 만나면 수고스러웠던 수매 이야기를 나눈다.

그리고 이 시기에 결코 잊을 수 없는 일이 하나 있다. 합동 결산 작업을 위해 도청으로 출장을 간 날이었다. 양정과 직원과 시·군 직원

모두 고생한다고 저녁식사를 함께했다. 조금 늦게 도착해 빈자리에 앉았는데, '쉬' 소리가 들리면서 가스 냄새가 났다. 상 밑을 보니 가스를 연결하는 호스가 빠져 있었다. 그것도 모르고 두 줄로 놓인 상에 도청과장을 비롯해서 직원 40여 명이 식사를 하려고 앉아있는 상태였다. 만약 그것을 발견하지 못했다면 대형 화재와 인명 피해로 기네스북에 올라갈 뻔 했다. 나를 비롯해 그 자리에 있던 모든 사람은 정말 운이 좋았다. 사고 예방은 유비무환 정신으로 평생을 조심해야 한다고 깊이 느낀 순간이었다.

▶당직하는 날 일어난 여러 에피소드

2016년 여름, 오일장 구경을 하고 천변 고목 아래를 지나는데, 함께 근무했던 선배가 지나가는 걸 보고 떠오르는 기억이 하나 있었다. 1991년 2월 토요일, 당직 근무 중 운교지서에서 사망한 행려자 조사가 끝났으니 시신을 인수해 가라는 연락을 받았다. 처음 접하는 상황에 어리둥절하다가 먼저 부면장에게 전화해 상황 설명을 했다. 잠시 뒤 사무실로 온 부면장은 나에게 대병 소주 2병을 사 오라고 지시했고, 시신을 만지려면 술을 마셔야 한다며 몇 잔을 들이켰다. 그런 다음 총무계장을 호출해 시신을 안치하는 관등을 구매해 오라고 했다. 1시간 후, 부면장과 총무계장은 준비한 물건을 청소차에 싣고 현장으로 출발했다. 그렇게 약식 입관식을 마치고 다시 당직실에 도착한 때가 밤 9시였다. 그런데 부면장이 나에게 행려자 시신이 실린 청소차를 지키라는 게 아닌가. 도저히 무서워서 혼자 못한다는 나의 반응에 부면장은 남은 소주를 가져오라 하고는 총무계장, 청소차 운전기사까지 밤새도록 같이 술을 마시면서 시신을 지켰다. 그리고 다음 날 아침, 직원 여러 명과 방림 지역 공동묘지에 임시 매장을 했다. 그로부터 한 달 무렵 지나 유족과 연결이 닿았고, 유족은 부면장에게 감사 인사를 전한 뒤 시신을 옮겨갔다는 소식을 들었다. 행려 사망자 일로 이틀 동안 고생한 강대성 부면장님을 비롯해 면사무소 모든 직원이 정말 고마웠다.

지금은 행려 사망자나 인사 사고가 발생하면 경찰이 먼저 시신을 먼저 확인한 후 의료원에 안치 해두고, 유족에게 통보하여 인수하거나 유족이 없으면 검사 지휘를 받아 처리한다. 옛날처럼 일선 행정기관에서 직접 처리하는 일은 없다는 뜻이다. 아무튼 나는 시대 흐름에 따라 평생 한 번 있을까 말까 하는 경험을 했다.

한편, 1970년대에는 노숙자가 면사무소에 오면 사회 업무 담당자가 상담을 했다. 사연을 듣고 있으면 다들 차비를 달라, 하룻밤 재워 달라, 밥을 사 달라는 등 다양한 요구를 해왔다. 때로는 갈 곳이 없는 거동이 불편한 사람이 있다는 신고로 다른 관할 구역을 벗어나게 할 때도 있었다. 이와 관련해 나도 겪은 일화가 있다. 당직하는 날, 낯선 여자 한 명이 들어오더니 갈 데가 없다고 사무실에 버티고 있어서 할 수 없이 숙직실에서 재워주었다.

어려운 이웃의 이야기를 꺼낸 김에 하나 더 언급하자면, 관내 영세민들은 매월 밀가루를 배급받았다. 22kg 짜리 한 포대를 개봉하면, 1인당 8kg 기준으로 가족 수 만큼 판수동 저울에 달아서 주었다. 요즘 젊은 세대들은 이런 이야기를 들으면 "설마." 하면서 믿지 않을 것 같다.

당직이라고 하면 생각나는 에피소드가 하나 더 있다. 현 군청이 있는 주변은 청사가 옮겨오기 전에는 주변에 건물이 없었다. 야간 당직을 4~5명이 하게 되면 한두 시간마다 청사 밖을 순찰했는데, 자정이 지나면 대부분의 순찰은 계급이 낮은 직원들이 도맡았다. 당시 청사 외벽 모서리와 창고, 차고 등 취약한 5~6곳에 순찰 시계 열쇠를 매달아 놓았는데, 허허벌판에 청사 건물만 덩그렇게 있으니 무서운 생각이 들 때가 많아 순찰 시계를 휴대하고, 외벽에 달아놓은 열쇠로 찍고, 옆과 뒤도 보지 않고 당직실로 뛰어가곤 했다.

그 외 퇴근 시간 이후 그려지는 풍경 중 하나는 1980년대 관선 군수 시절 도지사가 초도순시하는 날이다. 그날만큼은 졸병들에게는 자유의 날이었다. 대회실과 가까운 사무실이 초청 인사 오찬 등 행사 준비 장소로 이용되어 자리를 비워줘야 했다. 그러면 우리는 반도를 들고 사천강으로 ㄱ-서 고기 사냥을 실컷 하고 돌아와 오후에 사무실 책상과 의자를 정리한 뒤 동료들과 매운탕을 끓여 만찬을 즐겼다. 지금도 문득문득 떠오르는 즐거운 추억이다.

▶부모의 산소를 찾은 아이

나는 1995년 7월에 미탄 지역 민원 부서로 발령받아 마음이 상한 채로 한 해를 보냈다. 이유는 초대 민선 군수에게 직언을 했다가 귀양살이 발령이었기 때문이다. 그 이듬해 7월 어느 날 받은 전화 한 통에서 시작한 잊지 못할 기억이 있어 풀어본다.

오전 11시경이었다. 전화벨이 울려 받으니 웬 젊고 밝은 목소리의 여성이었다. 그녀는 강원도 태백시 황지3동에서 부모 없는 아이 10여 명을 돌보며 보육원을 운영하는 수녀라고 자신을 소개했다. 그러고는 K 어린이의 부모 산소를 찾고 싶다고 했다. 이에 그 아이의 주민등록등본과 사진 그리고 참고할 만한 사연을 보내달라고 요청했다. 3일 후 편지가 도착해 읽어보니 해당 학생이 사회가 필요로 하는 사람으로 자랄 수 있도록 부모님의 산소를 찾아 뿌리를 찾아주었으면 한다는 애틋한 마음이 담겨 있었다. 이에 마음먹고 편지와 사진을 들고 미탄 곳곳을 다니며 이장과 새마을지도자 등을 만났다. 하지만 몇 번을 확인해도 아는 사람을 만나지 못해 애만 탔다. 그러던 중 비가 오는 8월 1일, 창3리의 정용식 이장 집에 출장을 갔다. 업무를 마치고 마을 주민 여럿이 모인 자리에서 아이와 관련한 이야기를 들려주고 물어봐도 아는 사람이 없어 아쉬워하고 하고 있는데, 이장이 사진을 다시 보자고 하더니 "우리 집에 살던 사람 같다."고 하는 게 아닌가. 그의 말에 의하면 아이의 어머니는 86년에, 아버지는 87년에 사망하여 창리 인근 공동묘지에 묻혔다고 했다. 게다가 마을 사람들이 장사를 지내주어 위치까지 정확히 알고 있었다.

나는 기분이 너무 좋아 사무실에 돌아오는 대로 수녀에게 그 소식을 알려줬다. 그랬더니 그녀는 연거푸 감사 인사를 전하며 이른 시일 내에 방문하겠다고 했다. 그런데 정말 주말을 보내고 8월 5일, 아침 9시 30분경에 수녀는 그의 부친과 같이 생활하는 아이 4명과 면사무소를 찾았다. 즉시 우리는 이장의 안내에 따라 산소를 찾았으나 10년 동안 묵묘가 되어 알아볼 수 없을 만큼 풀이 무성하게 자라 있었다. 다행히 수녀가 미리 낫을 준비해 와 풀을 대충 제거한 뒤 간단히 챙겨온 술, 과일, 포를 차려 놓고 제사를 지냈다. 아이가 절을 하고, 수녀 부친이 축문까지 읊는 나름 격식을 차린 제사였다.

이후 일행은 미탄 시내에서 시원한 막국수로 점심을 먹고, 배웅하면서 아이들과 함께 먹으라고 큰 수박 한 덩이를 실어 보냈다. 그들이 타고 간 자동차를 보면서 자기만 아는 세상에서도 고마운 사람들이 있어 좋은 사회가 유지된다는 생각이 들었다.

그렇게 며칠이 흘러 8월 10일, 수녀의 부친에게서 편지 한 통이 왔다. 뜯어보니 공직에 있으면서 어린아이의 뿌리를 찾는 데 큰일을 해주어 고맙다는 내용이었다. 가로 120㎝, 세로 40㎝의 크기의 창호지에 정성스러운 붓글씨로 구구절절하게 작성하여 보내준 그 편지를 지금도 소장하고 있다. 그리고 이듬해인 1977년 12월에도 또 한 통의 편지를 받았다. 발신지는 제주도로 이때 역시 창호지에 붓글씨였다. 내용은 도움을 준 것도 고마운데 태백에 들러 아이들에게 좋은 일을 하고 가주어 부모로서 고맙다는 인사였다. 수녀가 건강 문제로 제주도에 가 있는 아버지에게 전화로 알려준 것이었다. 그렇게 정성이 담긴 편지는 처음이라 큰 감동을 받았다. 아무튼 나는 그 인연으로 매년 한두 번 태백에 방문하고 있다.

▶체육대회와 노성제

동부 지역 다섯 마을은 1950년대부터 체육대회를 했다. 1970년대에 20대였던 나의 또래는 행정 기관 주최로 마을 대항 경기를 할 때마다 축구와 배구, 씨름을 비롯해 각종 힘자랑에 나서야 했다. 이에 따라 학교가 있는 마을에서는 구기 종목을, 도로가 있는 마을에서는 마라톤 연습을 했다. 한마디로 주변 여건에 따라 젊은 층이 중심이 되어 패기와 열정으로 체육대회 준비에 임했다. 이로써 우승을 하는 마을에서는 하늘을 찌르는 듯한 환호성을 질렀다. 특히 마라톤 1~5위에게는 상품이 주어졌는데, 작은 양은 식기를 비롯해 양푼 대야를 받으면 살림에 보탬이 되니 어머니들이 함박웃음 짓던 게 지금도 생생하다.

그 후 1974년에 면체육회가 창립되면서 모든 행사는 체육회가 주최하였다. 또 1979년부터 읍 승격 기념행사 및 체육대회는 매년 5월 1일에 개최했다. 하지만 이제는 젊은 사람보다 노년층이 많아 중앙과 동서남북 단위로 팀을 만들어 경기를 진행한다.

한편, 1978년에 처음으로 개최한 노성제는 지역을 대표하는 종합 축제가 필요하다는 평창군 방침에 따라 마련한 행사다. 주관 부서가 문화공보실이 되어 나는 3회까지 진행하는 동안 졸병 생활을 해야 했다. 그런데 행사 준비로 복사를 해야 할 일이 많았다. 복사를 하려면 중학교 담장 옆 별관의 재무과에 가야만 했다. 다른 부서에서 쉴 새 없이 들락날락하는 처지라 눈치가 보여 나는 주로 점심시간을 이용했다. 웃음도 나지만 결코 웃을 수만은 없는 기억이다.

　이렇게 그 시대에는 사무기기가 귀했다. 그로 인해 모든 문서를 수기로 작성해야 했는데, 1990년대에 들어서면서 컴퓨터가 본격적으로 공급되었다. 글씨 솜씨가 없는 나 같은 사람에게는 기쁜 일이었다. 이때 사용하던 철 책상, 캐비닛 등의 사무실 집기는 이제는 골동품이 되어 공구 보관용은커녕 고물상에서도 보기 힘들어졌다.

1983년도 제6회 노성제 가장행렬
(평창어린이집 원생들이 신호등사거리를 지나고 있으며,
양옆으로는 구경꾼과 멀리는 구 면사무소 버드나무와 송계산이 보임)

　다시 행사 이야기를 이어가 본다. 연중 개최하는 전국의 축제가 3만 여개가 된다는 보도를 본 적 있다. 그랬던 것이 최근 코로나19로 대부분이 중단되었다. 우리 지역의 노성제도 마찬가지였으나 몇 년 전부터 노산문화제로 명칭을 변경해 이어가고 있다. 이 축제와 관련해 간부회의에 참석했던 경험이 있다. 다름 아니라 처음 노성제를 개최할 당시에는 행사의 기본적인 예산만 확보하고, 불꽃을 터트리는 화약 구입과 같은 예산이 많이 소요되는 부분은 행정 기관 인허가를 받은 관허 업체로부터 기부를 받았다. 다시 말하면, 준조세를 징수하여 행사 비용을 조달했다. 이때 간부회의는 기부받은 실적 위주로 보고를 했는데, 실장과 계장이 부재중이면 어쩔 수 없이 졸병이 대신 해야 했다. 게다가 직제 순위에 따라 좌석 배열을 하여 첫 번째로 앉아 보고를 해야 해서 가시방석에 앉은 듯 좌불안석이었던 느낌이 남아있다.

노성제에서 결코 빼놓을 수 없는 이야기는 본 행사 하루 전 전야제로 펼쳐지는 가장행렬이다. 유치원, 초등학교, 중학교, 고등학교 등 6~7개 팀에서 학생들이 참가해 평창중학교에서 출발하여 농협중앙회 평창군지부 앞과 시가지 중심인 신호사거리에서 한바탕 볼거리를 보여주었다. 그중 단연 최고의 볼거리는 고등학생들이 임진왜란 때 노산성지를 지켰던 장면을 연출한 공연이다. 그러면 신호사거리는 남녀노소가 한데 어우러져 분위기가 최고조에 달했다. 이 외에도 학생들은 행사 기간 동안 사생대회에 출전하여 여러 어른에게 뜨거운 지지를 받았다. 계절상 가로수 은행나무가 한창 물들 때라 노랑 잎이 흩날리면 축제 분위기는 더욱 고조되었다.

이런 내용이 우리 고장의 향토지인 《평창군지》에도 실려 있다. 1979년 12월에 초판을 발간한 《평창군지》는 돌기와 문학 동인회를 중심으로 편찬위원회를 구성하여 2년에 걸쳐 만들어졌다. 그때 수고한 이들 대부분 그인이 되었으나, 그들이 있었기에 우리 군의 뿌리를 군민에게 알려줄 수 있으니 어찌 고맙지 않을 수 있을까.

제 5 부
내 삶의 버팀목

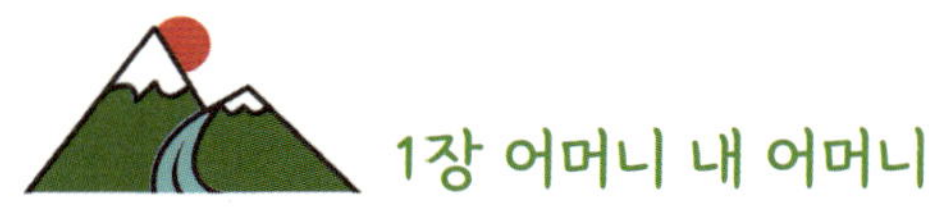

1장 어머니 내 어머니

▶어머니 전 상서

2021년 11월 방영된 KBS 인간극장 〈O 할머니와 아홉 오누이〉 5부작을 보면서 사람은 태어나는 순서는 있어도 떠나는 순서는 없다는 말이 새삼 실감이 났다. 더욱이 나이가 많고 적음을 떠나 아프지 않고 건강하게 사는 것이 최고 행복이 아닐까 싶다. 오죽하면 9988 즉, '99세까지 팔팔하게'라는 구호가 생겼을까. 이는 육체와 정신적 건강 모두 아우르는 말이며, 이렇게만 된다면 본인은 물론 자식에게도 큰 복이다.

아무튼 인간은 어머니라는 존재를 통해 세상에 태어난다. 그런 어머니는 가족을 위해 태산 같은 삶의 무게를 지고 살다가 80, 90 고령이 되면서 건강에 안타까운 신호가 하나둘 나타난다. 이는 우리 어머니도 예외는 아니었다.

어머니는 막내로 태어나 18세에 중매로 아버지를 만나 결혼했다. 일제강점기와 6.25 전쟁을 지나면서 홀로 아이를 키우다가 2명의 자식을 잃었다. 그 후 부모님은 6명의 아이를 낳아 기르면서 화전을 일구어 감자와 옥수수로 끼니를 해결하며 삶을 이어갔다. 그 와중에도 어머니는 자식들을 먹이고, 공부시켜야 한다며 언제나 본인의 배고픔을 달래며 우리 남매부터 챙겼다. 그랬던 어머니가 상 할머니가 되었다. 98세에 키 150㎝, 몸무게 40㎏. 작은 체구였지만 2019년까지 건강했다. 그랬던 어머니가 이야기하는 게 이전과 달랐다. 특히 2020년 이른 봄, 감기를 앓고, 가을에 두 번의 사고를 겪고서 더 달라졌다. 나이 10번을 물어도 70이라 했다. 그뿐만 아니라 아침저녁으로 먹는 약을 밥상 위에 두어도 잊기 일쑤였다. 그뿐만 아니라 가스 경보기가 울린 게 한두 번이 아니다. 냄비를 태워 방 안을 연기로 가득 채우는 일이 많았던 것이다. 가스차단기를 설치해 둔 게 다행이었다. 게다가 싱크대 수도꼭지를 틀어놓고 잠그지를 않아 수도 요금이 많을 때는 10만 원을 넘기고 했고, 아내가 계절마다 선물한 옷은 한두 번 입고 옷장에 넣어두었다가 찾지를 못했다. 추운 겨울에는 보일러를 자주 꺼서 싸늘한 냉방을 만들기도 했다.

이런 어머니가 자식들 이름을 부르면 보고 싶다는 뜻이었다. 6남매에 손주 14명, 증손 11명. 그런데 손주 이름도 기억하지 못했다. 그런 상황에서도 어머니는 식사를 할 때마다 수십 번씩 나에게 밥을 먹으라고 했다. 자식은 아무리 나이가 들어도 아이 같다더니 정말 그런가 보다 했다. 하지만 매번 순응하기는 힘들어 큰소리가 오갔다. 이유인즉, 청각이 떨어져 볼륨을 높여야 했기 때문이다. 결국엔 손으로 'X'를 그렸다. 이처럼 의사소통이 힘들어진다 싶으면 종이 고깔을 만들어 귀에 대고 말하기도 했다.

한번은 가슴이 답답하고, 아프다하여 복부 CT 촬영을 했다. 그 결과 폐와 대동맥에 혹과 혈전이 발견되었는데, 대학병원에 가도 별 소용없다고 했다. 그 말을 듣고 큰 걱정을 했으나 뇌경색 약을 꾸준히 복용하면 도움이 된다는 의사의 처방에 한시를 놓았다. 하지만 100세를 바라보는 어머니가 조금만 걸어도 숨이 차다며, 심신의 무게를 이기지 못하는 모습을 보고 있자니 안타까운 마음이 절로 들었다.

　그러던 어느 날, 어머니는 낙상으로 골반 골절상을 입었다. 의사가 입원을 권했지만 기어이 거절하여 약만 받아왔다. 아마도 병원에 혼자 둘까 봐 그랬던 게 아닐까 싶다. 다행히 한 달 후 많이 좋아졌는데, 두 달 후 낙상하여 얼굴에 큰 상처를 입고 보름 동안 동네 병원에 다녔다. 일주일은 등에 업고 병원 건물을 오르내려야 했는데 쉬운 일이 아니었다. 그리고 겨우내 집을 벗어나는 일이 없었는데, 식사를 안 해도 걱정, 많이 해도 걱정, 잠자리에 누워만 있어도 걱정, 문밖을 나오면 넘어질라 걱정. 아플 때 찡그린 얼굴만 봐도 속상했다. 가장 골치는 목욕이었다. 내가 씻겨준다고 하면 안 해도 된다고 하고, 어쩌다 등이라도 밀어주면 불편해해 요양원 목욕 팀을 신청해 잘 이용했다.

　이처럼 일상의 불편함이 늘어나니 결단이 필요했다. 결국 2021년 6월, 치매 판정을 받고 주간보호시설 신청을 하려 했다. 예상했지만 어머니는 처음에는 한사코 가지 않으려 했다. 그래도 전문가의 도움이 필요했기에 잘 설득하여 2~3번 동행해 식사하면서 적응 기간을 가졌다. 그로부터 며칠 뒤, 어머니도 동의하여 보호시설 생활을 시작했다. 그런데 준비하는 시간부터 차량에 탑승하기 전까지 영락없이 어린이집에 가지 않으려고 투정 부리는 4~5살 손주 같았다. 그 모습이 안쓰러우면서도 어쩔 도리가 없었다. 솔직히 우리 나이에 부모가 있으면 구순이 넘고, 아들딸과 손주까지 있다. 더군다나 손주 육아를 도와줘야 하는 상황이면 부모까지 보살필 겨를이 없다. 물론 이 세상에 태어나 부모의 도움이 없었다면 무사히 성장할 수 없었다는 걸 잘 안다. 그런 연로한 부모님은 말동무만 해주어도 행복해한다. 하지만 24시간 지켜봐야 하는 치매가 있는 경우에는 이야기가 달라진다. 자식 된 도리로 미완성 시대에 금이야 옥이야 길러준 데에 대한 보답을 하고 싶어도 일상생활을 이어가야 하니 기관의 손을 빌리게 되는 것이다. 이런 경우 부모님에게 미안한 마음이 드는 건 어느 자식이나 마찬가지가 아닐까 한다.

　애석하게도 어머니 치매 현상은 나날이 심해졌다. 속옷에 대변을 묻히는가 하면, 그릇마다 쌀을 씻어 담아두거나, 식사한 지 10분이 채 지나지 않아 밥을 먹지 않았다며 밥을 넣어둔 보온밥통을 찾았다. 또 속옷을 비롯해 바지도 2개씩 입곤 했다. 그걸 보지 않았다면 모를까 옆에서 보는 자식 속은 미어졌다. 거기다가 주간 보호시설에 가기 위해 아침마다 전쟁을 치러야 했다. 마치 어린이집에 보내는 젊은 직장인이 된 듯했다. 이에 힘들다는 소리가 절로 나오니, 10여 년을 모신 사람의 입에서 나온 말이라 남매들은 어머니를 요양원에 모시는 것으로 뜻을 모았다. 이런 사실을 전하자 어머니는 가지 않겠다고 했고, 내 마음은 오만가지 감정으로 소용돌이 쳤다. 한동안 어머니 얼굴이 아른거려서 '조금 더 참고 기다려볼 걸.' 하는 후회도 많이 했다. 하지만 현실은 현실이었다.

　내 마음을 가장 미어지게 만든 건 요양원에 입소하기 전 어머니가 즐겨 먹던 음식을 마주할 때였다. 어머니는 겨울철 아침이면 호박죽과 팥죽을, 저녁에는 진밥에 시래깃국으로 끼니를 해결했다. 잘게 썬 김치 위에 두부를 깔고 다진 마늘과 고춧가루, 간장으로 미리 만들어 둔 양념을 넣어 졸인 두부찌개도 좋아했다. 불고기백반에는 밥 한 공기를 다 비웠다. 그 외에 간식은 잡채, 라면, 찐고구마, 삶은 계란, 찰옥수수, 메밀부침, 인절미, 홍시, 딸기, 유제품을 선호했다. 그래서 2~3일마다 마트에서 장을 보고, 아내가 챙겨드렸다.

　이렇듯 어머니와 연관된 일이나 사물을 볼 때마다 코끝이 찡해졌다. 아마도 아버지가 한 줌의 흙이 되어 세상을 떠나는 걸 경험하기는 했으나 부모가 요양원으로 가는 일은 70이 넘은 나이에 처음 겪은 데서 온 공허함이 아니었을까 한다. 그런 데다가 자녀들이 오면 집에 데려가 달라고 조르니 적응 기간에는 대면이 제한되었고, 시기상으로도 코로나19에 의한 거리두기가 시행되던 때라 면회가 자유롭지 않았다. 한마디로 자식 입장에서 진퇴양난이나 다름없었다.

　그래도 따라야 할 방침이니 며칠을 버티다가 입소 20여 일 만에 요양원을 찾았다. 면발치에서 유리창 사이로 거실에 앉아있는 보일 듯 말 듯한 어머니의 모습만 보고 돌아서야 했다. 다시 한번 어머니의 요양원 생활이 체감되면서 자식과 돈이 있으면 무슨 소용이 있나 하는 마음에 울컥했다. 이 감정은 직원과 상담하면서 더 짙어졌다. 그도 그럴 것이 모든 어르신이 자식이 오면 따라가야 한다며 항상 옷과 신발을 곁에 두는데, 어머니도 그렇다는 얘길 들었기 때문이다. 그 순간 유지나가 부른 〈모란〉이 스쳤다. 그 가사를 옮겨와 본다.

〈모란〉
엄마를 닮았구나 거울 속 나의 모습이
엄마를 닮았구나 눈가에 내린 주름도
모든 걸 닮았구나 세상을 사는 모습도
눈물도 웃음도 입맛까지도
엄마가 그랬었지 나처럼 살지 말아라
엄마가 그랬었지 남 하는 것 다 해봐라
여자라 참지 마라 어떠한 순간에도
언제나 엄마는 너의 편이라고
엄마 엄마 엄마 엄마
부를수록 먹먹한 그 이름 엄마
제발 아프지 마세요
사랑합니다 죄송합니다

아기처럼 점점 작아지는 울 엄마

다음 세상엔 그때는

엄마가 나의 딸로 태어나주세요

　　그렇게 서로 떨어져 지내는 일상에 적응해 가던 무렵, 요양원으로 부터 연락이 왔다. 어머니가 코로나19에 확진되어 코로나 병동으로 옮겨야 하니 보호자가 일주일간 와달라는 요청이었다. 당시 형제 중 2명도 자택 격리 중이라 내가 가게 되었다. 내가 해야 할 일은 침대에 오르내릴 때, 화장실에 갈 때, 식사할 때 보조하는 역할이었다. 하지 만 더 큰 문제가 기다리고 있었다. 2인 1실 병실이라 옆 사람에게 피 해를 주지 않기 위해 주의를 기울여야 하는 건 기본이고, 퇴원할 때 까지 병실 문을 열 수도 없었고, 복도 출입도 할 수 없다고 했다. 그 야말로 감옥살이가 따로 없었다. 그런 가운데 어머니는 오랜만에 자 식과 함께하는 게 반갑기도 하고, 속상했던 마음을 알아주길 바랐는 지 곧잘 투정을 부렸다. 식사가 나오면 잘 먹다가도 먹지 않겠다고 하 고, 집에 가겠다며 했던 이야기를 자꾸만 반복했다. 그러면 나는 하룻 밤만 자고 가자는 말로 어르고 달래야 했다. 당연히 그런 일은 일어나 지 않았고, 어머니는 퇴원하는 날 휠체어에 앉은 채 요양원 차량에 올 라 곧장 요양원으로 향했다. 쓰라린 내 심경을 알아차리기라도 했는 지 간호사와 요양원 직원들이 연세에 비해 어머니가 건강하다고는 했 지만 그 말이 100% 위로되지는 않았다.

　　그 일이 있고 난 후, 비대면 면회를 간 날이었다. 이전에는 매번 옷 가지와 신발을 가져와 데리고 가 달라고 하더니, 처음으로 어머니는 기분 좋게 웃으면서 손을 흔들었다. 그제야 안심이 된 나는 덩달아 기 분이 좋아져 집으로 돌아올 수 있었다. 가을 추수를 마치고 첫 대면 면회를 한 날에는 아이들 이름을 부르면서 아내의 안부를 묻기도 했다. 이제는 어머니 마음도 안정이 된 듯해 한시름 놓였다.

그런데 그게 마지막 만남이 될 줄은 몰랐다. 원주에 있는 아들 집에서 하룻밤 지내고, 아침 일찍 평창으로 오는 중에 7시 40분경 어머니가 숨을 거두었다는 연락을 받았다. 요양원에 입소한 지 딱 225일 만이었다. 곧장 요양원으로 달려가 누워있는 어머니와 마주했다. 그때까지만 해도 어머니 몸에는 온기가 남아있었다. 그러나 서서히 식어가는 게 느껴지자 아버지와 마찬가지로 평생을 가까이에서 살면서도 임종을 지키지 못한 데에 대한 미안함이 강하게 밀려왔다. 심지어 둘째 아들만 찾아서 식사를 하지 않겠다고 떼를 쓸 때마다 둘째 아들이 가져온 음식이라고 하면 마지못해 먹을 만큼 유독 나를 찾았다고 하니 더 괴로웠다. 더불어 더 살갑게 해드리지 못하고, 요양원에 모신 게 한없이 죄스럽기도 했다.

한편, 어머니를 떠나보내며 나는 칠순의 자식으로서 눈물을 흘리며 인생을 되돌아보게 되었다. 그 끝에 비슷한 상황을 겪고 있는 이들에게 전하고 싶은 말이 생겼다. 요양원 생활이 당사자와 가족에게 좋은 점도 많지만 심리적으로 힘든 부분도 많으니 고심하여 선택하라는 게 그것이다.

나는 여전히 어머니가 그립다. 그리고 어떤 이유에서인지는 모르겠지만 수년 전, 과거 돈벌이가 없을 때 우리 6남매를 키울 때는 무척 힘들었는데, 이제는 하루 일당이 10,000~15,000원을 받아 재미있다고 했던 어머니의 말이 자꾸만 맴돈다. 그리고 어머니는 힘들게 벌어온 돈을 고스란히 아버지에게 주었는데, 허리를 다쳐 거동이 불편한 아버지는 돈 새는 재미로 시간을 보내다가 돈이 한 묶음 모이면 아픈 몸을 이끌고 농협을 찾았다. 아마도 내가 그 시절 부모님 나이에 가까워져 오니 더 생각나는 게 아닌가 싶다. 이런 내 마음을 그대로 담은 듯한 안성훈이 부른 〈엄마꽃〉을 가만히 들어본다.

〈엄마꽃〉
오래된 사진 속에 어여쁜 당신의 얼굴
청춘의 달콤했던 꿈들은 모두 과거로만 남아버렸나
아들딸을 키우시느라 버려야만 했던 것들
후회한 점 없으시다는 나밖에 모를 사람
꽃이 피었네 꽃이 피었네 우리 엄마 젊었을 적에
눈물이 나요 눈물이 나요 나 땜에 변한 것 같아
그래도 온 세상 제일 예쁘다
엄마 엄마 우리 엄마꽃
못난 자식 걱정하느라 뭉그러져버린 가슴
엄마라는 이유만으로 티 낼 수 없는 사람
꽃이 피었네 꽃이 피었네 우리 엄마 젊었을 적에
눈물이 나요 눈물이 나요 나 땜에 변한 것 같아
그래도 온 세상 제일 예쁘다
엄마 엄마 우리 엄마꽃
미안해요 우리 엄마꽃
엄마 엄마 엄마 우리 엄마꽃

더불어 어머니 장례식 마지막 날 빈소 앞에서 외손녀 명희가 남긴 글도 그대로 옮겨본다.

〈수(壽) 98세, 배옥녀〉
22. 12. 10. 오전 8시 23분. 평상시 통화하지 않는 시간대 전화.
긴장하여 받은 언니의 전화.

거의 한 세기를 살다 돌아가신 외할머니. 1925년생. 일제강점기
에 태어나 대한민국 독립을 보고, 한국전쟁에 피난 갔다가 아무것
도 없는 시절 갠손으로 논밭을 일구어 3남 3녀를 키우고, 장성한
14명의 손자 손녀를 남기고 가셨다.

가끔 사는 게 거겁다고 투정 부린 나는 감히 상상할 수 없는 세월
이다. 좀 더 좋은 거 먹고, 좋은 거 보고, 좋은 세상 즐기고 가셨으
면 좋으련만, 오로지 자식들 걱정에 80이 넘어서도 밭일을 나가
셨다. 할머니가 농사지은 옥수수, 고춧가루, 들깨, 감자. 고마운
줄도 모르고 당연하게 먹었는데, 이젠 그 맛있는 정성을 먹을 수
없다.

아주 어렸을 때, 소를 키웠던 할머니 집. 옛날 집이라 문도 작고,
구석구석 공간이 많아 숨바꼭질하기 좋았다.

여름 방학 때 할머니 집에 가면, 가마솥에 삶아 준 옥수수가 주식
같은 간식이었다. 찰진 옥수수의 달콤 짭짤한 국물 맛. 옛날 양은
주전자에, 얼음 동동 띄워 설탕 듬뿍 넣은 달달한 미숫가루. 할머
니가 숟가락으로 휘휘 젓고 있으면, 스댄 밥그릇 들고 줄서서 따
라주기를 기다렸던 시원한 맛.

오랜만에 손녀들 왔다고, 할아버지가 장에 가서 간고등어 사 오시
면 무 깔고, 고춧가루 넣고, 자글자글 끓여준 고등어조림. 비릿한
냄새와 심하게 짠 고등어 살은 밥도둑. 지금은 손도 안 대는 비린
향이지만, 할머니가 해준 고등어조림은 그토록 맛있었던가.

더 이상 할머니가 해준 밥을 먹을 수 없을 땐, 냉장고에 있는 반찬
꺼내 할머니가 담근 오래된 고추장에 비벼만 먹어도 밥도둑. 할머
니 고추장은 정말 인생 최고의 고추장.

어찌 할머니에 대한 추억이 전부 음식인고. 흉내 낼 수 없는 추억
의 맛.

안 좋은 추억도 있다. 엄마는 3남 3녀 중 맏딸로, 맏딸은 살림 밑

천이라고 했던가. 다른 형제들은 학교 다녀도, 엄마는 동생들 돌보느라 가고 싶은 학교도 못 갔다. 엄마의 평생 한이다. 미용 기술 배워 동생들 월사금 냈다는 삼촌 이야기. 그래서인가 외할머니는 유독 엄마를 불쌍해했다. 잘살기를 바라고, 외할머니 아래 맏아들과 맏며느리, 장손 의외의 가족들은 모두 서러움 하나씩 가지고 있다.

어렸을 땐 차별하는 할머니가 미웠고, 작게 반항도 했다. 참 별나다. 지금은 그 시대 할머니가 이해되고, 조금 덜 미워할 걸 후회도 된다.

발인. 요양원에서 그토록 가고 싶어 했던 할머니 집. 영정사진으로 들른 집.

할머니가 가시는 길. 경로당의 허리가 구부정한 할머니 친구가 배웅을 나오셨다. 잘 가라고 손 흔들어 주시는데, 울컥. 덜 외로웠으면. 이렇게 작별 인사.

한 세기, 긴 인생. 사느라 살아가느라 애쓰셨어요. 자식 걱정 그만하시고, 배옥녀로 편히 쉬시길. 다음 생에는 배옥녀로, 자신을 위한 삶을 사시길.

이 와중에 나이와 서열 상관없이 손녀들은 이름도 못 올리는 유족. 한국 장례 문화도 바뀌어야 한다는 두 번째 절감.

▶뒤늦게 불러보는 사모곡

본디 떠난 사람은 말이 없고, 남은 사람은 못다 해 준 후회로 눈물 짓는다 했던가. 나 역시 어머니를 그렇게 보내고 나니 성인이 되기까지 부모님을 속 썩인 일만 생각났다. 겨울철에 논바닥 얼음판에서 놀다가 물에 빠져 논두렁에 불을 지펴놓고 귀한 나일론 양말을 태워 먹은 건 기본이고, 학교에서 돌아와 밥이 없다고 화로를 걷어찬 일, 밤에 꿈꾸다가 오줌을 싸 이불에 지도를 그리는 바람에 냉방에서 벌서던 일, 학교에서 저금한다며 며칠을 졸라 100원을 받아 50원만 내고 나머지는 라면땅과 건빵을 사 먹은 일, 학교 월사금을 낼 무렵이면 아버지는 장작 구입할 가정을 미리 예약받아 손수레에 나무를 싣고 나에게 함께 가자고 했는데 그때마다 툴툴거렸던 일, 철도 들었을 만큼 든 고등학교 3학년 마지막 소풍에 10원 짜리 동전을 주며 다녀오라기에 어깃장을 부리며 가지 않은 일 등 헤아릴 수 없이 많다.

한번은 식목일 행사를 마치고 집에 돌아오니 오전 11시였다. 배가 고파 부엌과 장독대를 뒤져보아도 먹을 게 없어 아쉬워하고 있는데 김칫독을 묻어둔 김치 우리가 눈에 들어왔다. 열어보니 고추장 원료인 조청이 가득 담겨 있기에 두 그릇을 먹고 덮어두었다. 그 사실을 모르는 어머니는 형을 야단쳤고, 나는 20년이 지나서야 어머니에게 이실직고 했다. 세월이 한참 지나기도 했고, 마음의 여유가 생겼는지 어머니는 우습다며 "그랬구나." 하고 넘어갔다.

아무튼 우리 남매 인생의 토양은 부모님에게 받은 꾸중이라고 해도 과언이 아니다. 잘못을 할 때마다 바른길로 인도해 주셨으니 말이다. 특히 어머니는 모두가 어렵게 살던 마을에서 공무원과 국민학교 교사로 지내는 옆집 아저씨를 보며 우리가 공무원이 되길 소망했다. 그 마음이 얼마나 간절했던지 아버지와 언쟁을 높일 때마다 아버지를 향해 "당신 머리에서 포마드 향수 냄새 한번 맡아보면 원이 없겠다."고 했다. 또 형이 고등학교 졸업 후 소를 기르겠다는 말에 일주일을 씨름했다. 결국 형이 두 손 두 발 들고 공무원을 선택했고, 동생도 어머니 성화에 공부하는 척만 하다가 친구의 합격에 영향을 받아 경찰 시험에 합격했다. 결론적으로 우리 형제는 어머니 덕분에 노후까지 보장이 되는 공무원을 하게 된 셈이다.

이에 부모님이 낳아주고, 길러주고, 공부시켜 주고, 먹고 살게 해준 데에 대한 1/10이라도 갚고 싶지만, 더는 그럴 수도 없다. 그런 부모님의 삶이 태진아가 부른 〈사모곡〉과 같아서 듣고, 또 듣는다.

〈사모곡〉
앞산 노을 질 때까지 호밋자루 벗을 삼아
화전밭 일구시고 흙에 살던 어머니
땀에 찌든 삼베적삼 기워 입고 살으시다
소쩍새 울음 따라 하늘 가신 어머니
그 모습 그리워서 이 한밤을 지샙니다
무명치마 졸라매고 새벽이슬 맞으시며
한평생 모진 가난 참아내신 어머니
자나 깨나 자식 위해 신령님 전 빌고 빌며
학처럼 선녀처럼 살다 가신 어머니
이제는 눈물 말고 그 무엇을 바치리까

▶어머니에게 들은 전쟁 이야기

어머니를 보낸 세월이 얼마 되지 않아서인지 어머니와 관련한 추억이 자꾸만 스친다. 평창에서 태어나고 자라 공직 생활을 마치고도 지금까지 살고 있으니 부모님의 그림자 아래에 있다고 해도 과언이 아니라 본다. 그래서 지금부터는 어머니로부터 들은 옛이야기 중 가장 인상적이었던 6.25 전쟁 시 1.4 후퇴 때 피난 다니던 스토리를 풀어보려 한다.

피난 갈 때 아버지는 청방에 가 있었던 상황이라 어머니는 임신한 몸으로 3살짜리 아이를 등에 업고 홀로 피난 보따리를 싸야 했다고 한다. 그때가 1950년 11월 30일로 어머니는 26살이었다. 그렇게 평창을 떠나 지금의 31번 국도를 따라 마지에서 하룻밤을 보냈다. 그리고 다음 날, 영월 녹전과 경상북도의 우구치재 경계를 넘어 봉화군 춘양면 서벽까지 갔다가 45일이 지난 1951년 1월 13일에 평창으로 돌아왔다.

당시 모든 피난민이 힘들고 어려웠겠지만 어머니 사연은 더 특별했다. 식량이 없어 동냥으로 겨우 배고픔을 달래는 건 기본이고, 그 와중에 털지 않은 콩 더미를 발견해 그것으로 며칠을 겨우 끼니를 때웠다. 마음을 더 아프게 하는 건 비행기 폭격이 심해지면 철판 드럼통에 들어가 피해야 하는데 임신한 몸이라 들어가지 못하고 살아남기 위해 고군분투해야 했다는 사실이다.

그런 어머니가 살기 위해 안간힘을 쓴 이유가 있었다. 다름 아니라 피난 가기 전에 아들딸 하나씩 하늘나라로 먼저 보낸 경험이 있었기 때문이다. 피난길에 오른 것도 아들을 살리기 위해서였는데, 아이가 그만 홍역에 걸리고 말았다. 약도 없는 상황이라 자식 하나를 또 잃을까 봐 봉화 우구치 경찰지서를 찾아 하룻밤만 머무를 수 있게 해달라고 사정하여 허락을 받았는데, 피난 생활을 하느라 잠을 제대로 못 잔 터라 아이는 아이대로 어른은 어른대로 잠에 취해 있으니 지서 직원이 아이를 살피라고 깨우기도 했다고 한다. 그리고 고맙게도 지서 주임이 사원을 시켜 좁쌀 차 한 주전자를 만들어 주었고, 일주일을 머물수 있게 해주었다고 한다. 이유인즉, 이튿날 평창으로 가겠다는 어머니 말에 현재 평창 지역에서 우리 군과 적군이 싸움이 벌어지고 있으니 조금 더 있다가 가라고 한 것이다. 덕분에 목숨도 무사했고, 그사이 아이의 홍역도 가라앉았다.

어머니에게는 이것이 결코 잊을 수 없는 일이라 시시때때로 이와 관련한 이야기를 했고, 우리 남매는 공감했다. 한번은 어머니의 꿋꿋

한 정신이 새삼 대단하게 느끼는 계기가 있었다. 6.25 전쟁 1,129일을 다룬 책을 우연히 접하면서였는데, 그 책에는 당시 전시 상황이 세세하게 담겨 있었다. 설명을 곁들여 보면, 1951년 1.4 후퇴 때, 중공군의 총공격으로 평창과 영월, 원주, 홍천, 횡성 등 중부 지역은 치열한 격전지였다고 한다. 1월 13일에는 인민군이 영월을 점령했으며, 1월 15일과 19일이 전투가 가장 심했고, 1월 24일에 UN군이 영월로 재돌입하여, 1월 28일에 영월과 단양에서 적군을 궤멸하고, 2월 3일에 미군이 평창 지역을 탈환했다는 기록도 나온다. 이를 바탕으로 어머니가 음력 날짜로 이야기한 것을 양력으로 찾아보니 기록과 일치하는 것을 알게 되어 귀한 자료가 되었다. 또 실제로 지금도 그 흔적을 엿볼 수 있는 곳이 일제강점기에 놓인 중리구교다. 중리구교는 6.25 전쟁 때 폭격을 맞아 난간 한쪽이 부서져 철판으로 수리했으나, 다리 밑 교각과 교량 상판을 살펴보면 훼손된 자리가 그대로 보인다.

한편, 우구치지서 주임이 고마웠던 나는 1997년 봄, 어머니 생신을 기념해 그를 찾기 위해 봉화군 춘향면의 서벽지서를 찾아 방문한 이유를 전했다. 내 말을 들은 직원은 그때 평창 지역 사람들이 춘향과 서벽으로 피난을 많이 왔는데, 목숨을 많이 잃었다는 설명과 함께 찾고자 하는 주임은 너무 오래전의 일이라 찾기가 쉽지 않을 것 같다고 말했다. 결론적으로 찾지 못했는데 성의 부족이었던 것 같다.

이렇듯 어머니의 피난 이야기만 들어보더라도 6.25 전쟁 때 도움을 준 이들은 피를 나눈 부모 형제보다 더 고마운 사람들이다. 특히 군인을 파견해 준 16개국은 우리 국민이라면 정말 잊어서는 안 될 동맹국이다.

▶어머니 가신 자리에 남은 요강

앞서도 언급한 바 있지만 나의 어린 시절 1950년대는 식량이 부족하여 죽을 먹는 가정이 많았다. 우리 집도 예외는 아니었는데, 가족이 많아 하루는 콩죽, 다음 날은 콩갱이, 그다음 날은 국죽을 먹었다. 그런데 어머니는 우리가 죽을 안 먹으려고 하니 그나마 우리가 잘 먹는 콩죽을 하루건너 만들었다. 문제는 재료를 조금 넣고, 물을 많이 넣어 묽게 만들면 한 시간 뒤부터 오줌이 자주 마려웠다. 이에 따라 부모님은 초저녁이 되면 안방에 사기로 만든 큰 요강을 두어 볼일을 볼 수 있게 했다.

하지만 새벽에는 요강에 오줌이 가득해 조심해야 했다. 자칫 잘못하면 용무는 고사하고 엉덩이가 젖었기 때문이다. 그러면 밖은 어둡고, 무서워서 참다가 한계에 다다르면 화장실로 달려가곤 했다. 그리고 아버지는 아침마다 오줌이 찰랑찰랑한 요강을 쇠똥 거름 더미에 버렸다.

시간이 흘러 아버지의 역할을 얼마 전까지 내가 하게 되었다. 구순이 넘은 어머니가 항상 요강을 옆에 두고 사용해 아침마다 내용물을 양변기에 버려야 했으므로. 그때마다 옛일을 뒤늦게 품앗이하는 듯했으나, 이제는 이마저도 하지 못하게 되었다. 그저 당신이 가고 난 자리에 빈 요강만 덩그러니 놓여있을 뿐이다.

2장 나의 사랑 나의 가족

▶아버지를 보내고 얻은 깨달음

어머니 이야기를 한참 했는데, 아버지를 빼놓을 수는 없는 노릇이다. 지금부터는 아버지의 추억을 꺼내본다.

1986~1987년, 그 무렵이었다. 평창이 고향이 고향이고, 부군수로 지낸 C 씨의 부친 장례식에 갔었다. 놀랍게도 C 씨는 지병으로 인해 눈이 보이지 않는 상태로 문상객을 응대하고 있었다. 옆에 서 있는 손자에게 누가 왔는지 안내를 받으면서. 하지만 당시에 나는 졸병에 지나지 않아 이름을 듣고도 알지 못했고, 아버지 성함을 말해도 상황은 같았다. 그러다가 언뜻 떠오르는 게 있어 아무개 사위라 하니 금방 알아차렸다. 장인이 예비군 중대장으로 오래 지냈고, 부군수도 군 생활을 꽤 했던 사람이라 말했는데 그게 통했던 것이다.

이렇게 장인은 이름만 대면 제법 많은 이가 알았다. 반면, 우리 아버지는 평생을 가족 먹여 살리는 일에 최선을 다하느라 동네를 벗어나면 아는 사람이 많지 않았다. 그런 아버지는 집안 살림이 넉넉지 않아도 우리 남매에게 단 한번도 "일해라.", "나무해라."는 소리를 하지 않았다. 연세가 들었을 때는 "더 놀다 가라."는 말만 했다. 말동무가 필요한 듯했다. 그렇게 20년이 지나 89세가 된 아버지는 평창의료원에 입원했다. 그리고 이틀 뒤인 2010년 10월 7일 새벽 3시경, 당직

간호사의 다급한 전화를 받았다. 바로 달려갔음에도 아버지는 이미 숨을 거둔 상태였다. 어머니 혼자 임종을 지켜보게 한 게 지금도 후회스럽다. 또 아버지의 마지막 모습도 여전히 눈에 선하다. 그 무렵 나는 노성제 관계로 급한 업무가 있었던지라 아버지가 입원하고 저녁이 되어서야 가족과 함께 의료원을 찾았다. 원장의 조금 더 지켜보자는 소견을 듣고, 밤 11시가 넘어 내일 아침에 보자며 인사했는데, 그것이 우리의 만남이었다. 하룻밤을 더 못 버티고 아버지가 세상을 떠난 것이다. 아무도 예상하지 못한 일이었다.

한편, 아버지가 돌아가신 후 꿈을 꿀 때마다 아버지가 나타났다. 어머니와 형제들에게 그 이야기를 했더니, 다른 사람들에게는 그런 적이 없다고 했다. 아버지가 왜 나에게만 보이는가 하고 홀로 아버지 산소에 여러 번 다녀왔다. 하루는 아내와 아들, 며느리와 방문해 산소 앞에 술 한잔 부어놓고, 아들과 이런저런 대화를 나누었다. 그러고는 "어머니는 제가 옆에서 잘 모실 테니 걱정 말고, 편히 계세요. 우리 가족도 잘 보살펴 주시고요!"라고 하고 돌아왔다. 그 뒤로 꿈에 아버지가 덜 보였다. 그래서 나는 혼이 있다는 걸 믿고 싶어서 '저승'의 사전적 의미를 찾아보았고, 사전에는 '사람이 죽은 뒤 그 혼이 가서 사는 세상'이라고 정의하고 있었다.

안타깝게도 부모님 모두 천수를 넘기지 못하고 저승으로 갔다. 지나고 보니 효도다운 효도를 하지 못했다 싶다. 더불어 효도라고 해서 거창한 게 아님을 절실히 느낀다. 가까이 있다면 종종 말동무가 되어주고, 멀리 있다면 안부 전화라도 자주 하고, 명절에는 바쁘더라도 얼굴 마주하며 마음을 편안하게 해주는 게 자식 된 도리이자 진정한 효도가 아닌가 한다. 효도는 다가오는 것이 아니라 다가가는 것이라는 말도 있지 않은가. 다시 말해 우리 부모님들은 효도를 받으려고 기다리지 않는다. 그러니 살아계실 때 크기를 따지지 말고 살갑게 해드리는 게 맞다. 그 진리를 다시 마음에 새기며 나훈아의 〈울 아버지〉를 불러본다.

〈울 아버지〉
내가 내가 가는 이 길은
우리 아버지가 먼저 가신 길
내가 흘린 땀보다 더 많은 땀을 흘리시며
닦아놓은 그 길을 내가 갑니다
이제 또 내 자식이 따라 오겠죠
나름대로 꿈을 꾸면서
물이 아래로 흘러내리듯
사랑은 내리 사랑이라 하시던 말씀
이 나이에 알았습니다
그 사랑 뒤에 흘리신 아버지의 눈물을
이 나이에 알았습니다
고맙습니다 고맙습니다 아~ 울 아버지

▶전쟁 속 맺은 백년가약

2021년 9월 18일, 처가 식구와 소주를 곁들인 저녁 식사 자리에서 장모에게 장인어른과 만난 이야기를 듣고 싶다고 했다. 그랬더니 장모님은 싱긋 웃어 보이더니 입을 열었다.

1951년 봄, 한창 6.25 전쟁 중일 때 장인어른이 소속된 부대가 경주에 주둔했다. 그리고 해당 지역 20대 초반의 미혼 여성들은 군 간호장교를 도와주는 일을 했는데 거기에 장모님도 포함되어 있었다. 그러던 중 하루는 한 젊은 군인이 장모에게 부친 이름을 물었고, 장모는

으레 간호 경험이 있어 보이니 확인하는 것인 줄 알았다고 한다. 그런데 이게 웬걸. 며칠 후 밤, 그 군인이 장모의 부친이 운영하던 잡화점에 찾아와 딸을 달라며 청혼하러 왔단다. 부친과 장모는 흔쾌히 수락했고, 부대가 영주 풍기 죽령제로 이동됨에 따라 몇 번의 만남을 이어가다가, 울산으로 이동해 부대 안에서 촛불만 켜두고 결혼식을 올렸다고 한다. 그렇게 시댁인 평창에서 한두 달 살다가 풍기에 신혼살림을 차렸는데, 강원도에 처음 와본 장모는 옥수수감자밥을 주식으로 먹고, 담배 농사를 많이 짓는 것을 보고 '정말 산골이구나.' 싶었단다. 지금은 그 시절보다 많이 좋아졌지만, 높은 산과 꼬불꼬불한 비포장 도로를 넘고 또 넘어온 일도 함께 들려주었다. 특히 수복 당시 동해안에서 배를 타고 함경도 함흥까지 올라갔다가 1.4 후퇴 때 내려오면서 신발 신은 채로 잠을 자기도 했다는 얘기는 인상적이었다.

장모의 옛이야기를 듣고 있으니 가수 현인이 불렀던 〈굳세어라 금순아〉가 문득 떠올랐다. 노랫말에도 등장하는 흥남부두와 관련한 스토리를 많이 들었던지라 그랬던 것 같다. 또 1950년 12월, 군수물자를 공급하던 메러디스 빅토리호를 비롯해 군함 12척에 10만여 명의 피난민을 태우고 부두를 떠나는 장면이 담긴 사진도 여러 번 봐왔다. 이러한 이유로 장모님이 들려준 이야기는 한편의 역사 영화 같기도 했다.

▶내 삶의 이유, 나의 자녀

생명체가 있는 모든 동·식물은 종족 번식을 위해 제2의 생명체를 탄생시킨다. 식물은 때가 되면 암꽃이 수술을 받으면서 열매를 맺고, 동물은 수컷과 암컷이 만나 교미를 하면 새끼를 낳는다. 인간도 마찬가지다.

나에게도 자녀가 있다. 1985년, 큰아이가 국민학교에 입학했을 때 내가 다닐 적에 있던 선생님이 담임이 되어 인사차 방문했던 게 엊그제 같은데, 벌써 손주들이 초등학교에 다니고 있다. 그동안 꽤 긴 세월이 흘렀음을 몸소 느낀다. 어느덧 나도 인생의 칠부 능선을 넘고 있으니 말이다.

보통 60세가 넘으면 3세대가 함께 어우러진다. 물론 자녀들의 효도가 한몫해야 이루어지는 풍경이다. 부모로서 최대의 숙제가 자녀가 행복한 가정을 꾸리는 일인데, 그걸 해결해 주었으니까. 그렇게 얻은 손주는 삶이 아무리 바쁘고 힘들어도 보고 싶다. 또 어떠한 고민도 손주들 얼굴을 보는 순간 봄눈 녹듯 사라진다. 또 손주들과 지내다 보면 10대와 80대의 뇌 기능이 비슷하다는 말이 일리가 있다 싶다. 시간 가는 줄 모르고 그 순간에 흠뻑 빠져 즐기게 되어서 그런 생각이 든다. 더욱이 부모는 자식에 대한 책임과 의무가 따르지만, 손주는 그저 함께 놀기만 하면 되니 행복감이 더 커지는 듯하다.

이렇듯 자녀든 손주든 부모에게는 이 세상 그 무엇과도 바꿀 수 없는 존재다. 이는 삶 곳곳에서도 나타난다. 오일장 또는 풍물시장에서 나이 지긋한 할머니들이 직접 재배한 각종 곡물과 채소를 펼쳐놓고 판매하는 걸 자주 보는데, 모두 손주들에게 용돈을 주려는 마음에서 비롯한 것이다. 그렇게라도 내어주고 싶은 게 부모 마음이다.

한편, 나는 젊은 시절 아이들이 어릴 때 직장 생활을 한다는 핑계로 하숙생처럼 지냈다. 한마디로 아이들 양육은 고스란히 아내 몫이었다. 이도 모자라 손주가 태어나면서 아내와 생이별(?)을 해야 했다. 아내가 10년 가까이 손주 돌보미를 하면서 주말부부로 지냈기 때문이다. 물론 2023년 4월부터는 자유의 몸이 되어 돌아왔다. 아이러니

하게도 아내는 집을 처음 떠날 때와 집으로 다시 돌아올 때 눈물을 흘렸다. 전자는 남편이 걱정된 눈물이었을 것이고, 후자는 그동안 들었던 정과 손주들에 대한 걱정 그리고 헤어짐이 아쉬워 흐른 눈물이었을 것이다. 그간 힘들었던 일을 뒤로 한 채. 새삼 아내에게서 할머니의 사랑을 느끼는 순간이었다.

하지만 이마저도 행복한 일이라는 생각이 든다. 이유인즉, 저출산으로 인한 인구 감소 문제가 오래전부터 거론되고 있기 때문이다. 한마디로 집마다 아이 소리를 듣기가 어려운 현실이다. 특히 시골 작은 마을은 그 사태가 더욱 심각하다. 모두 자녀 출산 이후 따르는 경제적 부담에서 비롯한 상황이다. 그렇다고 해서 국가 정책이 필요한 부분을 충족해 주는 것도 아니라서 내 자식들에게도 아이를 낳으라는 말도 쉽게 하지 못하는 실정이다. 사정이 이러하니 "아들딸 구별 말고 둘만 낳아 잘 기르자."고 외쳤던 1970년대가 불과 반세기 전이라는 게 믿기지 않는다. 따라서 모든 세대가 공감하고, 실행 가능한 대책이 그 어느 때보다 절실해 보인다.

이야기를 담은 평창의 옛 풍경

제 6 부

덜 익은 글 솜씨

'하늘은 스스로 돕는 자를 돕는다.'라는 속담이 있다.
아프리카 사막과 밀림지대를 생각해보자. 하늘은 물이 있는 곳에 비를 내리고,
물이 없는 곳에는 비를 내리지 않는다 한다.
이는 내 마음이 있는 곳에 내가 있고, 내 마음이 없는 곳에는 내가 없다는
어느 목회자의 말과도 통한다. 그러니 우리가 해야 할 일은 마음을 비우고,
매사에 긍정적인 태도로 진심을 다하는 것이다.
그러면 하늘도 그런 나를 어여삐 여겨 좋은 것으로 되돌려 주리라 믿는다.

1장 나 사는 동안에

▶그때 그 시절 다림질 하는 풍경

사람에게 절대적으로 필요한 요소는 의식주다. 움직이는 에너지를 얻으려면 끼니를 해결해야 하고, 외부의 위험으로부터 안전하려면 거주할 공간을 마련해야 한다. 그리고 나체로 돌아다닐 수는 없으니 옷도 있어야 한다.

이 같은 옷을 구성하는 직물에는 여러 종류가 있다. 대체로 천연섬유는 식물과 동물에서 추출하는데, 면섬유는 목화 종자에서 채취한 솜으로 만든 것이다. 이는 구김이 잘 생기는 반면 세탁이 용이하다. 마섬유는 마의 줄기 표피 안쪽의 인피라는 물질로 구성한 것으로 열전도성이 낮고, 수분 흡수와 통풍이 잘된다. 누에고치에서 뽑은 견섬유는 일명 비단이라고도 하는데, 빛깔과 촉감이 좋다. 모섬유는 양털로 보온성과 흡수성이 좋으며, 구김이 잘 안 생긴다.

이 외에 방직섬유가 있다. 화학섬유로 목재, 석유, 석탄 등을 화학공정을 거쳐 제조하는 직물이다. 기술이 발달함에 따라 여름에는 가볍게 입을 수 있고, 겨울에는 보온에 탁월한 옷을 다양한 컬러는 물론 대량으로 생산할 수 있게 되었다. 그로 인해 저렴한 금액으로 구매할 수 있고, 편리하기까지 하다. 이로써 1960년대까지 애용했던 솜이불은 무겁다는 이유로 버림받는 존재가 되었다.

이야기를 담은 평창의 옛 풍경

직물 이야기를 꺼낸 참에 옷과 이불을 매끄럽게 손질해 주는 다리미에 대해서도 나눠볼까 한다. 이불에는 2가지 용도가 있는데 덮는 용은 그대로 이불이라 하고, 바닥에 까는 용은 요라고 한다. 이 이불 겉면을 싸는 이불보와 요의 주재료가 광목이었고, 평상복으로도 많이 활용했다. 그런데 구김이 잘 생기는 천이라 빨래 후 햇볕에 말리고 나면 어머니들은 식구들 옷과 이불보를 다리느라 손이 바빴다.

내가 어린 시절에도 다리미가 있었으나 그건 가정 형편이 좋은 집의 사정이었고, 일반적으로는 인두다리미 또는 프라이팬처럼 생긴 원형 무쇠 숯다리미를 사용했다. 그때의 풍경을 회상해 보면 화로에 숯불을 담아놓고, 이불보를 아이들이 한쪽에서 팽팽하게 당기면, 어머니가 반대쪽을 붙잡고 숯불이 담긴 다리미로 문질렀다. 그리고 보통 옷은 인두다리미를 이용했는데, 우리는 입고 외출할 옷이 없어서 인두다리미로 손질하는 걸 보지 못했다.

이제는 그 자리를 전기다리미부터 습식다리미, 스팀다리미가 차지하고 있다. 탁상형, 옷걸이형 등 형태뿐만 아니라 옷감 특성에 따라 다리미의 기능도 다양해졌다. 반면, 인두다리미, 원형 숯다리미, 무쇠다리미는 골동품 수집점에서나 볼 수 있다. 이렇듯 일상 소품에서도 세월의 흔적이 느껴진다.

▶지붕의 변화로 보는 동네 풍경
내가 어린 시절 평창의 주택은 초가와 돌 지붕이 많았다. 유·소년기 때 기억을 떠올려보면 노란색과 회색 초가, 검푸른색을 띠는 돌 지붕이 대다수였고, 초가지붕은 국민학교 뒤편과 시루목, 중리마을 산밑, 우리 가족이 살던 상리마을에서 주로 보았다. 특히 좁은 골목과 오솔길의 작은 주택은 거의 초가였다. 반면, 도로와 접해있거나 우마

제 6 부 덜 익은 글 솜씨

차가 다닐 수 있는 위치의 큰집은 납작한 점판암으로 된 돌 지붕으로, 잘살던 집이었다. 더욱이 돌 지붕은 한 번 올리면 반영구적으로 사용할 수 있음은 물론 초가지붕처럼 가을에 보수를 하지 않아도 되는 장점이 있었다. 이런 돌 지붕이 시내 쪽으로 갈수록 더 많았던 특별한 이유가 있었다. 바로 당시에 청석을 생산하는 지역이 동부 지역의 조동마을이었기 때문이다.

한편, 초가는 매년 볏짚으로 이영을 만들어 새 옷을 입혀야 했다. 그래서 가을이면 어른들에게는 한 걱정거리였는데, 가을 추수가 끝나면 어른들은 볏짚으로 지붕에 덮을 이영과 용구쇠를 만드는 작업을 약 보름가량 이어갔다. 이영은 작은 묶음 20개가 큰 한 묶음으로, 작은 것으로 만들어도 7~8m가 되었다. 이 같은 크기를 40~50개 정도 만들어야 본채와 외양간 및 화장실이 있는 사랑채를 덮을 수 있었다. 이 준비가 완료되면 이웃과 품앗이로 돌아가면서 작업을 하고 나면, 마을 전체 지붕 색깔이 회색에서 노란색으로 변했다. 그게 끝이 아니었다. 지붕 용마르에 빗물이 들어가지 못하도록 용구쇠를 덮어주어야 완벽한 마무리였다. 참고로 용구쇠 작업은 흙과 돌로 쌓은 울타리에 덧대어 담장을 덮는 방식이었다. 슬레이트가 나오기 전까지는 이 작업을 해마다 했으니 새삼 옛 어른들의 수고가 대단하게 다가온다.

그러던 것이 1970년대 초에 정부에서 새마을운동 일환으로 지붕용 슬레이트가 보급되어 모든 집이 지붕이 슬레이트로 변했다. 지금은 석면이 환경오염 또는 발암 물질의 요인이라며 사용하지 않고, 사용한다고 하더라도 법에 따라 엄격하게 규제를 받지만, 처음에는 불판으로 사용하기 좋다며 그 위에 삼겹살을 구워 먹기도 했으니 참 무지했다 싶다.

지붕의 변화에 대해 이야기하다 보니 부뚜막 모습도 떠오른다. 초가든 돌 지붕 집이든 대부분의 부뚜막에는 무쇠솥 2~3개가 걸려있었다. 하나는 밥 짓는 용, 또 하나는 국 끓이거나 물을 담아 온수로 사용하는 용이었다. 그리고 소를 기르는 집에는 소죽을 끓이는 큰 가마솥이 더 있었다. 흙으로 만든 부뚜막은 1년에 한 번씩 흙을 물에 개어 부뚜막에 발라주었는데, 부뚜막 흙이 닳아 없어지는 것을 메워주는 작업이었다. 이때 건물 벽체도 볏짚으로 떡메 모양을 만들어 흙물에 적셔 돌아가며 문질러 주었다. 여기에 더해 늦가을에는 창호지로 문짝과 문틈 사이를 보수했다. 창호지 한 장으로 만든 문으로는 겨울철 찬바람을 견디기엔 역부족이었던 탓이다. 이 역시도 1970년대부터 부뚜막은 시멘트로, 연료는 나무 대신 구공탄으로 사용하는 재래식 부엌으로 바뀌었다. 게다가 1980년대부터는 집마다 부엌을 입식으로 바꿔가면서 새마을 보일러를 들이고, 점차 시멘트 벽돌 건물이 되어 갔다.

그로부터 세월이 지나 십여 년 전, 수술을 받기 위해 입원했을 때였다. 대합실에서 TV를 보고 있는데, 한 스님으로부터 쪽지를 받았다. 읽어보니 사람은 평생 세 번의 집을 짓는다는 글이었다. 첫 번째 집은 엄마 뱃속에서 짓고, 두 번째는 태어나서부터 팔순에 이르기까지 수많은 사연을 겪으면서 살아가는 집이고, 세 번째는 내세의 극락왕생하는 집이라고 했다. 그 글을 보는 순간 제일 힘든 집짓기는 두 번째 집 같았다. 그래도 사람 마음먹기에 따라 어느 곳에 어떤 둥지를 틀든 마음 편안한 곳이면 행복한 공간이 아닐까 한다.

▶밤새 라디오 듣던 청춘

2017년 2월 16일, KBS1에서 방영하는 아침마당에서 진행자가 "오늘이 라디오가 처음 전파된 90주년을 맞는 날"이라고 했다. 그 말을 들으니 어린 시절 라디오에 얽힌 기억이 새록새록 떠올랐다.

1963년 10월 15일, 내가 국민학생 4학년 때였다. 그날은 제5대 대통령 선거가 있던 날로, 우리 마을 어른들은 10km 떨어진 노산국민학교에서 투표를 하고, 개표를 시작할 무렵부터 라디오가 있는 집에 모였다. 물론, 우리 집에는 라디오가 없었다. 아니, 라디오를 갖는다는 자체를 꿈도 꿀 수 없었다.

그로부터 10여 년이 지난 후, 이웃집 논이 수해를 입어 손수레로 복구 작업을 하고 받은 품삯으로 라디오를 구입했다. 그게 1972년이었다. 얼마나 좋았던지 라디오를 머리맡에 두고 밤새도록 듣던 생각이 난다. 특히 우리나라 축구 선수가 인도 뉴델리와 말레이시아에서 경기를 할 때 중계방송을 들으며, 잠을 설친 적이 한두 번이 아니었다.

또 직장 다닐 때 큰 수술을 받고 중환자실에 입원한 적이 있다. 밤낮 48시간을 꼼작도 못하고 누워있으려니 자갈밭에 누워있는 것보다 몸이 더 배기는 듯했다. 아픈 것은 나름대로 참을 수 있었지만, 잠이 오질 않아 눈만 뜨고 있으려니 말 그대로 죽을 맛이었다. 마침 자정 무렵 간호사가 와서 눈만 뜨고 있는 나를 보고 잠이 안 오는지 묻고, 라디오를 틀어 주었다. 당시에 라디오에서 흐르는 사연을 들으며, 남은 삶을 보람 있게 살아야겠다는 다짐을 하기도 했다.

이처럼 한밤에 조용히 라디오를 들으면 감상을 하게 된다. 감성에 젖은 DJ 목소리와 음악에 따라 머릿속에 그려지는 장면이 달라지고, 어떤 프로그램을 선택하든지 그 취향에 따라 귀를 즐겁게 해주었다. 하지만 이제는 다양한 매체를 자유롭게 접하게 되어 라디오 듣던 시절도 추억이 되고 말았다.

▶감정보다 감성으로 채워야 할 부부의 정(情)

1992년, 방림면사무소에 근무할 때의 일이다. 겨울 어느 날, 오토바이를 타고 방림5리 국도를 지나는데, 한 집에서 연기가 많이 올라오기에 가보니 목조 건물에 화재가 발생한 상황이었다. 겨울철이라 상수도 물로는 불을 끌 수 없어 쩔쩔매는 사이에 불이 집 전체로 번진 듯했다. 평창과 대화 지역 의용소방대가 신고를 받고 이내 출동했으나 목조 슬레이트 건물은 순식간에 잿더미가 되고 말았다.

한편, 소방차가 도착하기 전에 한바탕 소동이 벌어졌다. 다름 아니라 이웃 사람들이 모였지만 불길을 잡을 방법이 없어 안타까워하고 있는데, 집주인 아주머니가 "우리 집 양반이 저기에 있다."며 불길로 뛰어들려는 걸 말리며, 겨우 붙잡아둔 것이다. 누구나 그 상황이 되면 이성을 잃지 않을까 싶었는데, 결국 주인아저씨의 실수로 생긴 웃지 못 할 헤프닝으로 일단락되었다. 상황은 이랬다. 누군가가 집 옆 비닐하우스에 사람이 있다고 했고, 다들 주인아저씨 같다며 입을 모으니 집주인 아주머니가 달려가 확인하고는 "저 인간이 죽지 않고 왜 살았느냐?"고 화를 내면서 욕설을 마구 퍼부었다. 알고 보니 주인아저씨가 이전에도 두어 번 술을 마시고, 같은 실수를 저지른 경험이 있었다. 이에 그 자리에 모인 사람들은 욕을 먹어도 할 말이 없다고 한마디씩 했다. 또 주인아주머니의 행동에 웃음도 났지만 걱정과 안타까운 마음이 더 컸으리라.

이렇듯 잠깐의 순간에도 우리 인간은 희로애락이 끊임없이 일어난다. 그 와중에 혼자 살아낼 수 없으니 누군가에게 의지하고, 서로 도우며 삶을 이어간다. '사람 인(人)'도 그러한 의미를 담고 있다고 하지 않는가. 지금껏 살아보니 그러한 관계는 부부에게서 가장 두드러지게 나타나는 듯하다. 자식을 낳아 출가시키면 부부만 남게 되니, 속상하고, 미운 짓을 하더라도 미운 정 고운 정으로 이해하며 살아가니까. 그러한 의미에서 부부라면, 감정보다 감성으로 채우면서 사랑이 넘치는 사이가 되도록 서로 노력하면 더 좋을 듯하다.

▶내 나이 칠순이 되고 보니

하루는 퇴직 후 갖고 있던 물건을 정리하느라 서랍장을 비롯해 먼지 쌓인 곳까지 뒤적였다. 거기서 마모인(印)을 포함해 일곱 개의 도장이 든 손바닥 크기의 면 지갑이 나왔다. 또 월급 봉투 350여 장도 고이 간직되어 있었다. 봉투 모양과 글씨체가 모두 다르고, 종이 질도 다양했다. 그렇게 도장과 봉급 봉투를 통해 지난 세월을 회상하는 순간, 강산이 네 번 바뀌도록 앞만 보고 걸어온 세월에 공허한 마음이 들면서 그동안의 삶을 되새겨 보는 시간을 가졌다.

우리 인생은 보잘것없는 작은 육체지만, 누구나 물질과 정신적으로 모든 것을 갖고 싶어 하는 욕망이 있다. 그러나 나이가 들수록 자연스레 복잡한 것이 싫어 소박한 삶을 추구하게 된다. 이로써 의식주를 줄이는가 하면, 남편이나 아내에 대한 원망 또는 남보다 나아지려는 욕구와 대접받기를 바라는 마음을 버리고, 자존심도 덜 내세우게 되는 것이다. 이 모두가 나보다는 가족을 먼저 생각한 데서 비롯한 것인데, 칠순이 되고 나니 세월의 무색함에 보람마저 사라지는 듯하다.

물론 은퇴 후, 그동안의 습관으로 인해 내려놓는 게 쉽지 않아 지금의 모습이 되기까지 핀잔도 많이 들었다. 다행히도 그 가운데 좋은 경험을 많이 했다. 그리하여 고장 난 벽시계는 있어도 고장 없는 인생을 살고 싶어 하는 닮은 사람이 꿈꾸는 일상을 살아가는 듯도 하다. 덕분에 인생이란 긴 여정 속에 시절인연처럼 때가 있음을 새삼 느끼면서 '준비된 자는 언젠가는 때가 온다.'는 진리와 '유비무환' 사자성어를 마음에 새기게 된다. 아래는 이러한 깨달음을 준 몇몇 특별한 사연이다.

먼저 2010년 11월 중순, 평창농협예식장에서 처음이자 마지막으로 주례를 본 일이다. 거절하지 말고 들어달라고 두세 번 간곡히 부탁해 며칠 고민하다가 수락했다. 그날 밤, 주례사에 대한 걱정으로 잠을 설쳤다. 그런 날이 이어진 끝에 나는 내가 살아온 이야기를 들려주자고 마음먹었다. 그 내용을 요약하자면 "사람은 생각하고 행동해서 습관을 가지면 성격이 고쳐지고, 고쳐진 성격이 그 사람의 운명을 바꾼다."는 뜻이었다. 원고를 준비해 갔지만, 단상에서 내려오니 어떻게 했는지 기억도 나질 않고, 아쉬움이 남았다. 명색이 주례사는 신랑 신부를 비롯해 자리를 빛내준 하객 모두를 축복하며, 분위기를 엄숙하게 만들지 않아야 하는데 그러질 못한 것 같았기 때문이다. 그래서 다시는 주례를 맡지 않으리라 맹세했다. 더욱이 주례는 학식과 덕망이 있는 가까운 친지나 은사 또는 지역 인사가 맡는데, 퇴직한 내가 했으니 다시 돌이켜 봐도 부끄러우니 두 번은 없다고 다짐할 법도 했다.

다음은 기러기 남편 생활을 한 일이다. 손주가 태어났는데, 아들 내외가 맞벌이를 하여 아내가 아들 집에 손주 돌보미로 가게 되었다. 졸지에 나는 60 평생 해보지 않은 밥 짓기부터 청소, 빨래, 설거지 등 각종 집안일을 해야 했다. 모르는 부분은 아내에게 물어가면서. 손주 덕분에 살림 학습을 톡톡히 한 것이다. 나름 재미를 붙였다 싶었는데 벌써 강산이 한 번 바뀌었다.

한편, 대부분의 사람은 20~30대에 결혼해 2명으로 출발해 아이를 낳아 4명이 되었다가 다시 둘이 남는다. 그리고 위로는 구순을 바라보는 부모님과 아래로는 마흔이 넘는 자식과 손주까지 생긴다. 나도 예외는 아니라서 칠순을 넘긴 나이에 새로운 삶의 재미를 느끼고

자 소박한 실천에 대한 계획이 떠오른다.

첫째는 더불어 사는 인생이다. 우리는 살아가는 동안 주변 사람과 축하와 위로를 나눈다. 이와 관련해 인생 선배들의 경험담을 들어보면, '334 법칙'이 있다고 한다. 즉, 내가 잘 모르는 사람으로부터 3을 받고, 내가 잘 모르는 사람에게 3을 주게 되고, 평소 주고받던 이웃과 4를 주고받는다는 것이다. 쉽게 설명해서 축의금을 했는데도 안 오는 때가 있고, 안 했는데도 오는 수가 있다. 이로써 우리가 더불어 살아야 하는 이유가 명백해진다.

더불어 사는 형복을 '정나모'라는 이름으로 김병희, 김이중, 김인섭, 서영기, 송재학, 정석준 여섯 명이 공동으로 쌀농사를 짓는 모임에서도 체험했다. 여기서는 못자리 놓기부터 수확과 도정 판매 등 모든 작업을 공동으로 하여, 생산비를 제외한 모든 수익금은 자체 기금으로 적립한다. 그것을 2021년에는 어려운 이웃에 쌀을 나눠주는 데 사용했고, 2022년에는 부부 동반으로 뜻있는 국내 여행을 했다. 지난해는 농사지은 쌀 판매액 일부를 이승만대통령기념관 건립에 성금을 기탁했다.

다음은 어른다운 어른 되기 연습이다. 보통 식품은 시간이 흐르면 부패한다. 그러나 발효식품은 그 반대다. 가치가 올라간다. 사람도 나이가 들면서 나이만 먹는 사람과 어른이 되는 사람이 있다. 전자는 자꾸만 무엇을 채우려 하지만, 후자는 비우고, 나누어 주려 한다. 하지만 막상 어른이 되기란 쉽지 않다. 그래도 내려놓기를 실천하면서 어른이 되어가 보려 한다.

끝으로 〈비익조(比翼鳥)〉 노래가 생각난다. 비익조란, 암컷과 수컷의 눈과 날개가 하나씩이라서 짝이 없으면 날지 못하는 상상의 새인데, 그 새를 부부에 빗대어 가사에 담았다. 이와 비슷한 예로 '연리지(連理枝)'도 있다. 뿌리가 다른 나뭇가지가 서로 엉켜 마치 한 그루처럼 자라는 나무다. 이는 남녀 사이 혹은 부부애가 아주 좋은 부부와 효성이 지극한 부모와 자식을 비유한다 하니 즐겁고, 보람된 노년 생활을 위해 들어본다.

〈비익조〉
혼자선 날 수 없는 새 당신의 날개로 나는 새
두 마음 한 몸 되어 날으는 새 비익조
여자라는 이름으로 다시 태어나
당신 곁에 둥지를 튼 꿈같은 세월
인생 길 험한 길도 나는 나는 두렵지 않아
영원히 함께할래요 당신과 함께할래요
온 세상 다 하도록

▶《쭈끌 송계산 자락에 흐르는 남산 개울》 뒷이야기

몇 년 전 나는 《쭈끌 송계산 자락에 흐르는 남산 개울》이라는 제목으로 에세이를 출간했다. 이 책을 받아본 이웃과 출향인들이 고향 소식을 전해주어 반갑다는 인사를 보내와, 저자로서 고마웠던 기억이 있다. 어쩌면 그때의 응원이 이번 《이야기를 담은 평창의 옛 풍경》을 쓰게 한 원동력이었는지 모른다. 이에 당시에 받았던 메시지를 하나둘 꺼내 나열해 본다. 고마운 마음을 전할 길이 없었는데, 이렇게 지면을 빌릴 수 있음에 기쁘다.

① ㄱㅂㅇ 님
인섭 씨! 보내준 에세이 잘 읽었습니다.

전쟁 직후에 태어난 같은 전후 세대로서 공감하는 바가 많았습니다. 이런 유형의 글이 참 쓰기 어려운데 잘 엮었더군요. 인생을 마무리할 즈음에 이르러 뭔가 남기고 싶은 욕구는 충만해도 선뜻 내키지 않는 것이 자기 자신에 대한 글인데, 정말 자기 역사로서 손색이 없구려! 진심으로 발간을 축하드립니다.

② ㄱㅇㄱ 님

송계산, 남산자락. 통가리, 말꼬내기, 흔적조차 지워졌던 수많은 기억에 가슴이 먹먹해진다. 글을 읽다 시큰해지는 코끝 땜에 몇 차례고 창밖을 쳐다봤는지 모르겠다. 고맙고, 고맙다. 이렇게 좋은 글을 보내주어서, 훌륭히 살아주어서. 잃었던 소중한 기억을 되살려 주어서.

③ ㄱㅇㅅ 님

책 잘 받았어요. 새삼 옛 추억과 고향 생각이 되살아나네요. 아주 멋진 자서전 책이 나온 것 같아요. 우리 오빠 아주 멋지고 존경스럽습니다. 늘 영육이 강건하시고, 가족 모두 항상 행복하세요.

④ ㄱㅈㄹ 님

《꾸믑 송계산 자락에 흐르는 남산 개울》, 잘 받아 고이 간직했어요. 고향 평창 그리고 함께 걸었던 공직 외길. 소중한 옛이야기가 가슴을 울립니다. 추억의 삶의 밑천이지요. 살면서 객수에 젖을 때면 이 책을 펼치렵니다. 자전 에세이. 아무나 할 수 없는 김인섭 님의 열정에 박수를 건네면서 늘 웃음과 함께 하기를 빌겠습니다. 고마워요.

⑤ ㄱㅈㅇ 님

인섭 선배님 아니, 인섭이 형! 지나온 흔적을 잘 정리하셨네요. 자서전 고맙게 잘 받았습니다. 정말 쉽지 않은 일인데, 한 권의 책으로 정리하느라 수고하셨습니다. 늘 건강하고, 행복하시기를 바랍니다.

⑥ ㄱㅎㄱ 님

책, 고맙습니다. 뜻있는 자서전 발간을 축하하고, 앞으로 건강하고 행복한 날만 있기를 기원합니다.

⑦ ㅅㅎㄱ 님

김 선배, 글이 재미있어 다 읽고, 또 한번 뒤적뒤적하며 웃고, 웃었네. 그때 그 시절이 생각나고 그립네! 한번 시간 내어 내려가서 한잔하며, 추억을 더듬어 보세.

⑧ ㅇㅁㅅ 님

안녕하세요! 저는 상리1반에 살았던 ㅇㅊㄴ 사촌 동생, ㅇㅁㅅ입니다. 동생한테 이 책을 받아서 읽었어요. 처음에는 가난 속에서도 공부하신 고향 오빠가 부러웠어요. 또 공직 생활도 치열하게 하신 듯해 존경스럽습니다.

저는 어렸을 때 너무 가난해서 14살에 고향을 떠나 상리 기억이 가물가물했는데, 이 책을 보면서 어린 시절 기억이 나네요. 또 부녀회 사진 속의 제 할머니 사진을 보고 너무 반가워서 많이 울었어요. 약혼 사진을 보니 언니와 중대장님 기억도 나고요. 친구인지, 남동생 친구인지 기억도 어렴풋하네요. 사실 몇 년 전 평창에 갔을 때, 상리 예전 모습이 다 없어져서 서운했는데요. 이 책을 보면서 내 어린 시절을 간직할 수 있게 되었어요. 너무 감사하고, 고맙습니다!

책에 나온 사진과 글들을 찍어서 사촌 오빠와 평창에 살았던 친구, 동생들한테도 보냈어요. 다들 너무 반가워하고, 책을 구매하고 싶어 합니다. 인터넷 서점에 들어가 봐도 비매품이라 구할 방법이 없네요. 사촌 오빠도 저에게 물어봐서 책에 나온 전화번호 가르쳐드렸어요.

가난하고 힘들었던 나의 어린 시절을 좋은 추억으로 바꿔줘서 고맙고, 감사합니다. 동심으로 돌아가 즐겁고, 재미있게 감동받으면서 잘 읽었습니다. 감사합니다!

아, 혹시 언니가 저를 기억하는지 궁금하네요.

⑨ ㅇㅇㅇ 님

안녕하세요. 보내주신 책 잘 받았습니다. 시간 나는 대로 틈틈이 읽어보겠습니다. 이 책을 받으면서 까마득히 잊고 있던 고향 소식을 전해주는 글쓴이의 정성과 정겨움에 감사함을 느꼈습니다. 고맙습니다. 항상 건강하시고, 좋은 일만 가득하시길 바랍니다.

⑩ ㅊㅅㅇ 님

올해는 유난히도 벚꽃이 흐드러지게 피었네요. 그동안 잘 계실 줄 믿습니다.

며칠 전 참 반가운 김인섭 님 에세이집을 송달받았네요. 첫 장부터 정겨웠답니다. 전체적으로 통독하고, 두 번째 정독하면서 반쯤 읽고 있답니다. 어쩌면 그때의 삶이 다 그렇기는 하지만 유년 시절이 어찌나 저와 흡사한지……. 저도 하찮은 삶의 역정을 기록할 마음을 먹고는 있지만 실천을 못하고 있는데, 정신이 온전한 1~2년 안에 도전해볼까 합니다.

김 과장님의 공직 과정에서 제가 좋은 영향을 끼치지 못하여 죄스러울 뿐입니다. 앞으로 옛이야기 할 수 있는 시간을 바라면서 이 자리를 빌려 부족한 점이 있었다면 이해를 구합니다. 아무쪼록 감사합니다.

⑪ ㅊㅎㅅ 님

책 잘 받았네. 진솔한 이야기가 우리 모두의 옛 추억을 떠오르게 만드는 계기가 되었네. 책을 만드는 게 쉬운 일이 아닌데 잘 기획하고, 저술함에 대해 경의를 표하네. 고맙소.

⑫ ㅎㅂㅇ 님

잘 지내시지요? 보내주신 소중한 이야기 잘 봤습니다. 우편함 깊숙이 들어 있어서 어젯밤에서야 확인했네요. 오빠의 사연 속에 되살아나는 옛 기억과 잊고 있던 저의 동심이 하나 되어, 한동안 마음은 고향에서 살 것 같네요.

많은 정보와 펼쳐내기 어려운 절절한 마음이 담긴 저서를 저에게까지 보내주셔서 정말 깊이 감사드립니다. 건강 잘 챙기시고 서울에 오면 꼭 연락주세요. 파이팅입니다!

평창을 사랑하는 사람들

맑은 물이 흐르고, 울창한 숲이 우거진 자연을 벗 삼았던 출향인과 변함없이 고향을 지키는 이웃들! 새벽 동이 트면 동편 송계산 마루에 떠오르는 붉은 태양을 맞으며 하루를 시작하고, 서쪽 산 능선에 지는 해를 보며 하루하루 감사한 마음으로 살아간다.

그런 가운데 시골은 머지않아 무인도처럼 될지도 모르겠다는 생각이 문득 든다. 점차 인구가 줄어들고, 경제 활동인이 노령화되어 농담으로 칠순이 넘어도 청년이라고 하는 현실이니 말이다. 나의 고향 평창도 상황은 다르지 않아 매우 안타깝다. 평창은 한강 상류 지역으로 공익적 가치가 높은 마을이므로. 이와 관련해 우리나라의 농촌과 농업을 보전하는 차원에서 국가의 지원 확대가 절실해진다.

한편, 나는 일전에 〈내일은 미스터 트롯〉을 비롯한 여러 트로트 프로그램을 보면서 세대를 넘는 가수들의 도전 정신에 용기를 얻어《푸릅 송계산 자락에 흐르는 남산 개울》에 이어 다시 펜을 잡았다. 그러나 펜을 놓으면서도 아쉬움이 드는 건 어쩔 수 없는 듯하다. 그래도 고향을 사랑한다면, 다들 반갑게 읽어 주리라 믿는다. 또 이것이 아름다운 평창을 만드는 데 일조하길 바라본다.

끝으로 이미 세상을 떠나셨지만, 낳아주시고, 키워주시고, 칠순을 넘기도록 건강하게 가족과 함께할 수 있도록 해주신 부모님이 참 고맙고, 죄송하고, 보고 싶다.

부록
옛 상가도 복원

시가지 도로변 옛 상가도

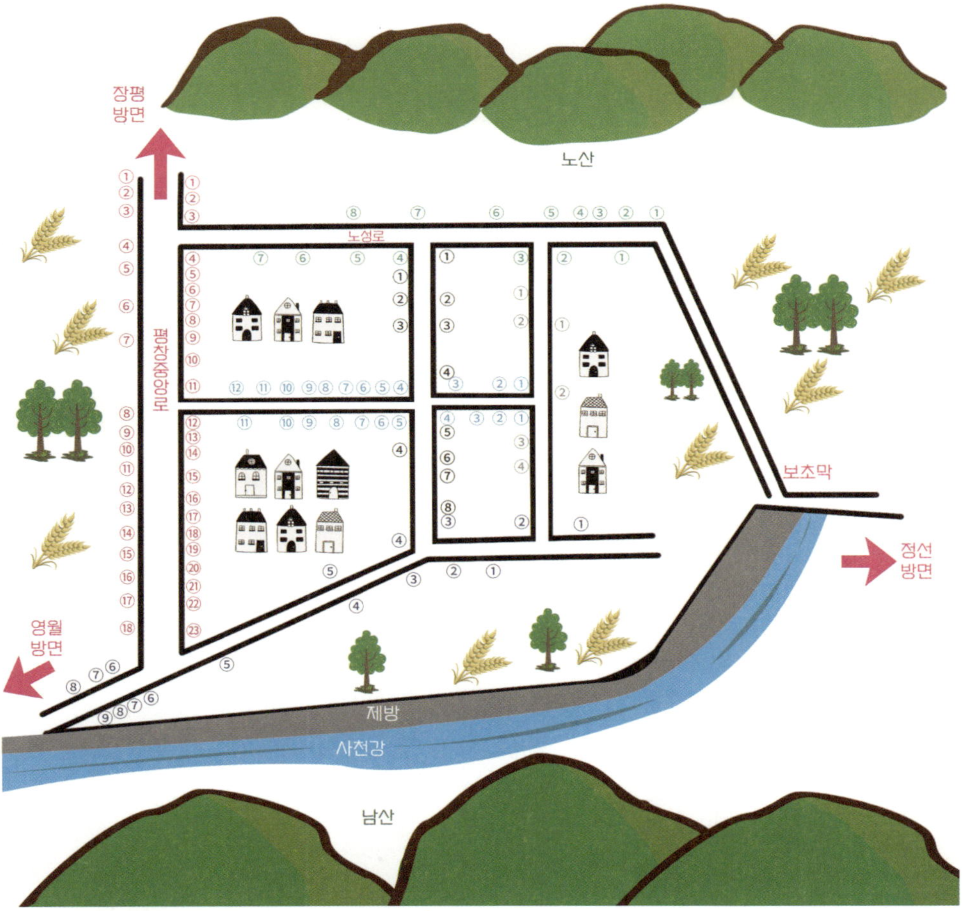

※ 편집자의 말
협소한 페이지로 모든 상가를 지도에 직접 표기하기 힘들어
숫자로 표기한 후, 별도로 항목을 정리하였습니다.
이해를 돕고자 골목 별로 색깔을 달리하였음을 밝혀둡니다.

▶상가 번호 목록

1. 시루목~천변도로

- 우측

①영목주유소 ②떡 방앗간(아리랑이발소)

③경찰서(현 자원봉사센터) ④하리파출소 ⑤부산여인숙

⑥신진당구장(영진양장점, 강원쌀가게) ⑦대창상회

⑧문화상회 ⑨태극상회(광명상회, 고려전파사, 삼화 및 민성체육사)

⑩중앙상회(백합양장점, 환희양장점, 한영양복점, 문화이발관)

⑪오복상회(현 오복슈퍼) ⑫충북상회 ⑬대륙상회

⑭풍년방앗간 ⑮광신상회(라이트사) ⑯장안여관(장치과, 금강상회)

⑰삼양전파 ⑱경주관

- 좌측

①호남주유소 ②의용소방대 ③엽연초생산조합(현 우체국)

· 도로 건너편

④농협중앙회 평창군지부 ④대명라사(삼오정) ⑤아폴로양장점

⑥평창세탁소 ⑦강원이발소 ⑧영미양복점 ⑨영진양화점

⑩아이스크림가게 ⑪강원상회

· 도로건너편

⑫대전상회 ⑬남창상회(중앙약국, 박약국) ⑭흥일자전거 ⑮영화관

(당구장, 농협사무실, 실비식당) ⑯미풍상회 ⑰한일약국

⑱중앙병원(자대사진관) ⑲제천식당 및 식육점 ⑳부인약방

㉑자니양장점 ㉒회빈루 ㉓평창 떡 방앗간

2. 중리~하리 도로

- 우측

①고등학교 진입로, 구멍가게 2개소

②변전소진입로(현 한국전력 평창지사) ③공회당(협동이용소)
④전매서(현 교육지원청) ⑤평창제일교회 ⑥평창중학교
⑦평창군청(현 평창읍사무소) ⑧세무서(현 천주교성당)

- 좌측
①쌀 상회(도랑 옆, 문방구 2개소) ②평창문화관
· 도로 건너편
③평창교육청(현 KT사무실) ④우체국(현 KT 사무실)
· 도로 건너편
⑤한국전력(구멍가게) ⑥노성이용소(선흥식당) ⑦협동정미소

3. 면사무소 앞~하리 도로
- 우측
①농산물검사소 ②농협 잠견공판장 ③동신여관(서울이용소)
· 도로 건너편
④구멍가게 ⑤원주양화점 ⑥평창인쇄소 ⑦일미식당 ⑧복정라사
⑨평창여관 ⑩신흥당(대성약방) ⑪ 버스터미널 ⑫금강여관

- 좌측
①합동사법서사 ②신진당구장 ③천재윤 사법서사
④평창상회(서울이용소)
· 도로 건너편
⑤명다방 ⑥초가기름집(우미양행) ⑦영화상회 ⑧삼천리자전거
⑨택시부 ⑩중앙식당 ⑪형제상회(선물의집, 강원유리)
⑫대전상회(상신당, 삼화체육사)

4. 중학교 앞~천변 도로
- 우측
①농협 목조 창고 ②중앙식당
· 도로 건너편
③성덕도 ④태권도장

- 좌측
①등기소(현 선거관리위원회) ②면사무소

5. 군청 앞~천변 도로
- 우측
①황금여관 ②재향군인회 ③구 보건소
· 도로 건너편
④우리자전거포(활성식당)

- 좌측
①우체국 ②양곡창고(천하태평) ③강남옥(강남식당)
④동신여관(서울이발소)
· 도로 건너편
⑤평창상회(서울이용소) ⑥솜틀집 ⑦목공소
⑧풍년소주 공장(문정사, 충주식당)

6. 중리 제방~천변 도로
- 우측
①위생의원(군청관사) ②태권도장 ③풍년소주 공장
· 도로 건너편
④충주옥(향원) ⑤영화관(벽돌공장, 방앗간)

· 도로 건너편
⑥하리파출소 ⑦정미소 목재 창고 ⑧타이어 수리점

- 좌측
①풍년소주 공장 창고 ②김종린 사법서사 ③영광춘 ④만홧가게
⑤황해여관 ⑥영진슈퍼 ⑦천변정미소 ⑧강릉자전거포
⑨오뚜기식당

재래시장 옛 상가도

※ 편집자의 말
협소한 페이지로 모든 상가를 지도에 직접 표기하기 힘들어
숫자로 표기한 후, 별도로 항목을 정리하였습니다.
이해를 돕고자 골목 별로 색깔을 달리하였음을 밝혀둡니다.

▶상가 번호 목록

1. 큰 골목 1번

- 우측

①대륙상회 ②대동상회 ③식료품 가게 ④조광상회 ⑤평화여인숙
⑥서울여인숙 ⑦국수 공장 ⑧현대사진관

- 좌측

①떡 방앗간 ②신발 가게 ③영월상회(만물상회) ④두부 가게
⑤삼성여인숙

2. 큰 골목 2번

- 우측

①삼양전파 ②동진이용소 ③유성상회(돼지식당 및 식육점)
④평창여인숙 ⑤금발미장원(개장국)

- 좌측

①경주관 ②한성여인숙 ③고향집 ④ 평창집 ⑤ 아리랑집
⑥남부상회(영남상회) ⑦탁주 특약점(문막집)

3. 작은 골목 1번

①시온직물

4. 작은 골목 2번

①이목수목공소

5. 작은 골목 3번

①중앙일보(재생당한약방) ②잿물 가게 ③연탄 공장 ④제재소
⑤타이어 수리점

이야기를 담은 평창의 옛 풍경

2024년 5월 1일 초판 1쇄 발행

지은이 ｜ 김인섭
윤문, 교정 ｜ 윤수빈
책임편집 ｜ 이경민
표지 및 디자인 총괄 ｜ 이경민
제작 · 마케팅 총괄 ｜ 이경민
출판 총괄 ｜ 이경민

발행인 ｜ 이경민
발행처 ｜ 마이티북스

© 마이티북스

출판사 연락처
전화 ｜ 010-5148-9433
이메일 ｜ novelstudylab@naver.com
홈페이지 ｜ http://마이티북스.com

ISBN 979-11-984193-5-4

도서 제작 과정에서 아래의 폰트를 사용했습니다.
본문 내지는 'KoPub고딕체, KoPub바탕체, Noto Sans CJK KR, 평창체, 강원교육모두'
표지 제목은 '강원교육모두'와 '평창체'를 사용하였습니다.
창작자들을 위해 무료로 배포해준 폰트 제작자 여러분에게 지면을 빌려 감사의 마음을 전합니다.